AF222249

Sommerregen

Impressum:
Deutsche Erstausgabe März 2022
Alle Rechte am Werk liegen beim Autor
Copyright © JaliahJ., Berlin

Da Silva - Sommerregen

Lektorat: Günter Bast
Cover/Bildgestaltung: Wolkenart – Marie-Katharina Becker,
www.wolkenart.com

Herstellung und Verlag: BoD – Books on Demand, Norderstedt.

ISBN 978-3-7543-1257-5

www.jaliahj.de
Instagram: jaliahj_official

Sommerregen

Da Silva - Reihe

Adrian

von

Jaliah J.

»Das ist doch nicht dein Ernst, Mann. Wie kannst du diesem Idioten trauen?« Adrian lacht und nimmt Sergeo die Papiere aus der Hand. »Weil dieser Idiot bald mein Schwager wird.« Sergeo schüttelt den Kopf. »Er hat einfach mal zwei Lieferzettel vertauscht und deswegen fast einen neuen Krieg mit einer Familia angefangen. Der ist nicht ganz dicht.«

Adrian hält vor seinem Haus und sie steigen aus. »Du weißt, man kann nichts dafür, wer in seine Familie kommt. Ich rede mit ihm. Kommst du noch mit rein?« Sergeo deutet zum Gemeinschaftshaus. »Hast du vergessen, dass heute eine Party ist, kommst du noch vorbei?« Adrian sieht zu seinem Haus und zuckt die Schultern. »Mal sehen, ich kläre erst einmal, was los ist.«

Sergeo hebt die Hand und Adrian geht in sein Haus hinein. Verwundert bleibt er stehen. In dem sonst so schlichten Eingangsbereich steht eine überdimensional große goldene Vase mit trockenen Blumen darin und im gesamten Raum sind goldene Pantherfiguren aufgestellt. »Was …?« Doch die Antwort kommt schon angelaufen. »Uhh, da bist du ja. Ich wollte dich eigentlich überraschen. Was hältst du von unseren neuen Babys?«

Adrian zieht seine Waffe aus dem Hosenbund und will sie auf die Kommode legen, doch die ist nicht mehr da. Stattdessen steht dort jetzt ein Panther mit Diamanten auf der Stirn. »Was soll das darstellen? Ich hatte doch gesagt, wir sollten das Haus so lassen, wie es war. Ich mag es so, nun habe ich ein Sofa, auf dem man kaum sitzen kann, was aber fast 10.000 Dollar gekostet hat und unter meinem Gewicht zusammenbricht und lauter Panther hier herumstehen.«

Ayla lacht auf. »Aber mein Herz. Das wird doch auch mein Haus und ich muss mich doch auch wohlfühlen. Die Panther stehen für dich. Für meinen mächtigen Mann.« Sie kommt zu ihm und schlingt ihre Arme um seinen Hals. »Du bist ein Panther, Adrian, und das soll jeder sehen, der hier ins Haus kommt. Ich habe dich heute so vermisst, wieso bist du den ganzen Tag weg gewesen?«

Ihre Hand fährt in seine Mitte und sie küsst ihn. Adrian erwidert den Kuss. Ayla ist eine der heißesten Frauen, die er je getroffen hat. Als er sie in Mexiko das erste Mal gesehen hat, war er sofort fasziniert von ihr und sie ist wirklich das, was er sich vorgestellt hat. Nach ihren ersten gemeinsamen Nächten konnte Adrian kaum aufstehen, so fertig war er, doch je mehr Zeit vergeht, umso weniger hält diese Wirkung an.

»Ich musste einiges nachprüfen. Ruf deinen Bruder an.« Ayla lächelt. »Ich habe gerade mit ihm gesprochen. Ich habe ihnen auch ein Geschenk gekauft und es schicken lassen. Er hat gefragt, ob du dich um das Problem gekümmert hast. Er ist sehr sauer und ...«

Adrian unterbricht sie, geht dabei in die Küche und zum Kühlschrank. »Dein Bruder hat einfach nur zwei Lieferscheine verwechselt. Es ist fast ein Krieg ausgebrochen, hätte ich auf ihn gehört.« Ayla folgt ihm und sieht ihn verwirrt an. »Okay, vielleicht hat er das, aber trotzdem hat sich der Kolumbianer respektlos gegenüber meinem Bruder, deinem Schwager, verhalten und das kannst du nicht zulassen. Ihr seid die mächtigsten ...«

Adrian unterbricht sie und sieht zur Uhr. Auf einmal hat er doch noch Lust, auf die Party zu gehen. »Sind wir, weil wir genau überprüfen, was wir machen. Ich werde garantiert keinen Krieg anfangen, weil dein Bruder das will. Der Kolumbianer hat ihm nur gesagt, dass er einen Fehler gemacht haben muss, was er getan hat, also ruf deinen Bruder an und kläre das. Er soll sich zurückhalten und das nächste Mal zweimal überprüfen, was er macht. Ich habe keine Zeit für solch einen Blödsinn. Ich muss noch einmal weg, bis später.«

Er sieht Ayla genau an, dass sie sauer ist und dass das hier noch stundenlang dauern kann, dem entgeht er einfach und verlässt sein Haus wieder. Als er die Panther ansieht, flucht er leise auf. Was hat er sich da bloß angetan?

Er trifft Diego vor seinem Haus und auch Dario kommt zu ihnen. Zusammen laufen sie zum Haus, in dem sie einen neuen großen Deal feiern wollen. Als er in das Gemeinschaftshaus kommt, bessert sich seine Laune. Es riecht nach Grill, etwas Gutem zu rauchen und überall laufen sexy Frauen herum. Adrian nimmt sich ein Bier und setzt sich zu Dario und Diego, die sich um einen Tisch herum versammeln und Karten spielen.

Adrian spielt nicht. Er raucht die Zigarette von Sergeo zu Ende und lehnt sich entspannt zurück. »Heute sind aber besonders hübsche Frauen hier.« Diego deutet zu mehreren Frauen, die auf der Tanzfläche sind und tanzen. Es scheinen vier Freundinnen zu sein. Adrian war nicht mehr so regelmäßig auf den Partys, daher hat er sie noch nie vorher gesehen.

Alle vier sind hübsch, Adrian bemerkt, wie Dario zu der Dunkelhaarigen mit den langen Locken und den schönen Augen sieht, Adrians Blick hingegen bleibt auf einer hübschen Blondine hängen. Sie ist sehr sexy, wie die meisten Frauen hier, doch nicht das zieht ihn an. Sie hat ein wunderschönes Gesicht und ein umwerfendes Lächeln. Ein freies, echtes Lächeln. Das sieht man selten hier. Sie ist heller als die anderen Frauen, die blonden Haare unterstreichen das noch, auch wenn er sicher ist, dass sie gefärbt sind. Einzig ihre dunklen Augen verraten, dass sie wahrscheinlich genau wie fast alle hier aus Puerto Rico stammt.

»Kommt mal wieder runter, legst du jetzt oder nicht?« Diego holt sie beide aus den Gedanken. »Ich habe schon von Sergeo gehört, dass du das klären konntest. Hast du deinem zukünftigen Schwager klargemacht, dass unsere Familia nicht seine Machtkämpfe austrägt?« Adrian sieht wieder beim Spiel zu. »Ayla wird ihm das hoffentlich klarmachen. Ich kann mit diesem Kerl nicht sprechen.« Diego lacht auf und nimmt ihm die Zigarette wieder ab. »Das Zeug ist echt gut. Ich sag dir, ich habe bei diesen Mexikanern kein gutes Gefühl. Ich hoffe, Ayla kann die ein bisschen in den Griff bekommen. Wieso hat sie eigentlich lauter Panther in das Gemeinschaftshaus bringen lassen? Sie standen überall rum.«

Adrian legt seinen Kopf in den Nacken. Die Frau macht ihn wahnsinnig. »Ich habe keine Ahnung, wo sind die Dinger?« Diego lacht. »Wir haben die zurückschicken lassen.«

Er steht auf und nimmt Diego erneut die Zigarette weg, er braucht das dringender als er. »Ich gehe mir etwas zu essen holen, braucht noch jemand etwas?« Dario grinst nur und sieht in seine Karten. Er weiß, dass Adrian all das wahnsinnig macht. Da niemand etwas möchte, geht er zu den Tischen und stellt sich zu Sergeo. »Ich habe Hunger.« Er legt den Arm um seinen Cousin und sieht auf den Teller, den er sich gerade füllt. »Das ist eine gute Entscheidung, gibt es davon noch mehr?« Adrian füllt sich seinen Teller genauso wie Sergeo. Als er nach den letzten zwei gefüllten Teigtaschen greifen will, kommt ihm eine zarte Hand zuvor und er sieht in das hübsche Gesicht der Frau, die er vorhin auf der Tanzfläche beobachtet hat. »Ich war schneller.« Adrian muss automatisch lächeln, als er ihres erblickt.

»Lass es dir schmecken.« Sie hält ihm die zweite Teigtasche hin. »Wir teilen.« Adrian hebt die Hand. »Nein, nein, schon gut. Iss, ich habe genug.« Sie blickt auf seinen Teller und hebt die Augenbrauen. »Du scheinst Hunger zu haben.« Sergeo greift an ihm vorbei und klopft danach Adrian auf den Bauch. »Würde ich ihn nicht zum Trainieren zwingen, wäre er ein kleiner Fettsack.« Die Frau lacht auf.

Adrian betrachtet weiter ihr hübsches Gesicht. Sie hat wunderschöne braune Augen, die nach oben gebogen sind, an ihrem Kinn ist ein kleiner Leberfleck und dieses Lächeln. Auch Sergeo betrachtet sie einen Augenblick. »Du siehst aus wie Jessica Alba, hat dir das schon mal jemand gesagt? Wir haben doch gerade diesen Film gesehen ...« Die Frau nickt nur leicht. »The Mechanics 2, ich weiß, das habe ich schon ein paar Mal gehört.« Jetzt, wo Sergeo das sagt, bemerkt er auch die Ähnlichkeit, wobei sie ihm sogar noch ein wenig mehr gefällt als die Schauspielerin. Doch sie hat genau dieses freie Lächeln.

»Sergeo, Adrian, kommt mal rüber zum Tisch. Nicky behauptet, dass ihr diesen Kerl ...« Sergeo ist schon halb vom Tisch weg, auch die Frau wendet sich bereits wieder ihrer Freundin zu, doch Adrian stellt sich noch einmal zu ihr und bringt sie so dazu, ihm noch einmal in die Augen zu sehen.

»Wie heißt du?« Sie lächelt und streckt ihm ihre zarte Hand hin. »Tanja, und du?« Er greift nach ihrer Hand und als er ihr in die Augen sieht und ihre Hand umfasst, bildet sich ein Gefühl in seinem Bauch, als wäre das hier der Beginn von etwas Besonderem.

»Adrian. Freut mich, Tanja.«

Sechs Jahre später

Kapitel 1

»Tanja!« Mit all seiner Kraft klopft Adrian immer wieder gegen die Haustür im Elternhaus von der Frau, die er über alles liebt und die er seit Monaten nicht gesehen hat. Die Hochzeitsfeier von Dario ist noch in vollem Gange, doch Adrian musste herkommen, er wollte schon vorher losfahren, aber Sergeo hat ihn aufgehalten und gesagt, er soll sich erst einmal beruhigen. Als sich die erste Gelegenheit ergeben hat, hat sich Adrian in sein Auto gesetzt und ist zu der alten Wohnung von Tanja gefahren, in der sie so viele schöne Stunden verbracht haben. Doch all diese Stunden sind in Vergessenheit geraten, durch Aylas Angriff auf sie. Hier hat Tanja fast ihr Leben verloren und er die einzige Frau, die ihm jemals wirklich etwas bedeutet hat.

Natürlich war niemand da, eine Nachbarin hat ihn klopfen gehört und ihm verraten, dass die Wohnung renoviert und neu vermietet wird. Als sie die Verzweiflung in Adrians Augen erkannt hat, verriet sie ihm, dass Tanja sicherlich im Haus ihrer Mutter anzutreffen sein wird und die Adresse. Sie war es damals, die Tanja blutüberströmt in der Wohnung vorgefunden hat, er hätte nicht damit gerechnet, dass sie ihm hilft, er hat das wahrscheinlich auch nicht verdient, doch sie scheint die Wut und die Trauer, die sich tief in sein Herz gebohrt haben, zu erkennen und hilft ihm.

Adrian ist sofort zu dem kleinen Haus im Hafenviertel gefahren. Doch auch hier öffnet niemand die Tür. Als er gerade ein letztes Mal anklopfen will, wird die Tür allerdings doch aufgerissen und wieder sieht Tanjas Bruder ihn hasserfüllt an.

Adrian kennt ihn nicht. Tanja hatte ihm von ihrem Bruder erzählt, der in Europa lebt und bei dem sie damals auch für einige

Monate bei ihrem Onkel in Italien gelebt hat. Nun scheint der Bruder mit ihr zurückgekommen zu sein.

»Ich will mit Tanja sprechen.« Er versteht die Wut des Bruders, er würde sich selbst auch nicht mehr in Tanjas Nähe lassen, wenn es um seine Schwester gehen würde, das ist auch der einzige Grund, wieso ihr Bruder noch atmet, obwohl er sich Adrian immer wieder in den Weg stellt. »Sie ist weg, wir waren nur hier, weil es meiner Mutter schlechter geht, doch nachdem ich dich heute Mittag gesehen habe, wusste ich, dass du keine Ruhe geben wirst, und habe meine Schwester und meine Mutter in den erstbesten Flieger gesetzt. Ich werde die Tage das Haus verkaufen und dann wird es nichts mehr geben, was uns je zurück nach Puerto Rico bringen wird. Dieses Kapitel hier ist endgültig abgeschlossen und das solltest du auch mit Tanja tun.«

Adrian stößt den Bruder zur Seite und geht ins Haus. »Einen Scheiß werde ich tun … Tanja!« Er ruft durch das Haus, geht in einen gemütlichen Wohnraum, sieht in ein leeres Bad, eine leere Küche, die aussieht, als hätte jemand innerhalb weniger Minuten alles zusammengepackt, sogar Mehl liegt noch verstreut auf der Arbeitsplatte, es gibt zwei Schlafzimmer und beide sind leer, hier ist niemand. In einem der Schlafzimmer hängt Tanjas süßer Duft. Adrian schließt die Augen, wie oft er an diesen Duft gedacht hat, an das unbeschwerte Lächeln von ihr, wenn sie zusammen waren. »Nur über meine Leiche werde ich zulassen, dass du ihr noch einmal wehtust!«

Adrians Blut kocht in seinen Adern, als er sich zu dem etwas älteren Mann umwendet, der die gleichen braunen Augen wie Tanja hat. Er weiß, dass er all das nur tut, um seine Schwester zu schützen, doch Adrian kann nicht anders. Er geht näher zu ihm und sieht ihm tief in die Augen.

»Hör zu. Ich respektiere, dass du ihr Bruder bist. Dass du sie liebst und schützen willst, doch das wollte ich auch nur. Sie ist wegen mir in Gefahr geraten und hat unsere Liebe fast mit ihrem

Leben bezahlt, das ist etwas, was ich mir selbst niemals verzeihen werde. Doch ich liebe sie. Ich habe noch niemals jemanden so sehr geliebt wie deine Schwester und ich hatte noch nicht einmal die Chance, nach alldem mit ihr zu sprechen. Du kannst mich hassen, wie sehr du möchtest, doch wenn ich dich töten muss, um mit ihr zu sprechen, werde ich das tun.«

Nun lacht ihr Bruder auf. »Und dann? Denkst du, das wird sie dir verzeihen? Was soll das für eine Liebe von deiner Seite sein? Weißt du, wie schwer meiner Schwester die letzten Monate das Atmen fiel? Jeder verfluchte Atemzug hat ihr wehgetan. Ich habe sie nicht einmal mehr lachen sehen – nicht ein einziges Mal. Aber ich höre sie weinen, fast jede Nacht, weil es auch ihr Herz gebrochen hat, all das hat sie nicht nur fast getötet, sondern auch ihr Herz gebrochen und das, weil sie dich liebt, weil sie einem Mann wie dir vertraut hat. Ich habe nicht viel und sicher nicht die Macht wie du, aber ich werde sie schützen, bei meinem Leben, weil ich sie wirklich liebe und nicht zulasse, dass so etwas noch einmal passiert.«

Adrian würde ihn am liebsten schlagen, er hat seine Hand schon zur Faust geballt, doch er zwingt sich einfach, das Haus wieder zu verlassen und rast zum Flughafen. Vielleicht hat er Glück und er findet sie noch. Adrian rennt zu allen Gates, die Flüge nach Europa haben, irgendwann hat er jedes Gate am Flughafen abgeklappert, doch es ist zu spät. Tanja ist wieder weg. Er hat sie ein weiteres Mal verloren.

Bevor sich allerdings wieder diese Hoffnungslosigkeit in ihm breitmacht, rast er zurück zum Haus. Dann muss er den Bruder mit allen Mitteln zwingen, ihm zu sagen, wo sie ist, wo er sie vor ihm versteckt, doch schon als er hält, sieht er, dass die Haustür offen steht. Er geht ins Haus und nun sind auch die letzten Sachen weg, nur noch die Möbel sind zurückgelassen wie in einem Geisterhaus und erst in diesem Augenblick begreift er, dass er Tanja endgültig und unwiderruflich verloren hat.

Tränen entweichen seinen Augen. Er wollte all das nicht, er wünschte sich nichts mehr, als dass er die Zeit zurückdrehen könnte, doch das steht nicht in seiner Macht, er hat über vieles die Macht, aber nicht darüber.

Als er jetzt das Haus verlässt, blickt er Sergeo und Abel in die Augen, die an seinem Wagen stehen und ihm entgegenblicken. Keine Ahnung, wie sie ihn gefunden haben, doch sie werden erkennen, dass er Tanja endgültig verloren hat, denn alles, was Sergeo sagt, als Adrian zu ihnen kommt, ist: »Lass uns nach Hause fahren. Ich weiß, dass es jetzt nicht so aussieht, doch in einigen Jahren wirst du anders über all das hier denken, vertrau mir.«

Adrian öffnet die Augen, wieder einmal hat ihn diese Nacht eingeholt. Die letzte Hoffnung, die er hatte und die nun auch schon über drei Jahre zurückliegt. Sergeo hatte unrecht, er hat das nie vergessen und er denkt auch nicht anders darüber, doch er musste lernen, damit zu leben. Es ist ihm nichts anderes übriggeblieben.

»Du hast Geburtstag.« Elan kommt zur Couch gerannt, auf der Adrian eingeschlafen sein muss und hält ihm eine Handvoll Bonbons hin. Adrian setzt sich auf und zieht Darios jüngsten Sohn auf seinen Arm, dabei kitzelt er ihn ab und küsst seine weichen Wangen. Er liebt die Kinder seiner Cousins über alles. »Habe ich das? Und wo ist meine Party?« Darios dunkle Stimme ertönt hinter ihm. »Wir haben schon angefangen und warten auf dich. Wo bleibst du?«

Adrian lässt Elan auf seinem Arm und steht auf. »Ich wollte nur duschen und dann kommen, doch irgendwie muss ich nach dem Duschen auf der Couch eingeschlafen sein.« Er geht zu seinem Esstisch, auf dem sein Handy und sein Shirt liegt, was er überziehen wollte. Ein Blick auf sein Display verrät ihm, dass er zwei Stunden geschlafen hat. Elan legt seinen Kopf auf Adrians Brust und er küsst seine weichen Haare. Da er ihn noch nicht aus seinen

Armen entlassen möchte, steckt er sich sein Handy einfach nur in die Tasche seiner Shorts und behält sein Shirt in der Hand.

Dario beobachtet ihn dabei. Er hat ihn vorhin vom Flughafen abgeholt. Zusammen mit Sergeo hat sich Adrian in Europa um einige interessante neue Kunden gekümmert, sie waren fast zwei Monate unterwegs und Adrian hat seine Familie und besonders die Kinder vermisst.

»Es ist gut, dass du mal wieder hier bist. In den letzten Monaten warst du viel unterwegs. Entweder du arbeitest oder du feierst.« Dario legt seine Hand in Adrians Nacken. Sie beide hatten schon immer ein besonderes Verhältnis. Adrian liebt all seine Cousins, doch mit Dario hat er schon als Kind die meiste Zeit verbracht, das hat sich erst gelegt, nachdem Dario geheiratet hat und er ruhiger geworden ist. Zwar erledigen sie noch die Geschäfte zusammen, doch feiern tut er meistens mit den anderen, während Dario zu seiner Familie nach Hause geht.

»So sah dein Leben auch mal aus und ich für meinen Teil habe nicht vor, etwas an meinem zu ändern, zumindest nicht so schnell.« Dario lacht auf und gemeinsam gehen sie zum Gemeinschaftshaus, aus dem schon Musik und Lachen ertönt. Elan bleibt auf seinem Arm, als Adrian eintritt und die gesamte Familia und auch seine Familie, die auf ihn wartet, begrüßt.

Adrian liebt sein Leben.

Er würde es nicht eintauschen und möchte es nicht missen. Das wird ihm in den nächsten Stunden wieder ganz besonders bewusst, als sie zusammen feiern, es eine riesige Torte für ihn gibt, die Kinder über den Rasen rennen, seine Cousins bei ihm sind und er die Zeit, die sie alle zusammen verbringen, einfach nur genießt. Er weiß, dass er für dieses Leben eine Menge Risiken eingehen und hart arbeiten muss, er hat viel verloren, das ihm alles bedeutet hat, doch er konnte es nicht ändern, und trotz allem würde er sein Leben niemals eintauschen, deswegen lehnt er sich zurück und genießt die Feier.

Es ist wie jedes Mal, sie feiern als Familie mit den Frauen und Kindern und als diese sich langsam zurückziehen, wird es schmutziger und lauter. Die Chicas kommen, es wird geraucht, die Musik wird lauter gedreht und ihr Lachen hallt durch die Räume und den Garten. Heute bleiben selbst die vergebenen Männer länger bei ihnen.

Adrian braucht unbedingt etwas Ablenkung heute, in Europa hatten sie auch viel Spaß, doch dort waren die Frauen nicht so leicht zu beeindrucken wie hier, wo ihr Name ausreicht, um ihr Interesse zu wecken. Als er sich im Garten umsieht, fällt sein Blick automatisch auf eine Frau, die mit dem Rücken zu ihm steht und tanzt. Ihre langen blonden Haare berühren ihren Rücken, sie ist schmal, doch ihr Hintern ist sehr gut geformt und in dem engen schwarzen Kleid, was nur bis kurz darunter geht, auch sehr gut zu erkennen.

Adrians Herz schlägt schneller, Erinnerungen schlagen in ihm hoch, die er nicht mehr haben will, weil sie ihm seinen Verstand rauben. Im selben Moment dreht sich die Frau um und tanzt weiter, dabei fällt ihr Blick zu Adrian und sie lächelt ihn lasziv an. Es ist nicht das wunderhübsche Gesicht, was ihn so gut wie jede Nacht in seinen Träumen begleitet, doch Adrian hat gelernt, damit zu leben und winkt sie zu sich, im selben Moment, als Dario ihm auf den Oberschenkel schlägt. »Dann komm mal gucken, was deine Cousins dir zur Feier des Tages besorgt haben.« Alle erheben sich, Adrian hat schon einige Geschenke bekommen und gar nicht mehr mit etwas gerechnet, doch er folgt seinen Cousins nach draußen, dabei legt er den Arm um die blonde Frau, die ihm gratuliert und sich als Mercedes vorstellt.

Er fragt sie, ob sie das erste Mal bei ihnen ist, doch da unterbricht Dario ihn.

»Alles Gute zum Geburtstag. Du weißt, wir lieben dich und als du gesagt hast, du hast dich verliebt, wussten wir, dass wir dafür sorgen müssen, dass du sie bekommst!«

Vor dem Gemeinschaftshaus steht das teure Luxusmotorrad, was Sergeo und er vor zwei Wochen in Deutschland auf einer Messe gesehen haben.

Es soll noch gar nicht in der Produktion sein und doch steht jetzt hier dieses Prachtstück vor ihm. »Wie habt ihr das geschafft?« Adrian umarmt seine Cousins und Diego grinst ihn frech an. »Es gibt nichts, was die Da Silvas nicht schaffen. Willst du sie gleich testen?« Adrian ist schon auf der Maschine. Er liebt schnelle Autos, doch es gibt nichts Besseres, als auf einem Motorrad über die Straßen zu rasen und alles um sich herum zu vergessen.

»Nichts könnte mich davon abhalten.« Adrian deutet Mercedes, hinter ihm aufzusteigen. »Dann genieß deinen kleinen Ausflug, wir feiern weiter.« Adrian sieht noch einmal zu Dario und dann gibt er auch schon Gas.

Es ist ein unbeschreibliches Gefühl, mit diesem Traum von einem Motorrad durch die Straßen zu kurven. Er kann immer noch nicht glauben, dass seine Cousins das geschafft haben und er ist auch beeindruckt, wie viel Gedanken sie sich seinetwegen machen und wie viel Mühe sie sich geben.

Es ist kaum jemand unterwegs. Sie fahren fast eine halbe Stunde die leeren Straßen entlang und es ist das erste Mal seit Langem, dass Adrian alles von sich schieben kann.

Mercedes umklammert ihn, doch als er langsamer wird, lacht sie auf und ihre Hände streichen während der Fahrt über seine Arme. »Das ist ein tolles Geschenk von deinen Cousins. Vielleicht ist es an der Zeit, dir meines zu geben.« Ihre Lippen streichen über seinen Hals und ihre Hand gleitet in die Tasche seiner Shorts und findet schnell ihr Ziel.

Der verzückte Laut, den Mercedes von sich gibt, während sie ihn in die Hand nimmt und streichelt, lässt Adrian auflachen, doch das vergeht ihm schnell, als er merkt, dass er da hinter sich keine Anfängerin hat. Sie weiß genau, was sie tut und als ihre Zunge an seinem Hals und seinem Nacken entlangfährt, kann er sich kaum zurückhalten, während er etwas sucht, wo sie kurz halten können.

Er fährt in eine leere Parkbucht.

Sobald er den Motor ausgestellt und das Motorrad fixiert hat, dreht er sich zu Mercedes um, bleibt aber wie sie auf dem Motorrad sitzen. Sie rückt an ihn und lächelt. »Happy Birthday!«

Ihre Lippen erobern seine und das nicht gerade zurückhaltend. Normalerweise ist Adrian der Fordernde, doch sie hat recht, es ist sein Geburtstag und er überlässt ihr die Kontrolle.

Sie küssen sich, Adrian zieht sie an ihrem festen Po näher zu sich, doch sie beendet den Kuss, weicht zurück und das, was sie während der Fahrt mit der Hand gemacht hat, führt sie jetzt mit ihren weichen Lippen fort. Er presst die Zähne zusammen, als sie ihn komplett in ihren Mund aufnimmt und Dinge macht, die er nur selten von Frauen bekommen hat. Sie weiß genau, was sie tut und er lehnt sich zurück und genießt.

»Komm her.« Als sie ihn so weit hat, dass er es nicht mehr aushält, lacht sie auf, während er ihr Kleid hochzieht, sodass er ihre perfekten Brüste umfassen kann.

Er steigt vom Motorrad ab und nimmt sie mit zu einem rot leuchtenden Werbeschild. Sie stellt sich daran und zieht sich ganz aus. Durch das Rot in ihrem Rücken wirkt sie nur noch anziehender. Nun ist Adrian dran, er verwöhnt ihre Brüste und streicht über ihre Mitte, die schon mehr als bereit ist, aber auch Mercedes' Hand geht weiter auf Erkundung und als er sich dann endlich ein Kondom überzieht und in sie eindringt, stöhnen beide auf.

Das ist doch ein gelungener Abschluss eines Geburtstages, schöner könnte er es sich nicht vorstellen. Doch genau in dem Moment, als sie beide kurz davor sind zu explodieren, greift Adrian in die blonden Haare, eine Millisekunde erscheint das Lächeln der Frau vor seinen Augen, der sein Herz gehört und Adrian schließt die Augen.

Die Wut, dass er es nicht schafft, das alles komplett zu vergessen, lässt ihn schneller werden, härter, was die Frau, die nicht die Frau ist, die er sich wünschte, nur lauter werden lässt und kurz danach schreit sie auf und auch er atmet so schnell, dass er danach einen Moment braucht und die Augen schließt.

Ein Fluch liegt auf seinen Lippen, doch er weiß, dass das nichts ändert, er muss damit leben, er hat keine andere Wahl.

Kapitel 2

»Wie hast du das geschafft? Dein Geburtstag ist erst ein paar Tage her?«

Adrian lacht und nimmt sich einen der Donuts, die Diego auf dem Rücksitz liegen hat. »Ich weiß auch nicht, durch den Regen war die Fahrbahn nass und irgendwie ist das Motorrad ausgerutscht, doch ich war gerade zum Glück langsamer. Der Schaden am Motorrad ist morgen wieder behoben.«

Er spürt Diegos Blick auf sich. Sein Cousin hebt die Hand und zieht sein Kinn zu sich, um sich die Wunden auf seiner Stirn und der Wange anzusehen. »Zeig das gleich mal unserem Arzt, nicht dass da noch mehr in deinem Kopf nicht stimmt als eh schon.« Adrian lacht erneut auf und will Diego, der ihn von der Werkstatt abgeholt hat, gerade versichern, dass es ihm gut geht, da fahren sie an der riesigen Fensterfront eines Einkaufsladens vorbei und Adrians Herz beginnt zu rasen.

»Halt!« Diego flucht laut auf, als Adrian ihn scharf angeht und sein Cousin sich so sehr erschreckt, dass er eine Vollbremsung macht. »Adrian, ich schwöre dir, ich ...« Adrian wendet seinen Blick nicht ab, er hat das Gefühl zu träumen, doch als Diego seinem Blick folgt und noch einmal zu fluchen beginnt, weiß er, dass seine Augen ihn nicht täuschen und steigt aus, obwohl sie mitten auf der Fahrbahn sind. »Adrian, warte, du musst einen klaren Kopf behalten.« Adrian ignoriert seinen Cousin. »Warte! Ich bin gleich wieder da.«

Adrian geht direkt zum großen Haupteingang, wo eine Verkäuferin zu ihm kommt. Er sieht zu einer Sitzecke, wo mehrere Frauen sitzen, etwas trinken und auf die nächste Anprobe warten und zieht fünf Hundert-Dollar-Scheine aus seiner Hosentasche.

»Beschäftigen Sie die Damen für einige Minuten. Und kein Wort, dass ich hier bin.« Er weiß, die Frau hätte es auch so getan, doch er will, dass sie sich Mühe gibt und die anderen Frauen ablenkt. Sie nickt und deutet zu einer Tür. »Von dort kommen Sie in die Umkleiden.« Adrian geht ohne noch weiter zu warten durch die Tür, einen kleinen Flur entlang und schiebt dann einen Vorhang zur Seite.

Der Anblick, der ihn dann erwartet, lässt ihn stocken: Die ganze Zeit ist sein Herz gerast, nun muss er fest schlucken und lehnt sich gegen eine weiße Säule, die vor ihm steht. In diesem Moment traut er seinen starken Emotionen selbst nicht und beobachtet von der Seite, wie sich die Frau anzieht, der seit so vielen Jahren sein Herz gehört und die er seit mehreren Jahren nicht mehr gesehen hat.

Adrian atmet tief ein und spürt, wie sich sein Hals zuschnürt, er hat versucht, all das mit Tanja so weit zu verdrängen, dass es jetzt mit solch einer Wucht zurückkommt, die ihn wirklich ins Schleudern bringt.

Er sieht ihr dabei zu, wie sie in einem großen marmorierten Spiegel das weiße Kleid betrachtet, was sie trägt. Sie hebt es einen Moment an und er kann einen Blick auf ihre zarten Füße werfen. Gott, sie ist nur noch anziehender geworden oder es erscheint ihm so, weil er sie im Grunde jeden Tag vermisst und sie ständig seine Gedanken beherrscht.

Tanjas Haare sind länger geworden. Sie fallen ihr bis auf ihren hübschen festen Po, der in diesem Kleid noch besser zur Geltung kommt. Sie ist noch genauso hübsch wie damals. Adrian sieht über den Spiegel in ihr Gesicht, auf die Augen, die unsicher auf das Kleid blicken, die Lippen, die ihn um den Verstand gebracht haben, und wie sie es damals immer getan hat, streicht sie sich ihre langen Haare nach hinten.

»Das Kleid ist auch sehr schön, doch es müsste noch etwas enger genäht werden, was denken Sie?«

22

Tanja ist so mit dem Anblick des Kleides beschäftigt, dass sie nur mitbekommen hat, wie wieder jemand in den großen Umkleideraum gekommen ist, aber nicht wer.

»Ich denke, es ist perfekt!«

Sobald Adrians Stimme zu ihr dringt, wendet sich Tanja erschrocken um. Adrian bleibt weiter an der Säule gelehnt stehen und versucht, nicht zu zeigen, wie sehr ihn ihr Anblick umhaut, wie sehr es ihn trifft, sie nach all der Zeit wieder vor sich zu haben. Er weiß nicht, ob es ihm gelingt, doch auch in ihrem Blick spiegeln sich sofort mehrere Emotionen ab.

Sie sieht ihn völlig überrascht an. »Adrian?« Ihre Blicke treffen sich und im selben Moment bilden sich Tränen in ihren Augen. Adrian trifft das so sehr, dass er seinen Blick einen Moment senkt und dann von der weißen Säule weggeht und ein paar Schritte auf sie zu macht. »Adrian, was ... was tust du hier? Bist du verrückt geworden, ich ...« Sie deutet nach draußen und wenn er selbst nicht so von seinen Gefühlen überwältigt wäre, würde er über ihren völlig überforderten Gesichtsausdruck schmunzeln, doch so sieht er ihr in die Augen.

»Ich habe dafür gesorgt, dass sie ein paar Minuten beschäftigt sind. Diego und ich sind gerade vorbeigefahren und da habe ich dich hier gesehen, wie du mit einem Haufen Hochzeitskleider in die Kabine gegangen bist.« Er sieht an ihr hoch und runter, sein Blick gleitet über den bezaubernden Ausschnitt und dann zu dem kleinen Leberfleck an ihrem Kinn und wieder in ihre schönen braunen Augen, in denen sich noch immer Tränen gesammelt haben.

»Was tust du hier, Tanja?« Er deutet zu dem Hochzeitskleid, was sie trägt. »Ich habe dich gesucht, ich habe versucht, mit dir zu sprechen. Seit ich an dem Tag deine Wohnung verlassen habe und wir beide beschlossen hatten, ganz neu anzufangen, habe ich es nicht geschafft, einmal mit dir zu sprechen, mich zu erklären, das alles zwischen uns zu klären, und jetzt stehst du ein paar Jahre später hier und … Weißt du, dass ich all die Jahre versucht habe, mit dir zu sprechen?«

Tanja streicht über ihr Kleid und einen Moment kommt es Adrian so vor, als wäre es ihr unangenehm, dass er sie so sieht, doch dann blickt sie ihn wieder direkt an und die Tränen aus ihren Augen sind verschwunden und darin steht Wut, eine Wut, die er auch immer in den Augen ihrer Familie gesehen hat.

»Und das verwundert dich ernsthaft? Ich wäre fast gestorben, Adrian! Deine kranke Verlobte hat auf mich eingestochen, während ein Mann mich festgehalten hat. Wer weiß, was sie noch getan hätten, hätte ich mich nicht so gewehrt, dass sie irgendwann nur noch mit dem Messer auf mich eingestochen haben. Ich werde niemals ihr krankes Gesicht vergessen und ihre Worte, dass du ihr gehörst und ich eine verdammte Hure bin, die mit ihrem Verlobten schläft und im Grunde hatte sie ja nicht mal unrecht. Und nachdem ich es dann mit sehr viel Glück doch geschafft habe zu überleben, wunderst du dich, dass dich niemand mehr an mich heranlässt? Es ist nicht so, dass sie mich gezwungen haben, Adrian. Vielleicht am Anfang, doch als ich wieder klar bei Verstand war, kam es von mir. Ich wollte dich nicht mehr sehen. Ich wollte das damals zwischen uns nicht, ich wusste, dass das nicht gut endet. Doch du hast nicht locker gelassen, du warst verlobt, ob wegen deiner Familia oder nicht, spielt keine Rolle. Du hättest mich lassen sollen, und das weißt du auch ganz genau.«

Nun sind sie an dem Punkt, den Adrian immer haben wollte, er wollte all die Jahre mit Tanja darüber sprechen, er geht noch näher zu ihr.

»Es spielt sehr wohl eine Rolle, weil ich Ayla niemals geliebt habe. Ich hatte das mit dir doch nicht geplant, Tanja, du kamst und ich konnte nicht mehr ohne dich sein, es war nicht so, dass ich dich zu etwas gezwungen habe, wir beide haben uns verliebt und es gibt nichts Normaleres auf der Welt. Solche Dinge passieren und glaube mir, mein Engel, es gibt so vieles, was ich auf dieser beschissenen Welt bereue, aber nicht das, niemals, dass ich dich liebe ...«

Adrian hebt seine Hand, denn nun verlassen Tränen Tanjas Augen, doch sie weicht zurück. »Sag das nicht, nicht wieder, all das hat doch dafür gesorgt, was passiert ist. Dass ich mich in dich verliebt habe und du mein Leben komplett auf den Kopf gestellt hast. Ich habe lange gebraucht, um es wieder auf die Reihe zu bekommen und jetzt stehst du wieder hier und ... tu das nicht!«

Adrian senkt seine Hände wieder. Ihre Worte sind wie eine schallende Ohrfeige für ihn und er weiß, dass er die auch verdient hat, doch es tut ihm trotzdem weh. »Ich habe nicht vor, dein Leben durcheinanderzubringen. Alles was ich wollte, war, mit dir zu reden, dir zu sagen, wie leid es mir tut, was damals passiert ist, dass ich das nicht wollte, Engel, du musst doch wissen, dass du mir alles bedeutet hast. Hast du wirklich gedacht, dass ich das wollte?«

Nun wird Tanjas harter Blick sanfter. »Nein, natürlich nicht, doch es ist passiert, Adrian. Ich habe dich so oft gebeten, all das zu beenden, doch du hast immer an eure Beziehung zu Mexiko gedacht und doch wolltest du mich nicht gehen lassen. Du hast mir gesagt, dass du mich immer schützen wirst, und doch ... und sieh doch, dein Leben hat sich kein bisschen geändert!«

Adrian senkt seinen Blick, als sie in sein Gesicht und auf die frischen Wunden blickt. »Ayla hat bekommen, was sie verdient hat, und es gibt nichts, was ich jemals mehr wollte als dich und dich zu schützen. Ich werde mir niemals verzeihen, dass ich es an dem Tag nicht konnte. Mein Leben hat sich nicht geändert, außer dass ich dich verloren habe, und ich erwarte auch nicht, dass du mir verzeihst, doch ich möchte, dass du weißt, wie leid es mir tut.«

Einen Moment sehen sie sich nur an.

Wie gerne würde Adrian auf sein Herz hören und Tanja einfach in seine Arme nehmen, sie bei sich haben und ihr versprechen, dass so etwas nie wieder passiert und er niemals aufgehört hat, sie zu lieben, ganz im Gegenteil, aber er weiß, dass sie das nicht zulassen würde, doch sie nickt und streicht noch einmal über ihr Kleid. »Okay, ich habe es gehört und ich weiß, dass es dir leidtut. Danke, dass du gekommen bist, um es mir zu sagen.«

Draußen wird es lauter und Tanja sieht zur Tür. Adrian weiß, dass er gehen muss, um hier nicht alles außer Kontrolle geraten zu lassen.

»Und seit wann bist du zurück in Puerto Rico?« Tanja weicht seinem Blick aus. »Seit einigen Tagen, davor war ich nie hier. Ich habe in Italien meinen Verlobten kennengelernt, er hat dort Urlaub gemacht und war in einer puerto-ricanischen Bar, wo wir uns kennengelernt haben, aber er ... arbeitet und lebt hier und wir feiern am Wochenende unsere Verlobung nach in Puerto Rico, und in einem Monat ist die Hochzeit. Ich werde dann mit ihm hier leben.«

Jedes Wort ist wie ein Schlag in sein Gesicht, er sieht auf den großen Diamantring an ihrem Finger und ihr dann in die Augen. Natürlich war ihm klar, dass sie ihr Leben weitergelebt hat, das muss sie auch, sie wäre seinetwegen fast gestorben, sie hat jedes Glück der Welt verdient, doch sie jetzt so zu sehen, bringt ihn um den Verstand.

»Erwarte nicht, dass ich dir dazu gratuliere.« Tanja sieht ihn direkt an. »Das tue ich nicht.« Es wird lauter und die Frau, der er das Geld gegeben hat, klopft. »Sind sie bereit? Dürfen ihre Mutter und Schwiegermutter und alle anderen sie sehen?« Tanja atmet tief ein und er hört das Zittern dabei. »Ja, eine Minute noch.«

Adrian flucht laut auf, am liebsten würde er alles zerschlagen, doch er hat schon viel falsch gemacht, viel zu viel und versucht jetzt, einmal das Richtige zu tun. Er geht die zwei Schritte zu Tanja und gibt ihr einen langen Kuss auf die Stirn. Er spürt, wie sie zu weinen beginnt und dass auch sie zittert, er selbst kämpft mit seinen Gefühlen. »Ich gehe. Alles, was ich wollte, ist es, dir zu sagen, wie leid mir all das tut, pass auf dich auf, Engel. Ich liebe dich und auch wenn du daran glaubst ...« Er entfernt sich noch einmal und sieht an ihrem Hochzeitskleid hinunter. »Wir beide wissen, dass das hier nicht echt ist, nicht so wie das, was wir hatten.«

Er sieht ihr noch einmal in die Augen und wendet sich dann ab, doch bevor er hinter dem Vorhang aus dem Hinterausgang verschwinden kann, hört er noch einmal ihre Stimme.

»Ich bin nicht mehr die naive junge Frau von damals, die viel zu viel auf ihr Herz gehört hat. Ich bin erwachsen geworden. Es muss nicht echt sein, sondern sicher und etwas, was eine richtige Zukunft hat, das reicht, um glücklich zu leben, und du weißt gar nichts über meinen Verlobten und mich.«

Adrian dreht sich noch einmal zu ihr um und sieht, wie wütend sie seine Worte gemacht haben, vielleicht weil sie weiß, wie wahr sie sind, deswegen legt er nur den Kopf schief und lächelt. »Alles klar, Engel, rede dir das gerne ein. Viel Spaß noch beim Anprobieren.«

Mit einem lauten Fluch verlässt Adrian ungesehen das Brautgeschäft, im Schaufenster sieht er, wie sich nun mehrere Frauen um Tanja versammeln und sie im Brautkleid bewundern. Er zündet sich eine Zigarette an und geht zu Diego, der vor dem Laden gehalten hat und auf ihn wartet. Auch er sieht zu Tanja und dann zu ihm. »Alles klar?« Adrian kocht vor Wut und die Sehnsucht, die so lange unterdrückt war, hämmert wild in seiner Brust. »Ja, lass uns von hier verschwinden!«

Kapitel 3

»Gibt es hier ein Problem?«

Tanja sieht verwundert in die Gesichter der Männer, die sie gerade noch daran hindern, aus der Nische mit den Toiletten zu gelangen. Nura und sie wollten langsam den Club verlassen, doch Tanja musste noch einmal auf die Toilette. Als sie jetzt aber dabei ist, diese zu verlassen, bauen sich zwei Männer vor ihr auf und versuchen sie lallend zu überreden, noch mit ihnen etwas zu trinken.

Tanja ist es gewohnt, sich gegen aufdringliche Männer zu wehren, sie wollte auch gerade anfangen, den Männern zu sagen, dass sie verschwinden sollen, da hört sie eine ihr nicht unbekannte Stimme hinter sich und vor allem sieht sie, wie die Gesichtsausdrücke der Männer von gierig zu erschrocken wechseln und sie augenblicklich nach hinten weichen und Tanja so Platz machen.

Erst dann dreht sich Tanja um und muss nach oben blicken, um in das grinsende Gesicht von Adrian Da Silva zu blicken. »Du schon wieder. Verfolgst du mich?« Er hebt eine Augenbraue und geht an ihr vorbei. Tanja sieht ihm perplex hinterher und folgt ihm. »Ich … nein, ich war hier im Club, wenn, dann kann ich das eher dich fragen, ich meine …« Adrian bliebt stehen und lacht auf.

»Das war nur Spaß, wir hatten hier ein Treffen und ich habe dich schon vorhin auf der Tanzfläche gesehen und jetzt stolpere ich wieder über dich. Du warst die letzten zwei Feiern nicht mehr bei uns, ist dir der Club jetzt lieber?«

Tanja verschränkt die Arme vor der Brust und muss auch leise lachen. Sie mag ihn, im Grunde ist nur das der Grund, wieso sie es gemieden hat, wieder ins Da Silva-Gebiet zu fahren. Auf den letzten Feiern sind sie immer wieder aufeinandergetroffen und haben Zeit zusammen verbracht.

Die Da Silvas sind alle beeindruckende, mächtige Männer, und der ein oder andere hat sie dort angeflirtet, doch Adrian hat ihr besonders gut gefallen. Er ist ein hübscher Mann, nicht nur anziehend, er ist wirklich hübsch. Seine dunkelbraunen Haare sind immer perfekt gestylt. Sie sind kurz an den Seiten, doch oben stehen sie ihm ab. Beim letzten Mal hatte er einen leichten Bart, doch heute ist er frisch rasiert, beides steht ihm sehr gut, doch neben seinen sinnlichen Lippen und der Narbe neben seinem Nasenrücken, die ihn allerdings nicht entstellt, sondern ihm diesen gewissen Extrahauch an Gefährlichkeit verleiht, sind es seine Augen, die jede Frau zweimal hingucken lassen. Sie sind hellbraun. Als sie ihn das erste Mal gesehen hat, hat sie danach lange mit Nura diskutiert, ob sie haselnussbraun oder, wie sie denkt, eher bernsteinfarben sind, doch egal wie man es nennt, Tanja hat noch nie solch schöne Augen gesehen. Durch seine dunklen Wimpern mit den dunklen Augenbrauen stechen sie noch mehr heraus, und wenn er dann noch so frech grinst wie jetzt, ist er der attraktivste Mann, dem Tanja je begegnet ist, mal ganz abgesehen von seinem durchtrainierten Körper. Doch das Problem ist, Adrian weiß, wie attraktiv und begehrt er ist und Tanja will ihm nicht auch noch wie die meisten Frauen hinterherschmachten, und dann ist da noch eine kleine Tatsache, die Tanja leider erst bemerkt hat, nachdem sie sich schon von ihm hat umgarnen lassen.

Es wäre auch zu schön gewesen, wenn sie wirklich mal einen Mann getroffen hätte, der ihr gefällt, sie zum Lachen bringt und der auch noch Geld hat, doch es gibt immer einen Haken, das hat Tanja leider verdrängt.

Nachdem sie sich ein paar Mal auf den Partys der Da Silva mit ihm zusammengesetzt und unterhalten hat, hat sie wirklich Interesse bekommen. Adrian hat ihr von den Da Silvas erzählt und sie ihm von der neuen Arbeit, die sie in zwei Wochen im Schuhladen im Einkaufszentrum beginnt und von ihrer Familie, zumindest ein wenig.

Sie sind sich nicht weiter nähergekommen, doch Tanja hat es gemocht, mit ihm Zeit zu verbringen und auch er scheint nach ihr Ausschau gehalten zu haben, doch beim letzten Mal hat sie eine hübsche dunkelhaarige Frau aufgehalten und ihr drohend erklärt, dass Adrian ihr Verlobter ist und sie die Finger von ihm lassen soll.

Tanja weiß nicht, woher sie wusste, dass sie sich mit Adrian unterhalten hat, doch sie ist gleich drei Schritte zurückgegangen und seitdem nicht mehr zu den Partys gefahren.

Die Partys der Da Silvas sind die besten. Es gibt gute Musik, sehr leckeres Essen, heiße Männer und man hat immer Spaß, doch Tanja weiß, dass sie eh nur noch nach Adrian Ausschau gehalten hätte und hat es deswegen gemieden, und als sie ihm jetzt in die Augen blickt, weiß sie auch wieder warum.

»Momentan ziehen wir das hier vor, ja, das stimmt. Deine Verlobte hat mehr als klargemacht, dass ich da nicht willkommen bin.« Nun hebt Adrian die Augenbrauen, er wusste davon offensichtlich nichts. »Meine Verlobte? Das ist … nicht so, wie man es meinen könnte und sie hat nicht zu sagen, wer zu unseren Feiern kommt und wer nicht.«

Nura steht schon am Eingang und winkt Tanja zu sich. »Okay, ich muss los. Es war schön, dich wiederzusehen.« Sie lächelt Adrian noch einmal an. »Warte, ich habe deinen Namen wieder vergessen Wie heißt du noch einmal? Wir feiern am Samstag den Geburtstag meines Cousins, kommst du vorbei?«

Tanja sieht Adrian noch einmal genau an, er ist anziehend und gefährlich und sie sollte all das stoppen, doch irgendwie will sie das gar nicht. »Mal sehen.« Mit diesen Worten hebt sie noch einmal die Hand und geht dann zu Nura, die nur den Kopf schüttelt und mit ihr zusammen den Club verlässt.

»Adrian Da Silva? Lass bloß die Finger davon, ich habe kein gutes Gefühl dabei!«

Tatsächlich ist Tanja an dem Wochenende nicht zu der Party gegangen und hat sich Zeit gelassen, bis sie mal wieder zu einer Da Silva-Party gegangen ist, doch dann ist sie sofort wieder schwach geworden, als Adrian vor ihr stand.

»Ist alles in Ordnung, meine Hübsche?« Pablos Hand legt sich über ihre und Tanja steckt sich die Gabel mit dem Rinderfilet in den Mund. Sie nickt und kaut, er hat ihr gerade von seinem Geschäftstermin heute erzählt und sie ist dabei völlig mit ihren Gedanken abgedriftet. Es war klar, dass die Begegnung heute sie nicht kalt lässt. Sie hat es geschafft, sich vor ihrer, Pablos Mutter und seinen zwei Schwestern nichts anmerken zu lassen, doch seit sie hier im Restaurant ist, kann sie ihre Gedanken kaum kontrollieren.

»Das muss ja wirklich beeindruckend gewesen sein heute beim Brautkleid aussuchen, bist du denn fündig geworden? Gibst du mir einen Tipp? Du wirst doch nicht etwa kalte Füße bekommen?« Er lächelt sie liebevoll an. »Nein, aber um ehrlich zu sein, war das schon beeindruckend. Als ich mich in den Kleidern gesehen habe … war es das erste Mal wirklich real. Und nein, ich gebe dir keinen Tipp. Ich denke, ich habe es gefunden, es war etwas zu groß, sie haben es eine Nummer kleiner bestellt und wenn das passt und es so perfekt ist wie ich glaube, habe ich mein Kleid tatsächlich gefunden.«

Pablo lächelt. »Solange du glücklich bist, bin ich es auch. Ich habe dir doch gesagt, dass du es lieben wirst, zurück in San Juan zu sein. Du wirst sehen, wir bauen uns hier ein atemberaubendes Leben auf.«

Statt ihm zu antworten, lächelt Tanja nur matt und nimmt sich einige Karotten von dem leckeren Gericht, was ihr normalerweise sehr gut schmeckt, doch gerade bekommt sie keinen Bissen herunter.

Dankbar sieht sie dabei zu, wie ihr Verlobter einen Anruf entgegennimmt und dann nach der Rechnung fragt.

Offensichtlich muss er etwas Wichtiges erledigen. Tanja ist froh drum, sie braucht ein paar Minuten für sich. Das gerade im Brautgeschäft hat sie überrumpelt und sie hat nicht einmal Zeit gehabt, das alles auf sich wirken zu lassen.

Sie hat gewusst, dass sie Adrian früher oder später wieder über den Weg laufen wird, wenn sie zurück nach San Juan kommt. Es ist jetzt so lange her, dass sie sich das letzte Mal gesehen haben. Auch wenn Tanja das mit ihm niemals wirklich abgeschlossen hat, nie vergessen, sondern einfach immer nur so weit es geht von sich geschoben hat, so hat es sie doch schockiert, wie stark sie reagiert hat, als auf einmal Adrian vor ihr stand.

Alles, was ihn ausmacht, alles, was sie so sehr an ihm geliebt hat, war wieder da ... so stark, so präsent ... Tanja kann noch immer nicht klar denken und dann seine Worte. Er hat keine Vorstellungen davon, wie schwer all das damals für sie war. Als sie endlich richtig wach wurde, wirklich wach, war sie bereits in Italien. Sobald sie transportfähig war, hat ihre Familie sie weggebracht, und wirklich bei klarem Verstand war sie dann erst wieder, als sie in Italien war.

Sie hatte furchtbare Schmerzen, ihre Wunden haben sie um den Verstand gebracht, sie hat mehr als ein halbes Jahr gebraucht, um sich wieder ganz normal bewegen zu können. Sie hat diesen Tag verdrängt, sie wusste noch, wie sie sich von Adrian verabschiedet hat, wie glücklich sie war, dass sie nach Monaten des Hin und Hers endlich beschlossen haben, alles offiziell zu tun und zusammenzubleiben. Danach gab es ein schwarzes Loch und in diesen Wochen wollte Tanja einfach nur zurück zu Adrian. Sie hat geweint und gehofft, dass er kommt und sie findet, ihr war klar, dass ihre Familie sie weggebracht hat und er sie sicherlich suchen würde.

Adrian war der erste Mann in ihrem Leben, den sie über alles geliebt hat.

Es war schwer, ein ständiges Auf und Ab, sie hat sich mit niemandem so heftig gestritten wie mit ihm und niemanden so leidenschaftlich geliebt, doch er war alles, was sie wollte.

Ihre Familie hat es nicht zugelassen, und nach und nach sind dann auch bei ihr die Erinnerungen zurückgekommen an das, was in dieser Nacht noch passiert ist: An Ayla und diesen Mann, an ihre Worte, an das Messer, das sie immer wieder getroffen hat und diese Schmerzen. Die Kälte, die in sie gefahren ist, als sie dort lag und wie sehr sie es in diesem Augenblick bereut hat, sich auf Adrian eingelassen zu haben. Sie wusste es besser, sie wusste, dass das nicht gut ausgehen kann, dass das Leben, was er führt, nichts für sie ist und dann lag sie in ihrem eigenen Blut und hat sich nichts mehr gewünscht, als wäre sie ihm niemals begegnet.

Als all das wieder hochgekommen ist, hat sie aufgehört zu weinen, ihre Gedanken waren auch weiter viel bei ihm und bei ihrer gemeinsamen Zeit, doch sie hat auch begonnen, ihre Familie zu verstehen und angefangen, dafür zu kämpfen, ihr Leben wieder in den Griff zu bekommen. Doch es ist nicht so, dass sie jemals vergessen hätte, was er und ihre Zeit ihr bedeutet haben, und das ist vorhin alles hochgekommen.

Adrian wird ihr Herz immer in dieser verrückten Art zum Schlagen bringen. Als er vor ihr stand, konnte sie nicht aufhören, ihm in die Augen zu sehen, auf sein freches Grinsen, trotzdem hat sie genau gespürt, dass auch er unsicher ist.

Sie hat sich oft gefragt, wie all das für ihn war. Man sieht, dass es ihm gut geht. Adrian sieht anziehend wie immer aus. Er ist etwas brauner geworden, vielleicht hat er gerade Urlaub gemacht, und wenn sie nicht alles täuscht, wirkt er sogar noch durchtrainierter als sonst schon immer, doch ansonsten stand ihr Adrian, der sie immer an sich gezogen und im Arm gehalten hat, bei dem sie im Arm geschlafen hat, wie sonst niemals wieder und mit dem sie Tage verbringen konnte, ohne irgendetwas zu vermissen, gegenüber.

Er sollte so vernünftig sein und sie lassen. Er muss doch verstehen, was ihre Beziehung für sie bedeutet hat, wie sehr sie deswegen leiden musste. Es ist frech, dass er sie trotzdem aufgesucht hat und sie weiß, dass sie aufpassen muss. In dem Moment, als er sie auf die Stirn geküsst hat, hat ihr Herz zu rasen begonnen und sie hat sich geschworen, ihr Herz nie wieder über ihren Verstand zu setzen.

Tanja blickt nach oben und lächelt ihren Verlobten an, der dem Kellner deutet, die Rechnung zu bringen. Das hier ist vielleicht das Vernünftigste, was sie jemals getan hat und sie wird sich dabei nicht wieder selbst im Weg stehen.

Pablo bezahlt und fragt, ob sie Tanjas Essen einpacken lassen sollen, doch sie schüttelt den Kopf. Erst als sie das Restaurant verlassen, legt er auf. Sie sind beide mit ihren Autos hier, Tanja fährt auch einen von Pablos teuren Wagen, um sich hier fortbewegen zu können und er versichert ihr immer wieder, dass von nun an alles ihnen beiden gehört.

»Soll ich dich zu Hause absetzen? Ich könnte deinen Wagen abholen lassen.« Tanja beugt sich zu ihm und gibt ihm einen Kuss auf den Mund. »Nein, ich möchte noch ein paar Dinge erledigen und komme dann nach Hause. Wird es spät bei euch?« Pablo sieht auf seine Uhr.

Er ist der oberste Minister für Sicherheit in Puerto Rico. Die Da Silvas setzen keinen Präsidenten mehr ein, nur Minister, und Pablo ist einer davon. Damit gehört er hier in San Juan zu einem der angesehensten Männer, nach den Da Silvas. Tanja weiß nicht, ob und was Adrian sagen wird, wenn er erfährt, wen sie heiraten wird, doch letztlich kann ihr das egal sein. Sie muss aufhören, ihr Leben danach auszurichten, was Adrian denkt, damit hätte sie schon viel früher anfangen sollen, dann hätte sie einige Narben weniger auf ihrem Körper, ganz abgesehen von den seelischen Narben. Es hat lange gedauert, bis Tanja nachts wieder durchschlafen konnte, manchmal, wenn sie eine Frau und einen Mann sich unterhalten hört, die ähnliche Stimmen haben, kommen noch immer Gedankenfetzen von damals hoch.

Es war absurd, die beiden haben sich ganz normal unterhalten, sie waren weder nervös noch irgendwie aufgeregt darüber, dass sie dabei waren, sie zu töten. Tanja wird niemals vergessen, wie Ayla den Mann gedrängt hat, sie auszuziehen. Weil Tanja sich so sehr dagegen gewehrt hat, hat sie viel abbekommen, und als es Ayla irgendwann gereicht hat, hat auch sie mitgeholfen, doch Tanja hat sich mit ihrer gesamten Kraft gewehrt. Als sie Ayla dabei ins Gesicht geschlagen hat, ist sie so wütend geworden, dass sie mit dem Messer zugestochen hat. Immer wieder. Tanja hat sich die Monate danach oft gefragt, ob es ihr ursprünglicher Plan war, ob sie sie von Anfang an töten wollte oder ob sie geplant hatte, den Mann Tanja so verletzen zu lassen, dass sie auch das niemals vergessen hätte.

Sie weiß es nicht, sie hat all das irgendwann nur noch weit von sich geschoben, doch sie spürt schon die ganze Zeit, seitdem sie zurück in Puerto Rico ist, dass alles wieder hochkommt und jetzt, nachdem sie wieder vor Adrian stand, noch intensiver.

»Bist du sicher? Du siehst blass aus.« Tanja geht zu dem schwarzen Audi und hebt die Hand. »Es ist alles in Ordnung, ich werde mir die Nägel machen und vielleicht ein paar Kleinigkeiten besorgen gehen, wenn uns morgen deine Mutter besuchen kommt.«

Pablos Handy klingelt wieder, er nickt und steigt ein, dann fährt er auch schon davon, während Tanja in das Auto steigt und erst mehrmals ein- und ausatmet. Sie muss sich zusammenreißen. Es sind einige Jahre vergangen, sie kann nicht noch immer so stark auf Adrian reagieren. Sie kann doch auch nicht ein neues Leben beginnen und ihr altes komplett verdrängen. Es ist ja nicht nur Adrian, sie hat zu allem, was mit Puerto Rico zu tun hat, den Kontakt abgebrochen.

Sie hat sich bei niemandem mehr gemeldet und mit niemandem mehr gesprochen. Sie ist erst seit ein paar Tagen zurück. Am zweiten Tag ist sie zur alten Wohnung von Nura gefahren, doch sie lebt seit zwei Jahren in Ponce, ihre Nachbarn kennen ihre neue Adresse nicht.

Sie fährt los, statt in Richtung Einkaufszentrum fährt sie durch San Juan, vorbei an ihrer alten Schule, an der Arbeitsstelle ihrer Mutter und irgendwann landet sie kurz vor der Einfahrt zum Da Silva-Anwesen. Tanja hält gegenüber auf einem Parkplatz und sieht zur Straße und den Wachmännern. Zwei von ihnen kennt sie vom Sehen. Wie oft sie hier stand und zu den Partys durchgelassen wurde. Ansonsten war sie nie hier, nie offiziell als Frau an Adrians Seite, wie er es oft hingestellt hat. Adrian hat sie immer in dem Glauben gelassen, sie wäre seine Nummer eins, doch er konnte seine Verlobte nicht verlassen, um seiner Familia nicht in den Rücken zu fallen.

Tanja war hin- und hergerissen, sie hat versucht, den Kontakt zu Adrian abzubrechen oder seine Situation zu verstehen. Irgendwann ging es nicht mehr, ihre Gefühle sind stärker und stärker geworden, doch die Situation unerträglicher, und dann war es Adrian, der gesagt hat, sie sollen den Kontakt abbrechen. Das war für Tanja der härteste Schlag, weil das für sie bedeutet hat, er hat sich für Ayla und gegen sie entschieden.

Erst in dieser Zeit hat sie verstanden, wie viel Adrian ihr mittlerweile bedeutet. Sie hat ihn wahnsinnig vermisst, sie haben viel Zeit zusammen verbracht, heimlich, sie haben sich in Hotels getroffen oder auf einem seiner Boote. Tanja wollte das nie, sie wollte niemals eine Geliebte werden, sie hat sich schlecht gefühlt bei dem Gedanken, doch Adrian hat ihr dieses Gefühl jedes Mal genommen. Er hat ihr versichert, dass er Ayla nur anziehend fand und diese Hochzeit zur Verbindung zwischen Puerto Rico und Mexiko vereinbart wurde.

Sie waren beide neugierig auf den anderen, es war aufregend. Auch wenn es verboten war, muss Tanja zugeben, dass auch gerade dieses Verbotene einen gewissen Reiz hatte.

Doch diese Trennung, die von ihm ausging, hat ihr zugesetzt. Sie hat ihn vermisst und gemerkt, dass da mittlerweile schon viel mehr ist, viel mehr als eine Neugierde und eine gewisse Anziehung zu diesem anziehenden und gefährlichen Anführer der Da Silvas. Gleichzeitig war ihr Stolz verletzt und sie hat ihn verflucht dafür, dass er sich doch gegen das, was zwischen ihnen begonnen hat, entschieden hat.

Tanja ist damals wie wild feiern gewesen, hat sich mit anderen Männern getroffen, hat alles probiert, um Adrian aus dem Kopf zu bekommen, und als er dann nur wenige Wochen später vor ihrer Wohnung stand, klitschnass von einem Platzregen, und sie um Verzeihung gebeten hat, war sie einfach nur froh, ihn wiederzusehen. Er hat ihr genau das gesagt, was sie hören wollte, dass es ein Fehler war, dass er sie liebt und er Ayla verlassen wird.

Es ist nicht einmal so, dass sie ihm das nicht glauben würde, sie glaubt ihm, dass er sie liebt, dort hat er es ihr das erste Mal gesagt, und ihr ging es genauso, doch wahrscheinlich war das der Punkt, wo sie ihn hätte wegschicken müssen, sodass dieser Angriff nicht stattgefunden hätte.

Tanja sieht zum Gebiet, ein schwarzer Bentley fährt vor, sie erkennt nicht, wer drin sitzt, doch die Wachen lachen und sprechen mit der Person. Es ist sicherlich einer der Anführer, Diego oder Dario oder einer der Cousins, die ebenso zu den Anführern zählen und zu denen Adrian auch gehört.

Sie hat geliebt und fast ihr Leben dabei verloren, sie ist nicht die erste Frau, die aus Liebe gelitten hat, doch der Preis, den sie zahlen sollte, war einfach zu hoch, sodass sie nie wieder an diesen Punkt zurückkehren kann.

Ohne noch einmal zu dem Gebiet zu sehen, fährt sie weiter und landet vor ihrem alten Haus, in dem sie eine Wohnung hatte. Adrian hat sie ihr gemietet, damit sie sich dort ungestört sehen können und sie endlich aus dem Haus ihrer Mutter herauskam. Er hat ihr alles eingerichtet und war besonders die letzte Zeit, bevor alles passiert ist, fast durchgängig bei ihr.

Er ist nur gegangen, um sich um die Geschäfte zu kümmern. Dann hat er ihr erzählt, dass er Ayla gesagt hat, dass er die Verlobung auflöst und ihr auch die Nachrichten gezeigt. Er wollte noch einmal mit ihr sprechen und dann alles in die Wege leiten, um endlich all das zu beenden. Als er an dem Morgen zu einem Treffen gegangen ist, dachte Tanja, er wäre es, der an der Tür klingelt, doch da standen Ayla und dieser Mann.

Während Tanja die Treppen zu der Wohnung hochgeht, muss sie an ihre alte Nachbarin denken, die sie gefunden hat und die sie sehr schnell in ihr Herz geschlossen hat. Verwundert sieht sie jetzt, dass an der Tür der Nachbarin ein anderer Name steht und die Tür zu ihrer alten Wohnung offen steht.

Sicherheitshalber klopft Tanja an und ein Mann meldet sich. »Treten Sie ein, Sie können einfach reinkommen und sich die Wohnung ansehen, dann füllen Sie den Bewerbungsbogen aus und wir melden uns.« Ein Mann mit dicker Brille und kariertem Anzug steht mit einem Paar mitten in ihrem alten Wohnbereich. Sogar ihre Couch steht noch da und Tanja muss schlucken. Wie viele schöne Stunden sie dort verbracht hat, sie hat ihr erstes eigenes Reich geliebt.

Ohne den Mann und das Paar weiter zu beachten, geht sie ins Bad, sieht zu der Dusche, unter der sie sich so oft mit Adrian geliebt hat, kehrt zurück in den Wohnbereich, wo mittlerweile eine neue Küche eingebaut ist, auch ein anderer Esstisch steht da, doch ihre gemütlichen Möbel auf der großen Terrasse sind noch vorhanden.

Tanja atmet tief ein, versucht den alten Geruch auszumachen, doch da ist nichts mehr zu erhaschen.

Sie sollte sich das nicht antun. Da der Mann mit dem Paar gerade im Bad ist, will sie die Wohnung schnell wieder verlassen, doch sie sieht auf den großen dunklen Fleck im Holz und erstarrt. Genau hier war es.

»Oh, da ist dem Vormieter eine Flasche Wein heruntergefallen und kaputtgegangen. Der Fleck hat den Boden verfärbt, aber das lässt sich sicherlich leicht beheben.« Er lächelt und drückt Tanja einen Anmeldebogen in die Hand, während sie auf den riesigen dunklen Fleck sieht: Ihr Blut, was tief in den Holzboden eingesickert sein muss. Ohne noch etwas zu sagen, verlässt sie so schnell sie kann die Wohnung und das Haus und fährt direkt zum Hafen.

Sie wird mit diesem Teil ihres alten Lebens abschließen, was aber nicht bedeutet, dass sie mit allem abschließen muss.

Ihr Herz schlägt aufgeregt schneller, als sie in ihre alte Gegend kommt. Sie sieht zu den Hochhäusern, in denen so viele ihrer Freunde gelebt haben und hält vor dem einfachen Haus von Davinas Familie. Unsicher klopft sie an und sobald ihre Mutter die Tür öffnet, liegt Tanja schon in ihren Armen.

»Tanja, mein Gott, sieh dich an, du bist ja noch hübscher geworden. Wie schaffst du das bloß und wo wart ihr? Deine Familie und du waren plötzlich verschwunden, erst war ja noch deine Mutter da, doch dann ...« Tanja muss lachen, als die Mutter sie noch einmal umarmt und an sich drückt. Davinas Geschwister kommen heraus und begrüßen sie ebenfalls. »Das war damals alles sehr kompliziert, doch seit ein paar Tagen bin ich zurück und wollte Davina besuchen, ist sie da?«

Ihre Mutter lächelt und streicht ihr über die Wange. »Nein, sie ist bis morgen Abend wegen der Arbeit unterwegs und hat jetzt auch eine eigene Wohnung und einen Freund, der aber hoffentlich nichts für die Zukunft ist, ein Künstler. Ich sage dir, das Mädchen macht mir nur Kopfschmerzen, wie früher, du kennst sie doch, gib mir deine Nummer, ich schicke sie Davina gleich und sie wird sich dann garantiert melden. Sie hat so oft gesagt, dass sie dich vermisst.«

Tanja gibt der Mutter ihre Nummer und ist sich sicher, dass sie diesen Teil ihres Lebens nie wieder von sich schieben möchte.

Kapitel 4

Nach mehreren Glastüren, die Adrian durchqueren muss, kommt er endlich zum Stehen, direkt vor dem Operationsraum. Er spricht mit einer Krankenschwester und fragt, wie es Tanja geht, da kommen aus der Tür zwei Frauen, die völlig aufgelöst sind.

Eleonora, die mit ihnen ins Krankenhaus gekommen ist, nimmt eine der Frauen in den Arm, die immer mehr zu weinen beginnt und Gott anfleht, ihre Tochter zu retten. Adrian erkennt Tanjas Mutter, auch wenn er sie erst zweimal kurz getroffen hat. Alle halten ein und bleiben stehen, während Tanjas Mutter immer verzweifelter wird.

Adrian tritt vor und geht auf sie zu, doch in diesem Moment hebt Tanjas Mutter den Kopf und ihr Blick legt sich tödlich auf Adrian und auch auf Dario und Diego, die hinter ihm stehen. »Verschwinde, nur wegen dir liegt meine Tochter hier. Wieso konntest du sie nicht in Ruhe lassen, bist du jetzt zufrieden?«

Adrian tritt näher zu der Frau und hebt die Hände. »Ich wollte niemals, dass Tanja verletzt wird. Ich liebe sie und ich ...« Die Mutter schreit das ganze Krankenhaus zusammen, jeder bleibt stehen und sieht zu ihnen.

»Du liebst sie? Sie liegt da drinnen und kämpft um jeden Atemzug. Ist das deine Vorstellung von Liebe? Ihr alle ... ihr Da Silvas ... mögt alle Macht der Welt haben, alle hier kriechen vor euch zu Boden, doch das ist heute vorbei, hier und jetzt! Mir ist es egal, wer ihr seid, verschwindet! Kommt meiner Tochter nie wieder zu nahe!«

Sie sieht Adrian noch einmal in die Augen, bevor sie sich umwendet und mit der anderen Frau wieder hineingeht. In dem Moment will auch Adrian in den Raum, er muss zu Tanja, doch

Eleonora wendet sich zu ihnen um. »Nein, ich weiß nicht, was passiert ist, doch du musst den Wunsch der Mutter respektieren.«

Als sich die Tür schließt, flucht Adrian auf, er will zu ihr, doch Diego hält ihn zurück. »Lass es.«

Adrian wird niemals vergessen, wie hilflos er sich damals vorkam. Er musste den Wunsch der Mutter respektieren. Natürlich hat er verstanden, dass sie ihn für all das verantwortlich gemacht hat, doch so war es nicht, er hätte das niemals zugelassen und keiner weiß, wie sehr Adrian wirklich darunter gelitten hat, nicht für Tanja dagewesen sein zu können.

Auch heute noch nagt es an ihm, vielleicht hätte er damals wirklich seine Macht einsetzen und einfach nicht von Tanjas Seite weichen sollen, dann hätten sie sie niemals wegbringen können und heute würde alles anders aussehen, sie wäre bei ihm und er hätte dafür sorgen können, dass sie sich erholt und sie miteinander sprechen können ... alles, nur nicht, dass er sie Jahre nicht sieht und sie sich wie jetzt wie Fremde wieder gegenüberstehen.

Es ist drei Tage her, dass Adrian sie im Brautgeschäft überrumpelt hat, seitdem schläft er noch schlechter als ohnehin schon. Mit etwas umzugehen, wenn man weiß, man kann eh nichts ändern, ist das eine, jetzt, wo er weiß, sie ist wieder hier, zieht ihn alles dazu, sie zu finden, mit ihr zu sprechen und das wird er auch noch, zumindest davon wird er sich nicht abhalten lassen.

Diego hat im Auto mit ihm gesprochen. Ihre Leben sind weitergegangen. Tanja hat offenbar ein neues Leben begonnen, sie sah glücklich aus, als sie sich im Brautkleid im Spiegel betrachtet hat. Nach allem, was ihr angetan wurde, hat Adrian wahrscheinlich nicht das Recht, jetzt wieder aufzutauchen und alles in ihrem Leben durcheinanderzuwirbeln, doch er besteht auf ein Gespräch, er will das, was damals passiert ist, mit ihr klären, ihr sagen, dass er das alles nicht wollte und das nicht zwischen Brautkleidern und aufgeregten Brautmüttern, die ihn lynchen würden, wenn sie ihn entdecken.

Er hat es sich fest vorgenommen, deswegen ist er momentan auch viel in der Stadt unterwegs, um sie noch einmal zu treffen. Er weiß nicht, wo sie gerade lebt, weder sie noch ihre Familie, doch sie scheinen alle zurück zu sein.

Seine Cousins spüren, wie unruhig er gerade ist und geben ihm genug zu tun, doch Adrians Gedanken rasen. Es hat ihn wahnsinnig gemacht, Tanja endlich wieder nah zu sein, ihren Geruch einzuatmen, ihre weiche Haut unter seinen Lippen zu spüren. Wenn er wollte, wie er könnte, wenn er seinem Herzen nachgeben würde, hätte er sich da in dem Laden nicht zurückgehalten, doch vielleicht ist das die wichtigste Lektion, die Adrian aus dem, was Tanja passiert ist, gelernt hat. Zurückzutreten, nachzudenken und dann mit klarem Verstand zu handeln, er tut es, auch wenn er gerade dafür töten würde, sie einfach wieder bei sich zu haben.

»Was hast du vor?«

Nicky, Abel und Adrian betreten gerade Darios Haus, als Nael an ihnen vorbei und nach oben in sein Zimmer flitzen möchte. Adrian hält ihn auf und hebt ihn hoch, dabei lacht Nael laut auf und Adrian zieht eine Packung Gummibärchen aus seinem Shirt hervor. Dieser kleine Frechdachs. »Willst du Süßigkeiten verstecken?« Nicky lacht und gibt Nael einen Kuss, als Adrian ihn wieder absetzt und ihm die Gummibärchen zurück unter sein Shirt legt.

»Nur weil Mama sagt, immer nur ein paar und dann habe ich ein paar auch in meinem Schrank.« Adrian schlägt mit Nael ein. »Gute Idee, mein bester Freund, du kommst direkt nach deinem Onkel, versteck sie lieber zwischen deinen Spielzeugautos, im Schrank guckt deine Mutter zu oft nach.«

Nael öffnet seinen Mund und grinst dann frech. »Mach ich.«

Mit diesen Worten ist er schon die Treppe hinauf und sie gehen weiter in den Garten, wo Diego und Dario zusammensitzen und sich die Pläne für den nächsten Monat ansehen. Momentan haben sie so viel zu tun, dass die Frauen sich ein Terminsystem überlegt haben, doch bis jetzt kommen sie alle nicht so ganz klar damit.

»Mach ein Häkchen hinter dem Termin. Los! Wir haben ihn erledigt.« Adrian beugt sich über Dario, der am wenigsten von alldem hält und genervt davon ist. »Mach dein Häkchen selbst, sollte der Termin nicht erst in einer Stunde sein?«

Nicky setzt sich neben Diego und legt die Füße hoch. »Die haben angerufen und ihn vorgezogen.« Dario sieht genervt zu dem Laptop und will etwas eingeben, da löschen sich auf einmal alle Termine von heute. »Was ...?« Adrian kann nicht mehr und lacht laut los, während Diego einen Ball seines Sohnes nach Adrian wirft, den er jedoch fängt, aufsteht und gleich zum Pool geht, in dem Copan sitzt und fröhlich plantscht, genau wie Elan. Eleonora und Jemina stehen bei ihnen mit den Füßen im Wasser. Er gibt beiden einen Kuss und reicht seinen Ball Copan, der gleich auf seinen Arm will.

Adrian spürt Eleonoras besorgten Blick auf sich und sieht die hübsche Frau seines Cousins an. »Ist alles in Ordnung bei dir? Du siehst müde aus.«

Adrian lässt Copan einmal auf der kleinen Babyrutsche rutschen und setzt ihn dann wieder neben Elan. »Ja, es ist gerade viel zu tun, du weißt, dass sie zurück ist?« Er hat noch nicht mit Eleonora über Tanja sprechen können. Darios Frau kennt sie schon länger als er. Sie waren Freundinnen und auch sie hat es getroffen, von heute auf morgen nichts mehr von ihr zu hören. Sie kennt den Schmerz von Adrian, hin und wieder haben sie beide über Tanja gesprochen und Eleonora hat ihm immer wieder gesagt, dass er weiterleben muss und man an der Situation nichts ändern kann.

Natürlich weiß jeder, wovon er spricht, hier bleibt nichts lange geheim. Adrian erfasst Dinge sehr schnell, das gehört zu seiner

Arbeit und er sieht sofort, wie fast zeitgleich mit seiner Frage die Blicke von Jemina und Eleonora zu einer Zeitung gehen, die auf einer der Liegen liegt.

Er geht zu der Liege, doch Eleonora ist auch schnell und kommt zu ihm. »Ich weiß, Adrian, und ich ...« Verdammt, auf der Titelseite ist ein Bild von Pablo Garcias, einem der Minister, die sie ernannt haben, der sich um die Sicherheit und Außenpolitik kümmern soll, und Tanja. Sie strahlen beide in die Kamera. Große Verlobungsfeier des Ministers heute ... Adrian überfliegt die Schlagzeilen, sie wollen schon in ein paar Wochen heiraten. Heute ist nur eine offizielle Verlobungsfeier, weil die andere in Italien war. Er flucht und sieht auf Tanja. Sie lächelt in die Kamera. Sie ist glücklich, sie strahlt nicht so, wie sie es in seinen Armen getan hat, doch die Verlobung ist ihr auch nicht unangenehm.

»Sie heiratet diesen ... ist das euer Scheißernst?« Eleonora nimmt ihm vorsichtig die Zeitung aus der Hand. »Adrian, ich weiß, dass das schwer anzusehen sein muss, doch sie wirkt glücklich und sie hat ein neues Leben begonnen.« Adrian sieht zu Dario und den anderen, die mittlerweile alle zu ihm sehen. »Wusstet ihr davon?« Dario klappt den Laptop zu. »Wir haben vor zwei Tagen eine Einladung bekommen, doch wir gehen natürlich nicht hin. Du hast sie doch gesehen und ihr gesagt, was du ihr zu sagen hast.«

Adrian schnauft auf, er kann nicht verhindern, dass sich sein Herz schmerzhaft zusammenzieht, als er erneut auf das Bild in Eleonoras Hand blickt. »Pablo? Er ist mindestens zehn Jahre älter als Tanja und ein ... Arschkriecher, er ...« Adrian flucht auf, er muss hier raus, er bekommt keine Luft mehr, doch er sieht zu Eleonora. »Geht ihr hin?« Darios Frau schüttelt den Kopf. Er erkennt Mitleid in ihrem Blick, sie wird wissen, wie weh ihm das tut.

»Nein, wir waren eingeladen, doch es ist unpassend. Aber Tanja hat sich gemeldet und Davina und ich treffen sie übermorgen zum Essen.« Adrian nickt, er sieht noch einmal zu der Zeitung und wendet sich dann um. »Abel, gehen wir heute auf eine Verlobungs-feier?« Abel schiebt sich gerade einen Keks in den Mund. »Immer doch.« Eleonora bleibt hinter ihm.

»Nein, Adrian, tu das nicht. Sie wird dir niemals verzeihen, wenn du dort Ärger machst. Dario, sag doch etwas, ihr könnt doch nicht zulassen, dass er dahin geht.«

Dario lacht auf und schüttelt nur leicht den Kopf. »Amor, wenn ich eines in meinem Leben gelernt habe, dann, dass man Adrian nicht aufhalten kann, wenn er sich etwas in den Kopf gesetzt hat. Adrian, versprich mir, dass du niemanden töten wirst.« Adrian hebt die Hände und geht zurück ins Haus, er wird sich umziehen. »Versprochen. Es wird keiner sterben.« Er hört noch Nickys und Diegos Lachen und Eleonora, die weiter auf ihren Mann einredet.

Im Grunde hat sie recht, er sollte nicht dorthin gehen, doch der Anblick der beiden auf der Zeitung zerreißt ihn. Vielleicht muss er es mit eigenen Augen sehen, sehen, dass sie wirklich glücklich ohne ihn ist, damit er es sein lassen kann. Egal was kommt, er wird zu dieser Verlobungsfeier gehen.

Kapitel 5

»Willkommen.«

Zwei Männer in feinen Anzügen öffnen ihnen die Flügeltüren zum großen Festsaal, in dem die Verlobungsfeier stattfindet. Die beiden Männer verbeugen sich, als Abel und Adrian an ihnen vorbeigehen. Adrian hat daran gedacht, in Shorts und Shirt zu kommen, doch er hat es sich anders überlegt und trägt genau wie Abel nun eine schwarze feine Hose und ein schwarzes Hemd.

Er weiß nicht, ob es wirklich so heiß hier drinnen ist oder ob es noch immer sein kochendes Blut ist, was ihn die obersten Knöpfe seines Hemdes öffnen und die Ärmel umschlagen lässt. Er bekommt die Bilder von Pablo und Tanja nicht aus seinem Kopf, genauso wenig wie das Bild von Tanja in ihrem Hochzeitskleid. Das alles ist falsch, das meiste ist falsch gelaufen, was sie betrifft, doch das hier ist der größte Fehler.

Die Feier hat schon vor einer Stunde begonnen, deswegen laufen sie auch alleine zu dem großen Saal, dessen goldverzierte Flügeltüren schon offen stehen. Als sie eintreten, bietet sich ihnen ein vertrautes Bild. Männer und Frauen in feinen Abendkleidern und Anzügen stehen in Kreisen herum oder sitzen zusammen an Tischen, trinken und essen, lachen und unterhalten sich. Eine Band spielt alte Liebeslieder und es gibt auch einige Gäste, die tanzen. Die Kellner, die herumlaufen, begleiten sie zu einem Tisch, egal wo sie langlaufen, alle sehen auf, begrüßen sie, wollen mit ihnen sprechen, doch Adrian steuert den Tisch an und setzt sich, ohne einen von ihnen zu beachten.

Sofort werden ihre Gläser gefüllt und ihnen Teller mit einer Vorspeise gebracht, offenbar sind die anderen gerade beim Hauptgang. Abel beginnt sofort zu essen, aber Adrian sieht sich erst einmal um, doch es dauert etwas, bis er Tanja und Pablo an einem runden Tisch entdeckt. Um den Tisch hat sich die sogenannte High Society Puerto Ricos versammelt, zumindest halten sie sich dafür, dabei wissen sie alle, dass Adrian nur einmal mit dem Finger schnipsen muss und sie alle verschwinden und werden ersetzt.

»Was findet sie an ihm?« Auch Abel sieht zu dem Tisch, natürlich kennt sein Cousin Tanja auch von den Partys und er weiß, wie schwer es Adrian gefallen ist, Tanja verloren zu haben, und auch wenn sie jetzt wieder hier mit ihm in einem Raum sitzt, so weiß er, dass er sie verloren hat. Sie sitzt dort drüben mit den von ihnen eingesetzten Ministern und dem Polizeipräsidenten und deren Ehefrauen, eine operierter als die andere, sie alle im Alter von Pablo und mindestens zehn Jahre älter als Tanja. Doch sie lächelt, sie lächelt und hört einer der anderen Frauen zu. Als Pablo nach ihrer Hand greift, lässt sie das zu und Adrian würde am liebsten den Tisch umwerfen. Ein Blick auf das Szenario vor ihm und jeder im Raum muss erkennen, wie viel mehr wert Tanja ist, als dort zu sitzen. Verdammter Mist, sie sollte an seine Seite, da hat sie immer hingehört.

»Ich weiß es nicht, er hat aber garantiert keine verrückte Verlobte, die sie versucht zu töten.« Adrian greift nach einem Glas Wein und leert es mit einem Zug, Abel deutet dem Kellner, den zweiten Gang zu bringen und sieht dann zu Adrian.

»Hör zu, ich habe die letzten Jahre gesehen, wie sehr du wegen ihr leidest. Ich sehe doch, wie du bei jeder Party nach einer Frau wie ihr Ausschau hältst, wie du danach nur noch frustrierter wirst und wie sehr du all das bereust. Keiner weiß das so gut wie deine Familie, Adrian, und wir wissen auch, wie viel sie dir bedeutet, doch du musst auch endlich mal verstehen, dass all das nicht deine Schuld war. Ja, es ist alles falsch gelaufen, was schiefgehen konnte, doch du wolltest Ayla verlassen und dir mit Tanja eine Zukunft aufbauen, du hast dich für sie entschieden, egal was das damals für die Familia alles bedeutet hätte und wir beide wissen, wie viel mehr Wert das dann hat.«

Der Kellner stellt ihnen beiden Teller mit Steak und Trüffelpaste hin und füllt Adrians Glas erneut, was er sofort wieder leert.

Es ist das erste Mal, dass Abel so direkt mit ihm darüber spricht, mit Dario hat er das öfter getan, die anderen Cousins haben ihn immer versucht abzulenken, doch nun sieht er zu Abel, der mit dem Messer zum Tisch von Tanja und ihrem Verlobten deutet.

»Mir ist klar, dass es dir wehtut, das zu sehen, Adrian, doch du musst aufhören, dich deswegen fertigzumachen. Du wolltest das nicht, du warst nicht da, du konntest das, was passiert ist, nicht verhindern und wir alle wissen, was du getan hast, um danach zu ihr zu kommen, mit ihr sprechen zu können und wie lange du es versucht hast. Es reicht! Du hast alles getan, was du konntest. So schlimm, wie das damals war, es war nicht deine Schuld und es wird Zeit, dass du aufhörst, dich deswegen fertigzumachen. Das passt nicht zu dir, Adrian. Ich bin mir sicher, dass dieser Kerl ihr nicht das bedeutet, was sie für dich empfunden hat, doch wenn sie dieses Leben will, lass sie gehen. Du kannst nicht mehr tun, als du es getan hast, es wird vielleicht wirklich Zeit, diese Sache abzuschließen.«

Adrians Blick gleitet einmal über Tanja, über ihr wunderschönes Gesicht, ihr Lächeln. Sie trägt ein hellrosa Abendkleid, das einen anziehenden Ausschnitt hat, er weiß, dass sie darunter keinen BH trägt, das tut sie fast nie, sie braucht es nicht. Er hat ihren Körper schon immer vergöttert. Sein Blick gleitet über ihre Lippen zu ihrem Leberfleck am Kinn. Er liebt diese Frau, doch er weiß, dass Abel recht hat. Wie weit will er noch sinken? Er sitzt hier auf ihrer Verlobungsfeier und himmelt sie von Weitem an.

»Was für eine Überraschung, ich hatte nicht damit gerechnet, dass die Da Silvas kommen.« Adrian hat nicht einmal gemerkt, dass der Polizeipräsident weg war und gerade wieder an ihnen vorbeikommt. Abel sieht nur kurz von seinem Teller auf. »Wir waren in der Nähe und dachten, wir sehen mal nach, was ihr alle hier so treibt.«

Der Polizeipräsident lächelt unsicher, er wird spüren, dass sie nicht hier sind, um Spaß zu haben. »Wir feiern die Verlobung von Pablo. Wart ihr zufrieden mit den neuen Liefermöglichkeiten nach Peru?« Adrian schiebt den Teller von sich, er hat keinen Appetit. »Darum kümmert sich Nicky, das ...« Nun wird es um ihren Tisch voller. Adrian sieht in Tanjas Augen, sie sieht ihn wütend an, während Pablo ihre Hand hält und zu ihnen strahlt. Er scheint sie entdeckt zu haben. Normalerweise hätten sie zu Pablo gehen und ihm gratulieren müssen und nicht, dass er zu ihnen kommt, doch daran, dass er aufgeregt zu ihnen kommt, sieht man deutlich, wer hier welche Position erfüllt und das scheint Tanja neben seiner Anwesenheit noch wütender werden zu lassen.

Adrian steht nicht auf, doch Abel erhebt sich, während Pablo die Arme ausbreitet. »Es ist mir eine Ehre, euch hier begrüßen zu dürfen, es freut mich, dass ihr meine Einladung angenommen habt.« Adrian lässt Tanja nicht einmal aus den Augen, das erste Mal seit sie sich kennen, trifft auf sie die Bedeutung zu, wenn Blicke töten könnten. »Das hätten wir uns doch niemals entgehen lassen.«

Abel tritt vor und reicht Pablo die Hand. »Herzlichen Glückwunsch zur Verlobung.« Dann geht er zu Tanja, nimmt sie in den Arm und gibt ihr einen Kuss auf die Wange. Die beiden kennen sich natürlich auch und haben sich nun auch eine Weile nicht gesehen. Adrian senkt seinen Blick, als sein Cousin Tanja so vertraut begrüßt, auch sie gibt ihm einen Kuss auf die Wange. Adrian weiß, dass sie Dario und Abel besonders gerne mag. Sie haben sie einmal zusammen vom Strand abgeholt und waren essen und es war einer der unbeschwerten Nachmittage, die sich tief in Adrians Herz gemeißelt haben. Abel und Tanja haben viel gelacht. »Alles Gute, Tanja.« Sie nickt nur und weicht Abels Blick aus, was Adrian sofort aufhorchen lässt, doch Pablo sieht verwundert zu den beiden.

»Ihr kennt euch?« Abel setzt an, etwas zu sagen, doch Tanja zuckt nur leicht die Schultern. »Ich habe wie du weißt früher auch in San Juan gelebt.« Pablo lächelt nur und nickt. »Wie schön, das freut mich, dass ihr meine Verlobte bereits kennt. Ich hoffe, euch gefällt die Feier. Wir schneiden jetzt die Torte an, lasst es euch schmecken und genießt den Abend.«

Er nickt noch einmal respektvoll zu ihnen und geht dann mit Tanja zu einer dreistöckigen Hochzeitstorte. »Ich denke, wir sollten gehen.« Adrian sieht dabei zu, wie Pablo ein Mikrofon in die Hand nimmt und noch einmal allen dankt, dass sie da sind. Er lässt Tanjas Hand dabei nicht los und Adrian seufzt leise auf. Warum ist er hergekommen? Vielleicht hat Abel recht, vielleicht brauchte er das noch einmal.

Abel nickt und sieht dabei zu, wie Tanja und Pablo ein Stück Torte abschneiden und auf einen Teller legen. Sie schneiden noch ein zweites und Pablo sagt etwas zu den Kellnern, die die beiden Stücke zu ihnen an den Tisch bringen. Wieder treffen sich Tanjas und Adrians Blick, Abel neben ihm lacht leise auf. »Du warst hier und hast klargemacht, wer auf welcher Position hier steht, ohne ein Wort zu sagen.« Er lacht und erhebt sich, genau wie Adrian, sie rühren den Kuchen nicht an und verlassen den Saal.

»Ich gehe noch einmal auf Toilette, ruf die anderen an und frage, wo sie gerade stecken, ich könnte etwas Ablenkung gebrauchen.« Abel nickt und geht schon hinaus zum Auto, während Adrian auf die Toilette geht. Er hat untertrieben, es war eine sehr schlechte Idee, herzukommen. Es ist nicht richtig, er sollte da mit Tanja stehen. Wütend wäscht er sich die Hände und trocknet sie ab, bevor er das Bad verlässt und dabei fast Tanja umrennt, die sich genau vor der Toilette aufgebaut hat und ihn wütend anfunkelt.

»Was soll das, Adrian? Was tust du hier? Hast du jetzt vor, mir alles kaputt zu machen?«

Adrian lacht auf, sie sind alleine in dem kleinen Gang vor den Toiletten und statt ein wenig Platz zwischen Tanja und sich zu schaffen, geht er noch enger an sie heran, wobei er endlich wieder ihren süßen Duft erhascht, den er so sehr vermisst hat.

»Ich war nur hier, um dir und deinem Verlobten zu gratulieren, wo liegt das Problem, Tanja?« Sie zieht noch wütender die Augenbrauen zusammen. Gott, Adrian reizt das nur noch mehr. Am liebsten würde er sie einfach küssen, doch er weiß, dass das nur eskalieren würde.

»Das wolltest du nicht. Du willst nur zeigen, wer du bist und wo du stehst. Doch das ist mir egal, Adrian. Ich weiß genau, wer du bist, deswegen bin ich all die Jahre auf der Flucht gewesen.« Sie wird lauter und nun wird auch er wütend. Ihre Worte treffen ihn. »Vor mir? Du weißt genau, dass ich das nicht wollte, Tanja, und dass du niemals vor mir fliehen musstest.« Sie hebt die Hand. »Nicht vor dir, aber vor … uns … vor dem, was wir hatten, damit ich das hinter mir lassen kann. Weißt du, wie das für mich war? Ich liebe Puerto Rico und konnte nicht in meine Heimat, konnte monatelang nicht schlafen, bin fast umgekommen vor Sehnsucht und musste so hart kämpfen, um wieder normal leben zu können, und deswegen lasse ich nicht zu, dass du jetzt hier reinspazierst und all das kaputt machst.«

Adrian kann nicht anders, seine Hand geht an ihre Wange und er streicht einen Moment über ihren Leberfleck am Kinn, bevor sie wütend wegsieht und ihm ihr Gesicht entzieht. »Das hättest du niemals tun sollen. Du hättest niemals versuchen sollen, uns zu vergessen so wie ich es nie getan habe. Ich liebe dich, Tanja, das hat sich nicht geändert und das ändert diese Show da drinnen auch nicht.«

Tanja schüttelt nur den Kopf und sieht ihm in die Augen. »Du hast kein Recht, das zu sagen. Wie viele Frauen hattest du nach mir wieder im Bett? Rede nicht von Liebe, wenn du die Bedeutung nicht kennst. Du willst mich besitzen, das ist alles, was du willst.« Adrian bleibt ruhig, denn in diesem Moment erkennt er in ihren Augen genau dieselbe Sehnsucht, die auch in seinem Herzen schlägt. Er atmet tief ein und schließt einen Moment die Augen, er wünschte so sehr, sie könnte spüren, wie sehr er sie liebt. »Du weißt, dass es so ist, Engel. Ich wollte nichts von dem, was damals passiert ist, ich habe dich immer gesucht, alles, was ich wollte, warst du. Wenn du diesen Clown heiraten willst, kann ich dich nicht davon abhalten, doch du solltest aufhören, so stur zu sein. Wieso bist du jetzt hier bei mir, statt bei deinem Verlobten? Ich habe Fehler gemacht, doch ich wollte dir niemals wehtun und ich habe niemals vergessen, was wir hatten, niemals. Wenn du weiter so tun willst, als hättest du das … tue es, doch ich werde das nicht!«

So schwer es ihm auch fällt, mit diesen Worten drückt Adrian Tanja noch einen Kuss auf die Stirn, wendet sich ab und geht, bevor er sich nicht mehr beherrschen kann. Er ist es gewohnt zu bekommen, was er will. Wenn es nach ihm ginge, würde er all das hier auseinandernehmen und Tanja mitnehmen, doch dass er das nicht tut, sondern Tanja lässt und nur darauf hoffen kann, dass sie klar denkt, bevor sie einen Fehler macht, ist ein größerer Liebesbeweis, als Tanja je verstehen wird.

Kapitel 6

»Ich freue mich so für dich. Als wir uns das letzte Mal gesehen haben, warst du noch so voller Zweifel, ob ein gemeinsames Leben mit Dario funktioniert, und jetzt sieh dich an.«

Eleonora lacht auf und reicht Tanja die Packung Sonnenblumenkerne. Sie hat Davina und Eleonora sehr vermisst. Als sie sich heute mit ihnen im Café am Hafen getroffen haben, war das Erste, was sie getan haben, Nura anzurufen. Sie hatte ihre Nummer nicht mehr, doch natürlich haben die beiden weiter Kontakt zu ihr gehalten.

Sie haben sie per Videoanruf erreicht und nachdem Tanja sich anhören durfte, wie sauer Nura ist, weil sie sich nie gemeldet hat und sie nichts von ihr wusste, haben sie sich erzählt, was passiert ist und wie es ihnen geht. Nura versucht alles, um zur Hochzeit nach San Juan zu kommen. Tanja hat dann Eleonora und Davina auch noch einmal genauer erzählt, was alles bei ihr passiert ist. Es war schwer, ihnen zu erklären, wie anstrengend die ersten Monate waren, was sie alles wieder neu erlernen musste, wie sehr sich ihr Leben verändert hat. Keiner von ihnen hat Adrian erwähnt und doch liegt es unausgesprochen zwischen ihnen und Tanja weiß, dass sie das Thema noch ansprechen werden.

Als es immer heißer wurde, haben sie beschlossen, einen kleinen Ausflug in ihre Vergangenheit zu machen. Auf dem Weg haben sie Getränke und Sonnenblumenkerne am Kiosk ihrer alten Schule geholt, wie früher immer. Davina hat Tanja erzählt, was bei ihr alles passiert ist und auch Eleonora hat ihr von ihrem Leben, den beiden Söhnen und ihrer Ehe mit Dario erzählt. Sie ist glücklich und nur noch schöner geworden und Tanja freut sich für die beiden, dass sich ihre Leben so gut entwickelt haben.

»Ja, jetzt sieh mich an. Ich breche in eine Schule ein.« Tanja lacht und hilft ihr durch das Toilettenfenster. »Wir sind früher regelmäßig aus der Schule ausgebrochen, dieses Mal wollen wir rein, was denkst du war verbotener?« Davina lacht und dreht sich einmal um sich selbst, als sie endlich alle in ihren alten Toilettenräumen stehen. Es ist Samstag und die Schule ist geschlossen. »Hättet ihr damals in unserer Schulzeit gedacht, dass wir irgendwann hier einbrechen, um an die alte Zeit zu denken?« Eleonora lacht und streicht ihren Rock glatt, während sie die Toilette verlassen. Sie sind alleine im Gebäude und laufen über die vertrauen Gänge auf den Hof.

»Das liegt daran, dass diese Zeit unsere unbeschwerteste war. Was war unser größtes Problem? Geld aufzutreiben, um am Wochenende in den Club zu kommen oder sich ein neues Top zu kaufen?« Sie setzen sich auf ihre alte Bank unter dem großen Avocadobaum der Schule. Sie haben hier früher immer gesessen, der Baum wurde extra gepflanzt, damit die Schüler die Früchte ernten und verkaufen können, um sich Materialien für die Klassen zu kaufen. Von hier kann man auf den gesamten Hof hinabblicken.

»Wisst ihr noch, wann wir uns das letzte Mal hergeschlichen haben?« Davina öffnet die Packung mit den Sonnenblumenkernen und gibt jedem eine Handvoll, es ist wie früher, sie lehnen sich zurück, knacken die Kerne und sehen auf das Schulgelände hinab, im Schatten des großen Baumes.

Tanja muss lachen. »An dem Abend ist Nael entstanden, du hast kein Wort davon gesagt, was du im ersten Stock getan hast.« Eleonora lacht. »Ich war nie so ein … Partygirl und wahrscheinlich über mich selbst erschrocken, doch es war einmalig und nun ist mein Baby schon ein großer Bruder.« Davina lacht und Tanja wird ernst, als sie an den Abend zurückdenkt. »Diese eine Nacht hat unser aller Leben verändert. Ich werde niemals vergessen, wie ich das erste Mal mit Adrian am Buffet gesprochen habe. Sergeo hat behauptet, ich sehe aus wie Jessica Alba im Film The Mechanics 2.«

Eleonora lacht und öffnet ihre Dose Limonade. »Das stimmt, obwohl ich dich noch um einiges hübscher finde. Das war ein besonderer Abend.« Tanja muss an diese Zeit zurückdenken und ein Schmerz in ihrem Herzen, den sie tief in sich verschlossen hat, nagt wieder an der Oberfläche. »Nicht alles, was aus dieser Nacht entstanden ist, ist gut. Ich weiß noch, wie hübsch ich Adrian damals fand, ich glaube, mich hat niemals zuvor und niemals nach ihm ein Mann so beeindruckt wie er vom ersten Moment an. Auch als ich ihn jetzt nach all den Jahren wiedergesehen habe, war es genauso. Es hat sich nicht geändert.«

Sie wollte nicht drüber sprechen, doch sie kennt Eleonora und Davina schon immer und es liegt ihr auf dem Herzen, schon die ganze Zeit seit dem Brautgeschäft. Sie hat das nicht erwartet. Tanja dachte, dass nach all den Jahren, nach all den Schmerzen, die ihre Liebe sie gekostet hat, sie nicht mehr so auf Adrian reagieren würde, dass die Liebe und die Sehnsucht nachgelassen haben. Als sie zurück in Puerto Rico war, war sie erleichtert, wie leicht es ihr gefallen ist, zurück zu sein, doch als dann Adrian vor ihr stand, kam alles zurück. Alles. Ein Blick in seine Augen und sie weiß, dass sich nichts geändert hat. Nicht an ihren Gefühlen, doch sie weiß auch, dass es trotzdem keine Bedeutung mehr hat.

»Adrian ist ein sehr attraktiver Mann.« Davina greift nach Tanjas Hand und drückt sie. Eleonora sieht auch nachdenklich auf den Hof. »Das ist er wirklich, doch er hat sich trotzdem verändert, nachdem all das passiert ist. Er ist reifer geworden, das hat ihm damals den Boden unter den Füßen weggerissen. Ich weiß, wie schwer das alles für dich war, doch ich habe auch seine Seite gesehen und es war die Hölle für ihn.«

Tanja wendet sich zu ihrer Freundin, doch Eleonora holt weiter aus. »Ich habe oft darüber nachgedacht, was ich an deiner Stelle getan hätte und ich kann die Entscheidungen deiner Familie sehr gut verstehen. Ich war auch damals dabei und habe Adrian gesagt, er soll respektieren, dass er nicht einmal zu dir ins Krankenhauszimmer durfte. Ich war auch sauer auf ihn, lange. Weil es dir so schlecht ging und dann, weil wir dich verloren hatten, doch Dario hat mit mir gesprochen und ich habe gesehen, wie schlecht es Adrian ging. Ich will ihn nicht entschuldigen, es war falsch, neben seiner Verlobten eine Affäre anzufangen, doch wie wir es vorhin gesagt haben: Wir alle waren noch jünger, hatten Spaß, keiner hat bei den ersten Flirtereien damit gerechnet, was alles daraus entstehen wird. Ihr habt euch ineinander verliebt, beide. Das passiert, es war nicht optimal wegen allem drumherum, doch ich habe dich damals gesehen und ihn und ich weiß, dass es echt war. Adrian wollte dir nie wehtun, Tanja. Bei allem, was du durchgemacht hast, bei all der Wut, die du in dir trägst, musst du das im Hinterkopf behalten. Das was mit Ayla passiert ist, so schlimm es war, war nicht seine Schuld.«

Tanja senkt ihren Blick, sie weiß das, doch trotzdem kann sie diese Wut und Enttäuschung nicht abstellen.

»Weißt du noch, was damals mit Chapo passiert ist? Denkst du, das wollte ich? Wegen mir war Nael in Lebensgefahr. Ich konnte es nicht aufhalten und ich war sogar dabei. Doch Dario hat mir das niemals vorgeworfen. Nicht ich war das, es war mein Exfreund. Nicht Adrian war das mit Ayla, er war nicht einmal da. Er hätte das doch niemals zugelassen, Tanja. Er konnte das nicht verhindern, du hast fast dein Leben verloren und er hat dich verloren, damit müssen jetzt wohl alle leben, doch vielleicht solltest du ihm zumindest verzeihen, er kann nichts dafür und er hat deswegen genug gelitten.«

Davina nickt. »Du hast ein neues Leben, doch vielleicht ist es wirklich ganz gut, wenn du, bevor du es beginnst, einen Schlussstrich unter dein altes setzt. Du wirst Adrian immer wieder sehen, vielleicht tut das euch beiden gut. Es sind so viele Jahre vergangen, meinst du nicht, dass es wichtig wäre, das zu tun?«

Einen Moment sagt Tanja nichts, doch sie weiß, dass die beiden recht haben. Um ein neues Leben zu beginnen, sollte man alles andere hinter sich lassen.

»Ja, ihr habt recht. Wenn ich ihn das nächste Mal sehe, werde ich noch einmal mit ihm sprechen. Vielleicht brauchen wir beide dieses Gespräch.« Eleonora legt den Arm um sie und lächelt. »Bestimmt, ich denke, das tut euch beiden gut.« In dem Moment klingelt ihr Handy. Dario hat die beiden Kinder heute, damit sie sich mit ihren Freundinnen treffen kann. Auf dem Bildschirm erscheint ein Bild von Dario mit den beiden Söhnen und Tanja lächelt. »Sie sind so süß, ich muss sie unbedingt kennenlernen.« Eleonora hebt den Finger, bevor sie an ihr Handy geht. »Ich bestehe darauf!«

»Wo warst du?« Tanja kommt gerade mal dazu, die Tür zu dem Haus zuzumachen, in dem sie nun mit Pablo lebt, da ertönt bereits die Stimme ihres Verlobten. Sie hat es selbst vor einigen Tagen das erste Mal gesehen. Bisher war er immer nur bei ihr in Italien, sie wollte ursprünglich keinen Fuß mehr nach Puerto Rico setzen.

Tanja stellt ihre Tasche auf das Sideboard und geht den schwarzen Marmorboden entlang. Irgendein besonderer Innenarchitekt hat das Haus eingerichtet. Vielleicht wird sie noch ein paar Dinge ändern, es wirkt sehr kalt, doch bisher hat sie es nicht geschafft, mit Pablo darüber zu sprechen.

»Ich habe dir doch gesagt, dass ich meine zwei alten Schulfreundinnen treffe. Wir waren am Hafen und …« Sie betritt die Küche und findet Pablo mit einer Flasche Whisky und einigen Unterlagen vor. »Hattest du nicht gesagt, du willst deine Vergangenheit hinter dir lassen? Wieso triffst du dann alte Freunde?« Tanja versucht zu lächeln, sie weiß, dass Pablo schnell aggressiv wird, wenn er getrunken hat.

Sie geht zu ihm und nimmt ihm das Glas aus der Hand und einen Schluck daraus. »Ich möchte mit einem Teil nichts mehr zu tun haben, einen gewissen Teil habe ich vermisst. Gibt es etwas zu feiern?« Pablo sieht ihr in die Augen. Er ist ein attraktiver Mann, auch mächtig, auch bestimmend und doch noch einmal ganz anders … Sie verwirft diese Gedanken, bevor sie zu weit gehen. »Ja, ich habe heute einen neuen Deal abgewickelt, der uns an bessere Ölbestände kommen lässt, wir behalten den Preis bei und das, was wir an Gewinn haben, bleibt unser Gewinn.« Er grinst zufrieden und Tanja gibt ihm das Glas zurück, nachdem sie sich kurz schüttelt, weil der Whisky so stark ist.

»Das hört sich doch gut an.« Pablo nickt und nimmt die Whiskyflasche. »Weißt du, was sich noch gut anhört?« Er drängt Tanja mit seinem Körper an die Küchentheke. »Nein, was denn?« Sie lächelt und streicht über die Knöpfe seines Hemdes. »Das mir alle zu meiner hübschen Verlobten gratulieren. Ich sehe den Neid in ihren Augen. Ich sehe, wie sie dich anblicken.«

Er streicht mit seiner Hand über ihr Top und zieht es nach oben, sodass ihre Brüste freiliegen. »Sie würden alles dafür tun, um das tun zu können.« Pablo beugt sich vor und küsst Tanja hart auf den Mund. Sie schmeckt Whisky und noch einiges anderes, Pablo wird schon ausgiebig gefeiert haben. Stürmisch wie meistens erobert er sie und seine Hand umfasst ihren Hals, bevor der Kuss unterbricht.

»Sie würden all das so gerne besitzen, verstehst du?« Seine Lippen gleiten zu ihren Brüsten und er saugt hart an ihrer Brustwarze, was Tanja aufkeuchen lässt. Im selben Moment drückt er ihren Hals zu. »Ich sagte, verstehst du?« Tanja nickt. »Ja.« Er lässt die Hand an ihrer Kehle lockerer und greift nach der Whiskyflasche. »Meine geile versaute Verlobte, sie wissen gar nicht, wie viel Spaß wir zusammen haben.« Ohne zu zögern nimmt er den Whisky und schüttet einige Tropfen über ihre Brust.

Die Kälte lässt Tanja erneut aufkeuchen und als Pablo jeden Tropfen einzeln mit seiner Zunge einfängt, schließt sie die Augen. Sie spürt, wie seine Hände ihren Slip beiseiteschieben und seine

Finger in sie eindringen. Und im selben Moment kommen Bilder in ihr hoch, von Adrian, wie er sie geliebt hat und sie stöhnt laut auf. Es ist nicht das erste Mal, dass das passiert. Am Anfang hat es Tanja erschrocken, dass sie immer an ihren Sex mit Adrian zurückdenken musste, doch mittlerweile hat sie es einfach akzeptiert.

»Du sollst deine Augen öffnen, sieh, was du mit mir machst.« Wieder schließt sich Pablos feste Hand um ihren Hals und sie öffnet die Augen wieder. Er hat seine Hand aus ihrer Mitte gezogen und seine Hose geöffnet. Während er sich selbst umfasst, sieht sie ihm dabei zu und er drückt noch einmal fester an ihrem Hals zu.

Pablo mag es so. Tanja musste sich daran gewöhnen, doch meistens passiert das auch nur, wenn er getrunken hat. »Siehst du das? Das machst nur du.« Tanja nickt und er lässt ihre Kehle los, gleichzeitig hebt er sie hoch und dringt tief in sie ein. Sein Stöhnen hallt durch das ganze Haus. »Du bist so gut, Tanja, öffne dich, Baby, genauso.« Tanja hält sich an ihm fest, er stößt zu und sie schließt wieder die Augen. Einmal, zweimal und dann kommt Pablo so hart und laut, dass die Wachen vor dem Haus das sicherlich gehört haben. Tanja würde am liebsten enttäuscht aufseufzen.

Sein Kopf fällt an ihre Schulter und er küsst sie. »Du bist unglaublich, Baby.« Er zieht sich die Hose wieder hoch, so ist es fast immer, Tanja schließt einen Moment die Augen und lächelt dann, er ist ein guter Mann, nicht perfekt, aber gut. Deswegen öffnet sie die Augen wieder und gibt ihm einen Kuss auf die Nase. »Was hältst du davon, wenn wir noch etwas essen, ich habe mittlerweile wieder richtig Hunger.«

Kapitel 7

»Gibst du mir eine ab?« Elam zieht aus seiner Tüte eine Süßigkeitenschlange und gibt sie Tanja, bevor er zurück zum Babypool rennt und dort auf der kleinen Rutsche ins Wasser rutscht. Davina steht bei ihm und Nael und hilft ihnen, Dinosaurier an den Rand des Pools zu stellen. »Sie sind so süß, aber Dario hat sich bei beiden ganz schön durchgesetzt.« Eleonora lacht und sie gehen ins Haus zurück, um die Cocktails vorzubereiten.

Als sie sich dazu verabredet haben, nur zwei Tage nach ihrem ersten Treffen den Nachmittag bei Eleonora zu verbringen, war sich Tanja erst unsicher, ob sie diesen Schritt gehen soll, ins Gebiet der Da Silvas zu kommen, doch sie wollte Eleonoras Söhne kennenlernen. Sie hat auch viel über Eleonoras Worte nachgedacht, vielleicht ist es an der Zeit, einen Schlussstrich unter diese Sache zu ziehen. Nur so wird sie damit abschließen können. Pablo und sie werden hier leben, sie werden Adrian über den Weg laufen, er hat Pablos Schicksal in seiner Hand, deswegen sollte sie sich noch einmal mit ihm aussprechen. Vielleicht wird sie dann auch aufhören können, ihn ständig in ihren Gedanken mit sich herumzutragen, sie muss damit abschließen.

Dario ist mit Adrian und den anderen bei einem wichtigen Treffen außerhalb von San Juan. Sie werden wahrscheinlich erst abends zurück sein, doch allein, dass sie wieder hier ist und es sich nicht so schlimm anfühlt, wie sie es sich vorgestellt hat, ist ein Schritt in die richtige Richtung.

Eleonora und Tanja wollen ihre alten Lieblingscocktails zusammenmixen. Sie mischen Limettensaft mit Rohrzucker, Maracujasaft, Ginger Ale und Crushed Ice. Das haben sie früher oft gemacht, und als sie beide nun erneut von diesem leckeren Cocktail probieren, kommen all die alten Erinnerungen wieder hoch.

»Ich habe vergessen, wie gut das ist.« Eleonora trinkt das halbe Glas leer und füllt ihren Mixer gleich noch einmal, in diesem Augenblick geht ihre Haustür auf und Dario und Adrian kommen zusammen mit Diego ins Haus.

»Wenn du das jetzt sagst, hört sich das auch wieder ...« Alle drei bleiben stehen und sehen einen Moment verwundert zu Tanja. Ganz wunderbar. Natürlich war es klar, dass das passieren kann, doch Eleonora war sich sicher, dass die Männer bis abends weg sind. »Hallo, ich wusste gar nicht, dass du Besuch erwartest.« Dario fängt sich als Erster wieder, er lächelt und kommt zu Tanja, gibt ihr zwei Küsse auf die Wange und umarmt sie einen Moment. Sie kennen sich nicht besonders gut, doch Tanja weiß von Eleonora, dass auch er an ihrem Krankenhauszimmer mit Adrian gewartet hat und sie haben sich durch Adrian hin und wieder gesehen. Außerdem weiß er, wie lange Eleonora und sie schon befreundet sind. Eleonora sieht sie entschuldigend an, sie weiß ja nicht, dass Tanja beschlossen hat, alles zwischen Adrian und ihr endgültig zu klären. Deswegen lächelt sie auch erst Dario und dann Eleonora an.

»Ich dachte, ihr seid den ganzen Tag unterwegs.« Dario deutet nur auf Adrian, der nun auch zu ihnen kommt, genau wie Diego, der Tanja auch mit einem Kuss begrüßt und von Eleonora das Glas nimmt. »Was macht ihr denn hier Schönes? Wir hatten auf dem halben Weg einen Platten. Nicky und Adel waren dabei und sind jetzt gerade angekommen.« Adrians hellbraune Augen treffen nur einen Moment ihre. Er wirkt fast schon desinteressiert, als er sich zu Diego stellt und Eleonora auch ihm ein Glas mit dem Cocktail reicht. »Wir haben einen Cocktail von früher gemixt. Probiert mal.« Adrian nimmt einen Schluck, dabei bleibt er neben Tanja stehen und ihr wird seine mächtige Präsenz sofort wieder bewusst. Die Ausstrahlung dieses Mannes ist mit keiner anderen zu vergleichen. »Schmeckt gut. Also was ist, kommst du noch mit oder nicht?« Offenbar hatten die drei schon wieder was Neues geplant.

Am liebsten würde sich Tanja einfach zurückziehen und zu Davina in den Garten gehen, doch das könnte so aussehen, als würde sie vor Adrian flüchten und genau das will sie ja nun nicht mehr, deswegen bleibt sie stehen und trinkt weiter von ihrem Cocktail. »Okay, ich ziehe mich um.« Dario geht nach oben, im selben Moment kommt Nael in die Küche gerannt und springt Diego auf den Arm, der ihn küsst und dann an Adrian weiterreicht, der Darios Sohn ebenfalls mit einem Kuss begrüßt. »Wo ist Papa?« Adrian stört es gar nicht, dass Nael nass ist und Tanja muss lächeln, als sie bemerkt, wie vertraut er mit dem Kleinen ist. »Der zieht sich um. Wir gehen trainieren, kommst du mit?« Nael nickt sofort begeistert. »Klar, ich hole meine Autos.« Eleonora deutet Tanja, mit in den Garten zu kommen, während Nael bei Adrian auf dem Arm bleibt.

»Denkt daran, dass er bald etwas essen muss.« Diego verspricht Nael, ihm seine Lieblingspizza zu besorgen und Eleonora schüttelt nur den Kopf. »Die beiden werden unglaublich verwöhnt von ihren ganzen Onkels.« Sie setzen sich auf zwei Liegen und reichen Davina auch ein Glas, die sich neben Tanja legt und einmal ins Haus winkt. »Alles klar?« Tanja lacht leise auf. »Ja, es ist in Ordnung. Ich werde so oder so noch einmal mit Adrian sprechen müssen. Du hast recht, ich kann ihn nicht für alles verantwortlich machen und wir sollten das so klären, dass wir normal miteinander umgehen können, gerade ging es doch auch. Ich meine, wir werden vielleicht keine besten Freunde, aber wenn wir in einem Raum sein können, ohne dass ich flüchte und Adrian jemanden mit seinen Blicken tötet, ist das, denke ich, schon ein guter Anfang.«

Eleonora lacht und umfasst Elam, der zu ihr kommt und sich auf ihren Bauch legt. »Das stimmt. Darf ich dich etwas fragen, Tanja? Ich meine, all das ist passiert, weil Adrian und du nicht gegen eure Gefühle ankämpfen konntet, weil ihr euch für die Liebe entschieden habt. Ist das jetzt völlig vorbei? Vermisst du ihn noch, oder ist wegen alldem, was passiert ist, auch die Liebe vergangen?«

Tanja lehnt sich zurück und sieht in den atemberaubenden Garten von Dario und Eleonora. Sie sollte einfach ehrlich sein. Sie weiß, dass die beiden sie verstehen. »Ich liebe Adrian, ein Teil von mir wird ihn wahrscheinlich immer lieben, das wird sich wahrscheinlich niemals legen und ich habe ihn wahnsinnig vermisst, doch nach dem, was passiert ist, wäre es unmöglich für mich, noch einmal etwas mit ihm anzufangen. Unmöglich. Deswegen habe ich das irgendwann gelernt zu akzeptieren. Nur weil wir uns lieben oder ich ihn liebe, heißt das nicht, dass wir sind füreinander bestimmt sind oder zusammengehören. Ich denke, da sind wir auch nicht die Einzigen, die damit leben, jemanden zu lieben aber nicht mit ihm zusammen zu sein.«

Davina hebt ihr Glas. »Nein, leider muss man manchmal den Verstand über das Herz setzen, und solange du damit leben kannst, unterstützen wir dich bei allem, lass uns anstoßen, dass wenigstens wir uns wiedergefunden haben.« Sie stoßen alle drei an und Eleonora spürt in dem Moment, wie dankbar sie ist, diesem Teil ihrer Vergangenheit doch noch einmal eine Chance gegeben zu haben.

Sie bleiben noch eine Weile am Pool liegen. Elam ist eingeschlafen und nachdem sie ihn ins Bett gelegt haben, essen sie zusammen, bis Davina zur Arbeit muss. Tanja hilft Eleonora noch beim Aufräumen, und erst als Dario dann nach Hause kommt, verabschiedet sie sich und geht zu ihrem Auto, was sie in der Straße zu Darios Haus geparkt hat. Sie sieht ein paar Häuser weiter zu Adrians Haus. Sie war noch niemals drinnen. Er hat es ihr einmal nach einer Party von Weitem gezeigt, doch da seine Verlobte immer darin gewohnt hat und sie nur die Geliebte war, hat sie es niemals von innen gesehen.

Einen Moment zögert sie, sie blickt auf ihr Handy. Pablo hat ihr geschrieben, dass er noch mit seinen Kollegen und Geschäftspartnern etwas essen geht und sie hat ihm geschrieben, dass sie noch bei ihrer Freundin ist. Wenn sie schon hier ist, kann sie das gleich klären und hinter sich bringen. Sie kann es zumindest versuchen, wenn Adrian nicht da ist, dann sollte es nicht sein.

Tanja hatte schon die Tür zu ihrem Auto geöffnet, schließt sie aber wieder. Nachdem sie diesen Entschluss gefasst hat, kribbelt es in ihrem Bauch. Sie weiß, dass sie das eigentlich nicht tun sollte, die Wahrscheinlichkeit, dass sie aneinandergeraten statt sich zu vertragen ist größer, doch sie wird es wagen und streicht einmal über ihr Kleid, als sie an dem kleinen Gartenbereich vor der Terrasse entlanggeht. Sie trägt heute nur ein weißes Sommerkleid und einen Zopf, sie ist kaum geschminkt, da sie vorhin auch schwimmen waren.

Tanja sieht sich um und klopft an Adrians Tür. Es dauert nicht lange und sie hört seine Schritte, und mit jedem Schritt wird ihr Herzschlag schneller. Sie schließt einen Moment die Augen und atmet tief ein. Als sie sie wieder öffnet, wird die Tür geöffnet und sie blickt direkt in seine Augen.

Adrian zieht seine Augenbrauen hoch. »Ich dachte, du wärst schon längt wieder weg.« Wenn Tanja vor ihm steht, weiß sie jedes Mal sofort wieder, wieso sie damals nicht so vernünftig gehandelt hat, wie sie es wollte. Sie ist diesem Mann verfallen und hat sich Hals über Kopf in ihn verliebt und tut es auch jetzt noch. Ihr Blick gleitet nur eine Sekunde über seinen Oberkörper. Adrian trägt nur eine graue Stoffshorts. Er wird gerade geduscht haben, wenn er zuvor trainiert hat.

Ihr Blick gleitet über das Kreuz an seinem Hals, den Schriftzug Da Silva an seiner Brust über seinem Herzen. Sie kennt die betenden Hände der Jungfrau Maria mit dem Rosenkranz auf seinem Rücken, sie kennt die Narbe an seiner Schulter, die von einem tiefen Messerstich kommt, die Narbe über seiner Hüfte, wo er einmal einen Durchschuss hatte. Tanja kennt Adrian sehr gut und doch liegen so viele Jahre und Geschehnisse zwischen jetzt und der letzten Nacht, in der sie zufrieden in seinen Armen lag.

Sie räuspert sich und streckt ihren Rücken durch. Sie hat so vieles in ihrem Leben schon geschafft, da wird sie das hier auch hinbekommen.

»Das wollte ich eigentlich auch, doch ich habe die letzten Tage viel nachgedacht und auch mit Eleonora gesprochen. Wir werden nicht drum herumkommen uns auszusprechen und ich denke, dass es das Beste ist, das hinter uns zu bringen.«

Adrian lacht leise auf, doch tritt zur Seite. »Das hört sich ja ganz reizend an.« Tanja geht an ihm vorbei in einen Eingangsbereich. Hier stehen zwei Sideboards und darüber hängen große schwarze Spiegel, es wirkt sehr edel, alles ist perfekt aufeinander abgestimmt, ähnlich wie bei Eleonora, doch dort wirkt alles etwas familiärer, hier ist es reiner Luxus, der einem begegnet, und Tanja ist sich sicher, dass das nicht Adrian ausgesucht hat, sondern wahrscheinlich noch von seiner Verlobten übrig geblieben ist.

Adrian schließt die Tür und zeigt ihr den Weg in eine separate Küche. Sie ist traumhaft, schwarz mit dunklem, edlem Holz als Arbeitsplatte, große Schüsseln mit Obst stehen herum, Keksgläser mit gestapelten Cookies, es ist alles bis aufs kleinste Detail perfekt aufeinander abgestimmt.

»Willst du etwas trinken?« Adrian öffnet die Kühlschranktür, doch Tanja hebt die Hand. »Nein danke. Ich war noch niemals hier, natürlich nicht. Ich war ja nur deine Geliebte.« Adrian nimmt sich eine Cola und stockt einen Moment, bevor er ins Nebenzimmer geht und ihr deutet, ihm zu folgen. Es ist ein Wohnraum, in dem sich der Luxus weiter fortführt. Eine Samtcouch in grau ist der Mittelpunkt des Raumes, weiße Möbel, weiche Teppiche. Auch ihr Haus mit Pablo ist teuer eingerichtet, doch das hier ist eine ganz andere Liga. »Du weißt genau, dass das nie so war.«

Tanja atmet aus und sieht zu Adrian, der sich auf die Couch setzt und ihr erneut deutet, das auch zu tun, doch Tanja ist viel zu nervös und bleibt stehen. Sie sieht ihm in die Augen, während er sich zurücklehnt. Sie haben früher viel miteinander gesprochen. Am

Anfang nicht, da waren sie neugierig aufeinander und konnten nicht genug voneinander bekommen, doch als es dann ernster wurde, haben sie viel miteinander gesprochen.

Besonders, nachdem sie beide den Gedanken, ohne den anderen weiterzuleben, aufgegeben haben, waren sie fest entschlossen zusammenzubleiben, bis Tanja die Tür geöffnet hat und sich alles geändert hat.

»Ich weiß, dass es nicht gerecht von mir ist, sauer auf dich zu sein. Wenn ich jetzt darüber nachdenke, ich …« Tanja atmet durch und dann setzt sie sich doch, sie setzt sich Adrian gegenüber und vergisst die Distanz, die sich in all diesen Jahren zwischen ihnen aufgebaut hat.

»Als ich damals aufgewacht bin, wusste ich nicht mehr viel. Ich wurde wach und weiß nur noch, wie schön die Nacht mit uns war und ich habe dich gesucht. Dann kamen die Schmerzen und ich habe mich daran erinnert, wie ich die Tür geöffnet habe und deine Verlobte und dieser Mann mich in die Wohnung geschubst haben. Der Mann sollte mich vergewaltigen. Ayla dachte, dass du mich nicht mehr anfassen würdest, wenn er fertig mit mir war, doch ich habe mich so sehr gewehrt, dass sie ausgeflippt und auf mich eingestochen hat, dann weiß ich nichts mehr, bis ich wach wurde, und du warst nicht da.«

Tanja kommen die Tränen, Adrian setzt sich auf, er will aufstehen, doch Tanja deutet ihm, dass er lieber dort bleiben soll. »Ich wusste nicht, dass sie das probiert haben, Engel. Mir hat niemand etwas gesagt, ich wusste, dass ein Mann dort war, doch nicht … auch das hätte niemals etwas an meiner Liebe zu dir geändert, Tanja. Und ich wollte da sein, doch man hat mich nicht gelassen.«

Tanja wischt sich die Tränen weg. »Als ich wach geworden bin, hat mir niemand gesagt, was mit dir ist. Ich hatte unglaubliche Schmerzen. Ich weiß nicht, wie viel du weißt, doch ich musste fast alles noch einmal lernen oder zumindest wieder trainieren. Es hat Wochen gedauert, bis ich schmerzfrei laufen konnte, essen, trinken, all das hat mir Probleme gemacht. Ich bin durchgedreht vor Schmerzen und trotzdem habe ich immer wieder nach dir gefragt, wollte dich sehen, doch meine Familie hat mir gesagt, dass sie nicht zulassen werden, dass du mich noch einmal so in Gefahr bringst. Am Anfang habe ich ihnen widersprochen, gesagt, dass du mich liebst, doch je mehr Wochen vergangen sind, je mehr Schmerzen ich ertragen habe … all das hätte nicht so kommen müssen, Adrian. Du hättest dich von Anfang an trennen oder von mir fernhalten sollten, du kanntest Ayla, du hättest ahnen müssen, wie weit sie geht. Ich … mir ist klar, dass du das nicht wolltest, doch … ich habe angefangen zu verstehen, warum meine Familie so handelt und mir dort ein neues Leben aufgebaut, gearbeitet und alles, was mit Puerto Rico und dir zu tun hatte, weit von mir geschoben. Irgendwann habe ich in der Bar Pablo getroffen. Einerseits wollte ich nichts von ihm wissen, allein deshalb, weil er aus Puerto Rico kommt, doch dann hat er mich an … zu Hause erinnert und nun bin ich zurück. Ich weiß, dass du das damals nicht wolltest, Adrian, und wäre es nach mir gegangen, hätten wir niemals den Kontakt abgebrochen, doch bis ich wieder richtig wach geworden bin, waren Wochen vergangen und mein Leben hatte sich komplett geändert.«

Sie wollte sich zurückhalten, doch nun werden ihre Tränen stärker und dieses Mal hört Adrian nicht auf sie, er kommt zu ihr, setzt sich neben sie und nimmt sie in seine Arme.

Tanja schließt die Augen, sein vertrauter Duft umhüllt sie und so unvernünftig es auch sein mag, die Wärme seiner nackten Haut fühlt sich wohltuend vertraut an, und doch versucht sie, einen klaren Kopf zu behalten, als sie seine Lippen auf ihren Haaren spürt. »Ich wusste all das nicht, Tanja, ich wusste im Grunde gar nichts weiter.«

Ein paar Atemzüge lässt Tanja dieses berauschende Gefühl zu, ihre Tränen tropfen auf seine Schulter, er zieht sie eng an sich und sie hört seinen schnellen Herzschlag. Doch dann besinnt sie sich wieder und löst sich aus seiner Umarmung, um ihn ansehen zu können, auch wenn er viel zu nah bei ihr ist.

»Ich bin jetzt zurück und habe nicht vor, Puerto Rico wieder zu verlassen, doch dafür sollten wir das zwischen uns klären. Ich will nicht, dass wir uns als Fremde gegenüberstehen oder als Feinde, das würde dem, was wir hatten, nicht gerecht werden, selbst nicht, nachdem es so schrecklich geendet ist.«

Tanja wischt sich die letzten Tränen weg und atmet erleichtert aus. Sie wollte nicht mit Adrian reden, weil sie geahnt hat, wie schwer es ihr fällt, in seiner Nähe zu sein, doch sie spürt, wie gut es ihr tut, all das loszuwerden.

Doch auch wenn Adrian es zulässt, dass sie sich wieder ein Stück entfernt, umfasst er ihre Hand mit seiner und verschränkt ihre Finger. »Ich habe niemals gesagt, dass ich nicht verstehe, wieso deine Familie so reagiert, Tanja, und auch, dass du dich von mir ferngehalten hast. Vielleicht hätte ich damals schneller reagieren müssen, doch wir beide wissen, wie es war. Wir wollten uns von Anfang an, doch erst war es eine Affäre, dann haben wir uns öfter gesehen. Keiner hat damals geahnt, worauf das hinausläuft und wir beide haben dann gesagt, lass es uns beenden, bevor es uns irgendwann zu schwerfällt. Wir haben das dreimal versucht und dann, als uns beiden klar war, dass wir nicht mehr ohne den anderen wollen, habe ich reagiert. Ich habe Ayla gesagt, dass es vorbei ist und wir alles auflösen, doch dass sie, bevor das stattfindet, dich aufsucht, habe ich nicht geahnt, Engel.«

Seine dunklen Augen sehen sie eindringlich an. »Ich werde mir niemals verzeihen, dass ich das nicht verhindern konnte. Ich wusste nicht einmal, dass sie genau wusste, wer du bist, sonst hätte ich dich niemals dort alleine gelassen. Ich weiß nicht, ob du wirklich weißt, wie sehr ich dich liebe, Tanja, aber wenn du es wüsstest, dann würde dir klar sein, dass ich alles getan hätte, um das zu verhindern.« Tanja nickt und sieht auf ihre miteinander verschlungenen Hände. »Das weiß ich, doch das ändert nicht, dass es passiert ist.«

Er hebt mit seiner anderen Hand ihr Kinn hoch. »Ich stand vor dem Krankenzimmer und konnte dich nicht einmal sehen. Deine Mutter wollte es nicht und ich wollte diesen Wunsch respektieren, ihr ein paar Tage Zeit lassen, sich abzuregen. Ich war Tag und Nacht vor deinem Zimmer und habe gewartet, ich bin nur zum Duschen und Umziehen nach Hause gefahren, doch als ich dann einmal kam, warst du weg. Du warst weg und keiner konnte mir sagen, wo du bist. Eleonora hat mir nur gesagt, dass du bei deiner Familie in Europa bist, mehr wusste sie auch nicht. Ich war jeden Tag vor deiner Tür, bin umhergefahren, doch ihr wart weg. Als dann dein Bruder aufgetaucht ist, dachte ich, ich hätte eine Chance, doch da habe ich nur gesehen, dass ihr endgültig weg seid. Alle haben mir gesagt, dass ich dich, dass ich uns vergessen muss, Tanja, doch ich kann es nicht. Ich träume ständig von dir und ich bereue jeden Tag, was passiert ist. Ich kann und konnte daran nichts ändern und doch bereue ich es. Jeden Tag. Ja, ich habe andere Frauen, doch keine hat mir je wieder etwas bedeutet, Engel. Ich weiß, dass du hier bist und ein neues Leben angefangen hast, doch ich liebe dich und es tut mir leid, was damals passiert ist. Ich weiß, dass viele Jahre vergangen sind und das Letzte, was ich will, ist es, dich weinen zu sehen. Ich bin dankbar, dass du zurück bist, dass ich dich sehen kann, dass du jetzt zu mir gekommen bist ...«

Er hebt ihre Hand und küsst sie. Tanja lächelt mild, sie kennt Adrian und sie weiß, dass er seine Worte ernst meint. »Es ist gut, dass wir uns ausgesprochen haben.« Adrian nickt und sieht ihr in die Augen. Sein Daumen streicht über ihren Leberfleck am Kinn. »Ich weiß nicht einmal, wie ich jetzt reagieren soll. Ich bin froh, dass du auf mich zugekommen bist, und ich will dich nicht überfordern, doch ich liebe dich, Tanja, daran hat sich niemals etwas geändert und ich sehe in deinen Augen, dass du es noch genauso tust. Ich spüre doch, dass du mich genauso vermisst wie ich dich. Soll ich jetzt etwa zusehen, wie du den vielleicht größten Fehler deines Lebens beginnst und den falschen Mann heiratest, nur weil du denkst, du hättest keine andere Wahl?«

Er ist immer näher gekommen, Tanja weiß, dass sie ihm wieder verfallen wird, seine Lippen streifen einen Moment ihre Wange und halten vor ihren ein. Sein Atem streicht über ihre Lippen und es wäre so verdammt leicht, die Augen zu schließen und das zu tun, was sie will. Sie will Adrian, das wollte sie schon immer, doch genau diese Unvernunft hat sie erst hierhergeführt und deswegen zieht sie ihren Kopf zurück, zieht ihre Hand aus seiner und steht auf, um wieder genug Abstand zu wahren, damit sie einen klaren Kopf behalten kann.

»Nicht weil ich keine andere Wahl habe, sondern weil ich es möchte. Pablo ist ein guter Mann, er sorgt für mich und wir verstehen uns. Ohne ihn wäre ich gar nicht erst wieder hergekommen, Adrian. Ich möchte, dass du das respektierst. Ich weiß, dass du in der Lage bist, ihn zu zerstören, doch ich hoffe, dass du meine Entscheidung respektierst. Es sind einige Jahre vergangen, Adrian. Wir haben uns verändert und das auch unabhängig davon, ob es Pablo gibt oder nicht.«

Adrian steht auch auf, während Tanja langsam zurück zum Ausgang geht. Es liegt ein sexy Schmunzeln auf seinen Lippen und Tanja flucht innerlich. »Das werde ich, wenn es das ist, was dich glücklich macht. Doch ich weiß, dass es das nicht tut. Ich kann Pablo mit meinem kleinen Finger zerquetschen, doch ich tue es nicht, weil ich dir nicht wehtun will, aber du solltest vielleicht anfangen, dir einzugestehen, dass du ihn nicht so liebst wie mich. Willst du etwa behaupten, dass da nichts mehr zwischen uns ist, nachdem du es gar nicht abwarten kannst, schnell wieder Abstand zwischen uns zu gewinnen?«

Adrian deutet zwischen ihnen und Tanja kneift die Augen zusammen und lehnt sich einen Moment an die Ausgangstür, Adrian bleibt unter dem Bogen stehen und lächelt sie zufrieden an. »Ich behaupte gar nichts, Adrian. Ich weiß, was mir wichtig ist und ich bin dankbar, dass wir uns ausgesprochen haben und jetzt fahre ich nach Hause zu meinem Verlobten.« Sie nickt, mehr, um sich selbst zu überzeugen, denn sie sieht, dass Adrian ihr kein Wort abkauft, doch er bleibt gelassen am Türrahmen stehen und hat die Hände in den Hosentaschen, als müsse auch er sich zurückhalten, um sie gehen zu lassen.

»Mach das. Ich habe Jahre gewartet, bis ich dich wiedersehen konnte, nun machen mir die paar Tage, bis du zur Vernunft kommst, nichts mehr aus.« Tanja hebt den Finger und deutet auf ihn. »Ich gehe jetzt. Lass das!«

Sie geht und hört Adrians vertrautes Lachen im Rücken. Auch wenn der Schluss nicht ganz so abgelaufen ist, wie sie es sich gedacht hat, fühlt sich ihre Brust viel befreiter an und sie trägt ein Schmunzeln auf den Lippen, während sie zu ihrem Auto geht und zurück zu Pablo fährt.

Kapitel 8

Adrian öffnet die Augen und atmet zufrieden ein. Tanjas blonde Haare umschlingen seinen Arm, ihr Atem streift über seine Brust und er zieht sie sogar noch enger an sich. »Guten Morgen, Engel.« Er spürt Tanjas Lächeln an seiner Schulter und ihre Lippen geben sanfte Küsse auf seine Haut.

»Hattest du nicht einen Termin? Ich dachte, du musst ...« Adrian dreht sich so um, dass er auf ihr liegt, was sie leise auflachen lässt. Er liebt es, wenn sie ihn so verschlafen und zerknautscht ansieht, es gibt nichts Schöneres für ihn. »Ich habe Diego hingeschickt, ich dachte, wir sollten heute feiern, dass wir all diese Ungewissheit hinter uns haben, was denkst du? Ich denke, wir könnten mit einem Frühstück am Hafen anfangen und dann ...«

Geschickt fahren Adrians Lippen Tanjas Schlüsselbein entlang. Er liebt ihre Reaktion auf seine Berührungen, er kennt sie mittlerweile gut genug, um genau zu wissen, was sie mag. Da sie bereits nackt ist, dauert es nicht lange und er umschließt mit seinem Mund ihre Brustwarze, was sie aufseufzen lässt.

»Das klingt gut, aber dann sollten wir ...« Adrian lächelt an ihre Brust, als ihre Stimme leiser wird, während er sich der anderen Brust widmet.

»Sollten wir was?« Tanja schließt die Augen, doch in dem Moment klopft es laut an der Haustür und sie lacht. »Das ist bestimmt das Paket, was ich von meinem Bruder erwarte. Ich bin nackt und springe unter die Dusche, wenn du dich beeilst, kannst du direkt nachkommen.« Sie entgleitet geschickt seinen Armen und lächelt, sich seinem Blick auf ihren runden Po wohl bewusst.

Adrian flucht leise auf, als es erneut laut gegen die Tür klopft, zieht sich seine Boxershorts über und geht zur Haustür.

Während er sie öffnet, geht die Dusche im Bad an und er will so schnell wie möglich hinterher, doch er sieht verwundert in die Augen von Ayla und in das Gesicht eines Mannes, den er nicht kennt, der aber garantiert ein Handlanger ihrer Familia ist.

»Was zur Hölle tust du hier?« Ayla wird blass, sie hat offenbar nicht damit gerechnet, dass er die Tür öffnet. »Was ich hier tue? Was tust du hier? Ich wollte mit deiner Hure klären, was ...«

Adrian reicht es, er hat sich die letzten Monate und Wochen sehr zurückgehalten, was Ayla betrifft, weil er sie nicht verletzten wollte und die Beziehung zu Mexiko nicht in Gefahr bringen wollte, doch es reicht. »Ich habe dir gesagt, dass wir die Verlobung auflösen und das weißt du im Grunde nicht erst seit gestern, also frage ich dich noch einmal, was du hier zu suchen hast.«

Adrian hat Ayla am Arm gepackt und zieht sie weiter in den Flur hinaus. Der Mann hebt seine Hand, als wolle er eingreifen, doch Adrian sieht ihn wütend an.

»Eine falsche Bewegung und du atmest keine Minute länger. Verpiss dich, verpisst euch beide. Ich wollte das friedlich klären, doch du gehst wie immer zu weit. Geh nach Hause und pack deine Sachen. Ich bringe dich heute Nacht höchstpersönlich nach Mexiko zurück, und nein, die Da Silvas interessiert es nicht, was deine Familia dazu sagt. Wir hatten viel Geduld mit euch, ich wahrscheinlich mehr als die anderen, doch das ist vorbei. Nimm deinen Knecht und verschwinde!«

Mit diesen Worten lässt Adrian Aylas Arm los und sieht zu, wie sie wütend mit dem Mann die Treppen hinabgeht.

Wer weiß, was sie vorhatte. Adrian wird sie heute noch aus Puerto Rico hinausschaffen. Es war allen klar, dass das nicht mehr lange gut geht.

»Und war es das Paket?«

Adrian geht in die Wohnung zurück. »Nein, da hat jemand falsch geklingelt.« Ein Stechen in der Brust zeigt ihm, dass er wahrscheinlich gerade etwas Schlimmes verhindert hat. Er lehnt sich zurück an die Tür und schließt einen Moment die Augen, bevor er in die Dusche zu der Frau geht, die er über alles liebt und für die sich all die schweren letzten Wochen gelohnt haben.

Als er das nächste Mal die Augen öffnet, steht er an einer Wand gelehnt und sieht Tanja dabei zu, wie sie sich im Brautkleid im Spiegel betrachtet.

Sein Herz ist gefüllt mit Liebe und er spürt Stolz in seiner Brust, als er sie ansieht, sie ist wunderschön. Das Kleid schmiegt sich perfekt an ihren Körper, er könnte sie stundenlang betrachten, doch in dem Moment hebt sie ihren Blick und sieht ihn an.

»Adrian? Was tust du hier? Bist du verrückt, meine Mutter und alle anderen warten nebenan, du darfst nicht hier sein.« Adrian tritt zu ihr und legt seine Hände an ihre Hüften. »Ich wollte nur die schönste Braut von allen sehen.« Tanja lacht und haut ihm auf die Brust. »Du bist unmöglich, Schatz, der Bräutigam darf die Braut nicht vorher sehen, das bringt Unglück.«

Das ist ihm egal, er musste zu ihr. »Ich denke, das mit dem Unglück haben wir weit hinter uns gelassen, ich gehe ja schon wieder, ich wollte dir nur sagen, dass ich dich liebe, mehr als alles andere.« Tanja lächelt und streckt sich zu ihm nach oben. »Ich dich auch, du Chaot, und ich kann es nicht erwarten, deine Frau zu werden, doch dafür musst du jetzt zu deinen Cousins in die Kirche gehen.«

Sie scheucht ihn weg und Adrian verschwindet aus der Hintertür, durch die er gekommen ist.

Er war noch niemals so glücklich wie in diesem Moment.

»Bist du noch da?« Adrian reibt sich über die Augen, als ihn die Träume der letzten Nacht wieder einholen. Das waren nicht die einzigen Träume, doch sie haben sich tief in seine Knochen gesetzt, so wie alles, was passiert ist, seit Tanja zurück in Puerto Rico ist. Es ist erst vier Tage her, dass sie plötzlich vor seiner Tür stand und eine Aussprache wollte.

Sie hat recht, es war gut, dass sie sich beide gesagt haben, wie sie all das damals gesehen haben. Adrian war klar, dass es hart für Tanja war, doch er hat nicht geahnt, wie viel sie leiden musste. Auch wenn sie sich immer viel gestritten haben, hat er sie vor vier Tagen das erste Mal weinen gesehen. Wenn ihm nicht bereits bewusst gewesen wäre, dass er sie liebt und wie sehr er sie liebt, wäre es ihm spätestens da klar geworden. Er konnte es kaum ertragen, sie so zu sehen.

Die Sehnsucht, die er all die Zeit gespürt hat, hat ihn um den Verstand gebracht, alles in ihm hat geschrien, sie einfach in den Arm zu nehmen und nicht mehr loszulassen. Gleichzeitig war ihm aber auch klar, dass er vorsichtig mit ihr umgehen muss. Sie ist dieses Mal auf ihn zugekommen, er darf sie nicht überfordern, deswegen hat er sich zurückgehalten, sie erst in den Arm genommen, als es nicht mehr anders ging, und auch wenn es ihm unglaublich schwergefallen ist, hat er sie gehen lassen.

Er hat die Sehnsucht in ihren Augen gesehen, gespürt, wie sehr auch sie ihn vermisst und trotzdem spürt er auch, dass etwas anders ist. Sie haben sich viele Jahre nicht gesehen, und so vertraut sie sich auch sind, so anders fühlt es sich trotzdem an, merkwürdig, es breitet sich immer mehr Enttäuschung in ihm aus und er weiß nicht einmal genau weswegen. Weil sie verlobt ist? Weil es sich doch irgendwie auch fremd anfühlt, wenn er sie jetzt ansieht? Es ist Tanja, seine Tanja und doch auch nicht … er hat das Gefühl, den Verstand zu verlieren. Wenn er jetzt keinen klaren Kopf behält, kann er alles kaputtmachen, und er hat nicht mehr viel Zeit, bis sie den größten Fehler macht und diesen Versager Pablo heiratet.

All das kostet ihn die letzten Nerven, Adrian ist ausgebildet, um die schwierigsten Situationen zu meistern, doch das kostet ihn mehr Kraft als alles andere, weil ihm noch niemals etwas so wichtig war und er sich gleichzeitig noch niemals so zurückhalten musste.

»Ja, natürlich bin ich noch da. Ich wünschte nur, ich hätte diesen Bastard dafür noch mehr bluten lassen können.«

Dario fährt am Hafen entlang in Richtung ihres Gebietes. »Wenn du ihn noch mehr hättest bluten lassen, wäre nicht mehr viel von ihm übrig geblieben. Du bist momentan ziemlich reizbar.«

Adrian nimmt das Tuch von seinem Arm, um zu sehen, ob die Wunde aufgehört hat zu bluten, doch das hat sie nicht. Also presst er sich das Tuch wieder darauf und sieht zu seinem Cousin. »Ich könnte auch einfach losziehen und Pablo und all die anderen Leute um ihn herum töten, das würde mich viel entspannter werden lassen.« Dario lacht auf.

Er ist der Einzige, dem Adrian alles erzählt hat, was vorgefallen ist. Sein Cousin denkt genau wie er, dass er nun Tanja machen lassen muss, wenn er sie jetzt zu sehr bedrängt, flüchtet sie wieder vor ihm, was Adrian nicht riskieren will, doch gleichzeitig spürt und sieht Dario auch, wie schwer es Adrian fällt, die Füße stillzuhalten. In der Nacht, als Tanja bei ihm war, hat er wachgelegen und konnte nicht schlafen. Der Gedanke, dass Tanja in diesem Moment mit einem anderen Mann im Bett liegt, hat ihn rasend gemacht, und dieses Gefühl liegt die gesamte Zeit in seiner Brust, so sehr er auch versucht ruhig zu bleiben.

Sie waren gerade bei einem Treffen am Hafen. Der Franzose, mit dem sie dort verhandelt haben, hat unterschätzt, wen er vor sich hat. Er hatte schon viel zu viel getrunken und als er mit Argumenten nicht weitergekommen ist, hat er eine Bierflasche zerschlagen und damit Adrian am Arm verletzt. Das wird er sicherlich den Rest seines Lebens bereuen, doch das ändert nichts an der Wunde an seinem Arm, die bestimmt genäht werden muss.

Dario sieht auch einen Moment zu der Wunde und will etwas aus dem Handschuhfach holen, da klingelt sein Handy und er nimmt über die Freisprechanlage an.

Es ist Nicky.

»Wir haben gerade erfahren, dass Mexikaner hier sind. Irgendeine Delegation wurde eingeladen und sitzt gerade mit unseren Ministern zusammen, um Pläne zu erstellen, wie die politischen Beziehungen zu Mexiko wieder verbessert werden können.«

Adrian und Dario trauen beide ihren Ohren nicht. Sie kümmern sich zusammen mit Thiago um Mexiko und sind bereits dabei, dort Gebiete aufzubauen, von wo aus sie das Land beherrschen. Sie haben nichts davon mitbekommen, dass sich irgendwelche neue Delegationen gebildet haben. Sie haben die alten Minister im Land gelassen und nur den Präsidenten abgesetzt, weil sie das immer so machen, doch offenbar dachten da einige, sie könnten dem zuvorkommen.

»Weiß Thiago davon?«

Sie hören Sergeo, der offenbar gerade ein Gespräch beendet hat. »Nein, er weiß nichts davon. Er war gerade in Mexiko und da läuft alles wie es sollte. Die Leute, die hier sind, scheinen irgendetwas zu planen, ohne dass wir etwas davon mitbekommen haben. Politiker, die die Hoffnung haben, sie hätten noch etwas zu sagen. Sie sind gerade bei einem Bankett mit den Ministern …. Wollt ihr dahin fahren, oder …?«

Natürlich wissen sie alle, dass Adrian gerade einem gewissen Minister am liebsten den Hals umdrehen würde und wollen ihm den Vortritt lassen, doch Dario und Adrian sehen sich einen Moment an, bis Adrian flucht und wieder aus dem Fenster blickt. »Fahrt ihr hin und kümmert euch darum.«

Er hört nicht mehr genau zu, was für Anweisungen Dario noch gibt, sie fahren in dem Augenblick in ihr Gebiet ein und Dario bringt ihn zum Gemeinschaftshaus, wo der Arzt bereits auf ihn wartet.

Als Dario das Gespräch beendet, sieht er wieder zu Adrian und nickt.

»Es ist besser so, behalte einen kühlen Kopf.«

Adrian lacht nur bitter auf und steigt aus dem Auto. Er weiß nicht, ob Dario wirklich versteht, wie schwer ihm das fällt.

Kapitel 9

Tanja zieht ihren Lidstrich nach und sieht sich über den Spiegel hinweg in die Augen. Sie hat die letzten Nächte schlecht geschlafen, so richtig gut schläft sie generell nicht mehr, seit sie zurück in Puerto Rico ist. Nachdem sie bei Adrian zu Hause war, ist es noch schlimmer geworden. Sie sollte sich besser fühlen, weil sie sich ausgesprochen haben und das tut sie auch. Ihr ist eine große Last von den Schultern gefallen, gestern hat Eleonora sie begleitet, um eine Hochzeitstorte auszuwählen und sie haben das Thema überhaupt nicht mehr angeschnitten. Sie fühlt sich besser, zumindest redet sie sich das ein und es klappt bisher ganz gut, nur die Nächte zeigen, dass sie sich vielleicht doch mehr vormacht, als sie es sollte.

Sie vermisst Adrian. Das hat sie immer. Das Gefühl ist ihr nicht neu, doch ihm so nah zu sein, zu wissen, dass sie jetzt nur zu ihm fahren müsste und in seinen Armen liegen könnte, ist schwerer als alles zuvor. Sie muss stärker als jemals zuvor gegen ihr Herz ankämpfen, weil sie weiß, dass das hier, das, für was sie sich entschieden hat, das Richtige ist. Wenn es mal wieder so schwer wie heute ist, ruft sie sich all die Nächte in Gedanken, als sie weinend im Bett lag, weil sie Adrian vermisst hat und wusste, er liegt neben einer anderen Frau, oder wie sie weinend vor Schmerzen wach lag, da sind die letzten Nächte nichts gegen, und mit diesem Wissen kann sie auch wieder klarer denken.

»Es sieht alles perfekt aus.«

Tanja zuckt zusammen, als Granada, die Frau des Finanzministers, plötzlich aus der Toilette hinter ihr kommt und sie über den Spiegel hinweg anlächelt. Sie alle haben sich hier im Bankettsaal versammelt, um einige mexikanische Delegierte zu empfangen.

Sie möchten in Mexiko wieder für mehr Stabilität sorgen und erhoffen sich die Hilfe von Puerto Rico.

Tanja war nicht begeistert, als sie davon erfahren hat. Mexiko ist für sie ein rotes Tuch und das weiß Pablo auch. Er kennt keine genauen Details, was damals passiert war, doch er weiß, dass sie eine Art Unfall hatte, in den Mexikaner involviert waren und wie lange sie mit den Folgen zu tun hatte. Trotzdem wollte er unbedingt, dass sie ihn begleitet, da alle Minister ihre Frauen mitbringen, es soll so familiär wie möglich ablaufen.

Sehr schnell kam das Gespräch auf die Familia von Ayla, und obwohl sie es bereits wusste, war es gut, noch einmal von anderen zu hören, dass es die Familia nicht mehr gibt. Die mexikanischen Abgeordneten sind sehr nett, es gibt leckeres Essen und Tanja versteht sich mit den anderen Frauen der Minister. Sie ist die Jüngste unter ihnen und trotzdem haben sie sie gleich in ihren Kreis aufgenommen.

»Danke, dein Kleid ist ein Traum, du musst mir unbedingt verraten, von wo du es hast.« Tanja lächelt Granada zu, die ihre Hände wäscht, sie verlassen gemeinsam die Toilette und gehen zurück in den Bankettsaal. Er ist viel zu groß für diese Personengruppe, auch wenn sie an einer langen Tafel sitzen. Sogar eine Band spielt leise Musik, was zeigt, wie wichtig allen dieses Treffen ist.

»Das Kleid ist aus der neuen Boutique im Center. Die haben traumhafte Sachen. Ich weiß, du bist sicherlich bis über beide Ohren mit Terminen vollgepackt so kurz vor der Hochzeit, aber es steht doch auch noch dein Junggesellenabschied an, dafür könnten wir zusammen ein Kleid aussuchen.« Tanja lächelt. »Gerne.« Sie ist froh, dass sie in dieser Welt angenommen wurde, kaum einer kennt ihre Vergangenheit und es ist auch besser, wenn das so bleibt.

Gerade als sie sich wieder setzen, wird das Dessert mit vielen Fontänen hereingetragen. Pablo neben ihr legt den Arm um sie und sieht auf ihre Schenkel. Tanja trägt ein Paillettenkleid, was ihr bis zur Mitte der Schenkel geht. Pablo konnte vorhin schon nicht die Hände vor ihr lassen, doch sie mussten los, offenbar denkt er immer noch daran und zwinkert ihr jetzt zu, bevor sie alle Schokoladenkuchen mit flüssigem Kern bekommen.

Einer der mexikanischen Abgeordneten steht auf, um eine Rede zu halten, da knallt es laut und die Flügeltüren des Saales werden aufgerissen. Die Frauen kreischen erschrocken auf, während die Männer hektisch werden, auch Tanjas Herz schlägt schneller, als plötzlich Nicky, Sergeo und zwei andere Männer der Da Silvas in den Raum kommen und wütend zu ihnen sehen.

»Kann mir einer von euch Witzfiguren mal erklären, was genau ihr denkt, was ihr hier tut?« Sie sind so schnell bei ihnen, dass keiner richtig reagieren, geschweige denn antworten kann. Nicky stellt sich an den Tisch und fegt mit einer schnellen Bewegung einige der Teller vom Tisch. Die Männer haben Angst, das sieht man ihnen an, die Frauen kreischen, nur Tanja atmet aus und sieht sich um, ob Adrian hier ist. Er wird doch nicht … Sergeo kommt auch an den Tisch und platziert sich neben Tanja. Keinem der anderen wird das auffallen, doch es ist fast so, als wolle er sicherstellen, dass ihr nichts passiert.

Hugo, der Finanzminister, findet als Erster seine Worte wieder. »Wir treffen hier nur die Abgeordneten der alten Regierung Mexikos. Sie haben vor, Mexiko wieder neuen Aufschwung zu geben und hoffen dabei auf die Hilfe Puerto Ricos. Deswegen sind wir hier.« Tanja kennt Nicky als sehr lieben Mann. Natürlich ist ihr klar, dass es da auch die andere Seite an ihm gibt, doch als er jetzt einen der mexikanischen Männer am Kragen hochzieht und wütend an die Gurgel geht, schnappt auch sie nach Luft.

»Hört genau zu, ihr verdammten Mexikaner. Euer Land steht unter unserer Macht. Wir entscheiden für euch. Wenn ihr etwas wollt oder machen möchtet, fragt ihr zuallererst uns oder die Fuegos, habt ihr das noch nicht kapiert? Wir wollen keine Mexikaner mehr hier haben, solange wir nicht unser Einverständnis gegeben haben, also verschwindet und denkt daran, an wen ihr euch in Zukunft zu wenden habt.«

Er lässt ihn so abrupt herunter, dass der Mann zu Boden fällt, Nicky deutet allen Mexikanern zu verschwinden, die beiden anderen Männer begleiten sie hinaus, sodass nur noch sie am Tisch zurückbleiben, alle Minister Puerto Ricos und ihre Frauen. Keiner sagt mehr ein Wort. Nur Tanja sieht zu Nicky und sucht seinen Blick, sie versteht nicht ganz, was hier los ist. Selbst wenn die Minister das ohne das Wissen der Da Silvas getan haben, ist das doch kein Grund, so auszurasten. Doch Nicky scheint noch nicht fertig zu sein. Er stellt sich wieder an den Tisch und sieht zu den Männern.

»Was denkt ihr, wer ihr seid? Ihr alle hier, jeder einzelne kann morgen von uns ersetzt werden. Denkt ihr, wir haben nichts anderes zu tun, als unsere Zeit mit solch einem Scheiß zu verschwenden?« Dieses Mal ist es Pablo, der sich etwas zu sagen traut. »Wir wussten nicht, dass ihr etwas dagegen habt ...« Nicky unterbricht ihn. »Ab jetzt fragt ihr uns bei all euren Plänen, ihr sollt nicht denken, ihr sollt nur den Schein nach außen wahren, wenn das nicht klappt, finden wir andere, also überlegt euch eure nächsten Schritte gut. Mexiko ist tabu, daran wird nichts geändert. Das nächste Mal rollen Köpfe, also verschwendet nicht unsere Zeit.«

Mit diesen Worten drehen sich Sergeo und Nicky weg und gehen. Sergeo sieht Tanja noch einmal an und hebt die Augenbrauen, so als wolle er sagen, dass sie gerade auf der falschen Seite sitzt. So plötzlich wie sie gekommen sind, sind sie wieder weg. Tanja blinzelt ungläubig. Ist das normal? Ist das immer so? Das kann doch ... Sobald die beiden weg sind, stehen die Männer auf. »Wir müssen sofort zum Regierungssitz und versuchen, Kontakt zu den Mexikanern aufzunehmen, wer weiß, ob die Da Silvas sie wirklich zum Flughafen gebracht haben.« Alle reden durcheinander, Tanja versucht, Pablo am Arm festzuhalten, doch der deutet ihr, hinter den anderen Frauen herzugehen. »Ich habe zu tun, du hast ja gesehen, was los ist. Das wird sicher die ganze Nacht dauern, es werden Taxis für euch geholt, fahr nach Hause, wie die anderen.«

Die Männer stellen sich zusammen und Tanja sieht einen Moment noch zu ihnen, doch sie sind viel zu angespannt, um sie noch zu bemerken.

Wütend geht Tanja hinter den anderen Frauen her. Das kann doch nicht wahr sein, will Adrian das jetzt jedes Mal tun? Sobald sie irgendwo mit Pablo ist, taucht er auf oder schickt seine Cousins, dabei hat er versprochen, sich herauszuhalten. Sie hat ihm wirklich geglaubt, dass er sich daran hält.

Als sie endlich das Gebäude verlässt, steigen die anderen Frauen schon in Taxis und fahren alle nach und nach weg. Auch für Tanja steht eines bereit, doch statt ihre Adresse zu nennen, sagt sie, sie will zum Gebiet der Da Silvas. Sie wird nicht zulassen, dass Adrians Stolz ihr Leben zerstört, nicht noch einmal.

Natürlich traut sich der Taxifahrer nicht ganz an das Gebiet, was Tanja nur noch wütender werden lässt. Sie steigt aus und geht am Wachhaus vorbei. Sie kennt die Männer dort, einer murmelt, dass sie zu Adrian gehört, und am liebsten würde Tanja ihm ihre Meinung sagen, doch sie geht nur weiter, direkt zu Adrians Haus. Es verwundert sie gar nicht, dass er von alleine die Tür öffnet, die Wachen werden ihn verständigt haben.

Er sieht müde aus, er trägt nur Boxershorts und ein Shirt und sein Arm ist verbunden, doch er sieht sie überrascht an, seine Augen gleiten ihr Kleid entlang über ihre Beine. »Wie komme ich zu …?« Tanja geht an ihm vorbei ins Haus. Sie ist wütend und das wird sie auch nicht verstecken. Sie knallt ihre Clutch auf eines der Sideboards und wendet sich zu ihm um. »Du hast mir versprochen, dass du das nicht tust! Dass du Pablo und mir nicht das Leben schwermachst.«

Wenig beeindruckt von ihrem Auftritt schließt Adrian die Tür. »Ich tue gar nichts, Tanja, ich weiß nicht, wovon du sprichst.« Tanja geht näher zu ihm und tippt mit ihrem Finger auf seine Brust. »Du weißt nicht, wovon … dann war das also Zufall, dass deine Männer gerade unser Essen gestürmt und den ganzen Saal auseinandergenommen haben? Das hatte nichts mit Pablo und mir zu tun?« Adrian sieht zu ihr hinab und in ihre Augen. Er zuckt nicht einmal mit den Wimpern und Tanja hasst ihn dafür, wie viel es in ihr auslöst, ihm wieder so nah zu sein und seine Nähe zu spüren und wie gleichgültig das alles bei ihm aussieht.

»Ich will dich ja nicht enttäuschen, Engel, aber das hatte nichts mit dir zu tun. Dein Verlobter arbeitet für uns und er hat sich an unsere Regeln zu halten. Punkt. So einfach ist das.« Tanja schüttelt den Kopf. »Es ist nicht fair, dass du deine Macht gegen ...« Dieses Mal ist Adrian schneller, er drängt sie an die Haustür zurück und schließt sie mit seinem Körper ein. Tanja atmet erschrocken auf, als sich nun ihre Nasenspitzen fast berühren.

»Tanja, reiz mich nicht. Du hast keine Ahnung, wie sehr ich mich zurückhalte. Ich hätte heute auch kommen können, doch das habe ich nicht getan, weil ich wusste, dass ich Pablo den Kopf dafür abgerissen hätte, dass er dich jede Nacht in seinen Armen hält. Dein verfluchter Verlobter arbeitet für mich. Wenn ich es will, zermahle ich ihn unter meinen Füßen, ich nehme ihm alles und schicke ihn aus Puerto Rico weg. Alles was ihr habt, habt ihr, weil ich es zulasse, also stell nicht infrage, wenn ich dir sage, ich halte mich zurück, denn das tue ich, sonst sähe das alles ganz anders aus.«

Er ist wütend und Tanja ist wütend. Sie beide atmen schneller und sehen sich in die Augen und in diesem Moment erkennt Tanja, wie sehr sie diesen Mann noch liebt. Auch wenn er solch ein schwarzes Kapitel in ihrem Leben ist, liebt sie ihn. »Ich hasse dich.« Ihre Stimme ist nicht mehr als ein leises Flüstern. »Nein, das tust du nicht und das wissen wir beide!« Die ersten Tränen verlassen ihre Augen, sie kann nicht länger gegen ihre Sehnsucht ankämpfen.

Und als hätte er ihren Widerstand bröckeln hören, fahren seine Lippen ihre nassen Wangen entlang, bis sie endlich wieder ihre streifen. Tanja keucht auf, als Adrian in ihre Haare fasst und ihr Gesicht noch enger an sich zieht, um den Kuss sofort zu vertiefen. Dieser Kuss ist so vieles. Er führt zusammen, was nie getrennt werden wollte und doch nicht zusammengehört. Es tut weh, diese tiefe Sehnsucht, die sie beide packt und mitreißt, ausgehungert und verloren, keiner kann vom anderen genug bekommen und ist in der Lage, den Kuss zu lösen.

Adrian bewegt sich keinen Zentimeter von ihr weg, er löst den Kuss, lässt sie beide atmen, streicht ihren Hals entlang und findet sofort ihre Lippen wieder. Ihre Küsse glühen und Tanja kann sich der Hitze nicht entziehen, dieses Mal ist sie es, die den Kuss beendet. Ihre Hände greifen in seine Haare, als er sie hochhebt, sie verschränkt ihre Beine hinter seinem Po und spürt ihn so fest an sich, dass sie aufseufzt. »Du hast mir so sehr gefehlt, Engel.« Adrians Lippen verwirren sie. Er weiß genau, was er tut, das wusste er schon immer, und auch wenn seine Lippen sanft sind, so erforscht er sie doch neu. Bevor er Tanja auf die Küchenanrichte setzt, hat er ihr ohne Probleme das Kleid vom Körper gestreift. Die Anrichte ist hoch genug, sodass sie sich in Augenhöhe befinden. Er steht vor ihr und liebkost ihre Brüste, Tanja traut ihrem Körper nicht mehr, sie glüht und lehnt sich nach hinten. Keine Minute später spürt sie Adrians Haare in ihrer Mitte, greift hinein und stöhnt laut auf. Wie sehr sie all das vermisst hat. Es ist erschreckend vertraut und doch auch irgendwie fremd, doch genauso aufregend, dieser Mix der Gefühle lässt sie die Augen schließen. Es breitet sich ein Frieden über sie aus, den sie lange nicht mehr gespürt hat, es gibt nur sie beide in diesem Moment.

Tanja lässt sich gehen, sie will ihn und lässt ihn das hören und spüren, sie ist so ungeduldig, dass sie sich aufsetzt und seine Hose öffnet, während er sich das Shirt vom Oberkörper streift. Nun sind es ihre Lippen, die ihn erkunden, sie hat all das so sehr vermisst, und erst, als er kurze Zeit später in sie eindringt, fühlt sich alles wieder richtig an. Sie beide stöhnen laut auf und sie führt sehnsüchtig ihre Lippen wieder zusammen, als er anfängt, sich in ihr zu bewegen. Sie stützt sich Halt suchend an seinen Schultern ab, als er ihre Hüften umfasst und sie mit in einen Strudel zieht, der ihr alles abverlangt und gleichzeitig alles gibt, was sie braucht.

Es gibt keine Worte für das, was sie in der nächsten Stunde erleben. Sich zu lieben, ist zu einfach für das, was zwischen ihnen liegt. Sie sind zerrissen, beide, und keiner weiß mehr, was sie tun sollen, wie sie zwischen Herz und Verstand leben können, ohne daran kaputtzugehen.

Eine ganze Weile später, nachdem der Strudel verebbt ist, hat Adrian sie in eine Decke gehüllt und sich mit ihr auf die Couch gesetzt. Sie liegt an seiner nackten Brust, immer wieder streifen seine Lippen sie, doch keiner wagt es, ein Wort zu sagen, sie wissen beide, dass jedes Wort, das gerade Gefühlte zerstören wird, es ist unumgänglich.

Tanja hat sich lange nicht mehr so lebendig gefühlt, so geliebt, doch als sie auf die Uhr am Herd in der Küche blickt, weiß sie, dass sie gehen muss. Sie sind ineinander verschlungen. »Ich muss gehen«, flüstert Tanja und seine Arme schließen sich fester um sie. »Bleib hier.« Tanja muss über seine trägen Worte lachen und wendet sich zu ihm um. Sie küsst ihn und legt noch einmal alle Sehnsucht aus ihrem Herzen in diesen Kuss. Seine Hand geht an ihre Wange und auch er will den Kuss nicht beenden, doch Tanja ist es, die am Ende die Vernünftige ist, sich aus seinen Armen befreit und sich wieder anzieht.

»Tu das nicht, du weißt, dass das nicht richtig ist. Du hast gespürt, was da noch zwischen uns ist.« Tanja zieht sich das Kleid wieder an und streift ihre Haare glatt. »Ich habe niemals behauptet, dass es das nicht ist, Adrian, doch du weißt, dass ich verlobt bin und dass wir beide einander nicht guttun. Es ist viel Zeit vergangen und auch wenn wir die Erinnerung an uns noch lieben, so sind wir doch nicht mehr die gleichen Personen von damals.«

Adrian steht auch auf und zieht sich seine Boxershorts an. Sie spürt, dass er sauer wird. »Was hast du gedacht? Dass ich jetzt alles aufgebe und die letzten Jahre vergesse? Ich denke, wir sollten auf unseren Verstand hören, nicht auf unser Herz.« Sie geht zur Tür und nimmt sich die Clutch vom Sideboard. Adrian ist bei ihr, bevor sie aus der Tür gehen kann und packt sie ungläubig am Arm. »Ist das dein Ernst? Nach dem, was wir gerade hatten, gehst du zu ihm nach Hause und legst dich zu ihm ins Bett?« Die Worte fegen wie eine Ohrfeige um ihr Gesicht, doch dann lächelt Tanja nur matt und nickt, während sie ihren Arm freimacht und die Haustür öffnet.

»Damit weißt du dann ja mal, wie es mir all die Zeit ging, als du danach zu deiner Verlobten nach Hause gegangen bist.«

Mit diesen Worten verlässt Tanja das Haus, sie schließt die Augen, als sie hört, dass etwas im Haus zu Bruch geht und atmet tief durch. Es ist besser, wenn Adrian diese harte Seite an ihr sieht. Die Tränen, die ihr jetzt die Wange herunterlaufen, sollte er nicht sehen, sie laufen geradewegs in eine Katastrophe hinein, wenn Tanja jetzt keinen klaren Kopf behält.

Kapitel 10

»Was denkt ihr?«

Tanja sieht auf die gemütliche Veranda und beobachtet, wie die zwei Hunde von Pablos Mutter irgendetwas im Gebüsch anbellen. »Es ist ein Traum, Pablo, ich weiß gar nicht, wie unsere Familie dir das jemals danken kann, es ist ein Segen, dass du in unserem Leben bist und ...« Ohne weiter auf das Gespräch hinter ihr zu achten, atmet Tanja tief ein. Es ist zwei Nächte her, dass sie mit Adrian zusammen war und trotzdem fühlt es sich noch so intensiv an, als hätte sie gerade erst in seinen Armen gelegen. Sie sollte ein schlechtes Gewissen haben, sie sollte hier stehen und sich in Grund und Boden schämen für das, was sie getan hat, doch sie tut es nicht, sie kann es nicht.

Vielleicht ist es das erste Mal, dass sie wirklich versteht, was Adrian ihr damals immer versucht hat zu sagen, dass das zwischen Ayla und ihr niemals miteinander zu vergleichen war, nun versteht sie es. Auch das ist nicht miteinander zu vergleichen. Sie liebt Adrian, das hat sie immer und das wird sich wahrscheinlich auch niemals ändern. Hier in ihrem neuen Leben bei Pablo führt sie das Leben, was richtig ist, was sicher ist, was sich jede Frau erträumt und woran sie festhalten wird. Sie versucht es so zu sehen, und die meiste Zeit gelingt ihr das auch. Sie hat gestern auch mit Pablo geschlafen, es fühlt sich nicht falsch an, es ist anders als mit Adrian. Wenn sie es beschreiben müsste, würde sie sagen, das mit Adrian fühlt sich besser an und das mit Pablo richtig. So könnte man es am besten beschreiben.

»Tanja, was ist denn bloß los mit dir, Kind?« Pablos Mutter stellt sich ihr plötzlich in den Weg und sieht ihr in die Augen. »Wir reden die ganze Zeit mit dir und du siehst Foxy und Roxy an, als hättest du ...«

Um wieder klar denken zu können, reißt Tanja ihre Augen auf und zwingt sich ein Lächeln auf das Gesicht, doch bevor sie etwas erwidern kann, spürt sie den Arm ihrer Mutter, die sich bei ihr einhakt. »Das ist doch ganz normal, Rosa. Was denkst du, wie es uns gehen würde? So eine große Hochzeit, jetzt musste sie noch einmal um ein paar Tage verschoben werden, ich denke, meine Tochter ist gerade überall mit ihren Gedanken, nur nicht hier, aber sie ist euch genauso dankbar wie ich, dafür, was ihr alles tut.«

Rosa legt den Kopf schief, sieht sie aber weiter misstrauisch an. »Wenn der Padre krank wird, kann man nichts machen. Es ist wichtig, dass euch Padre Garcias traut, er hat alle unsere Ehen geschlossen und wir haben die Einladungskarten ja noch nicht losgeschickt, es wird alles ganz wunderbar sein. Also, was sagst du zum Haus, was Pablo für deine Mutter gekauft hat?«

Panik, weil die Hochzeit verschoben wird? Tanja war erleichtert, als sie das gestern erfahren hat, so hat sie noch ein wenig Zeit, ihren Kopf wieder zu ordnen, damit ihr so etwas nicht noch einmal passiert. Sie lächelt. »Es ist atemberaubend.« Rosa nickt. »Und dein Haus ist genau gegenüber von meinem. Stell dir vor, wie wir auf die Enkelkinder aufpassen und sie zusammen mit in den Club nehmen, der zwei Straßen weiter ist. Dort gibt es Theateraufführungen, man kann Karten spielen und …« Rosa läuft durch das Haus zurück auf die Straße, wo ihre Autos parken. Sobald sie anfängt zu erzählen, schaltet Tanja wieder ab, doch ihre Mutter ist weiter bei ihr eingehakt und sie folgen Rosa. Auch Pablo folgt ihnen, er ist am Handy und bespricht etwas mit den mexikanischen Ministern, die von Nicky aus Puerto Rico geschmissen wurden. Selbst Pablo scheint es nicht schlimm zu finden, dass ihre Hochzeit verschoben wird, er hat wegen dieser Sache viel zu tun und versucht, ein neues Treffen zu arrangieren.

Erst als sie an den Autos ankommen, legt er den Arm um Rosa und Tanjas Mutter. »Also sind meine Lieblingsfrauen alle glücklich?« Er strahlt sie an und Tanja lächelt zurück. Pablo ist ein guter

Mann, er hat seine kleinen Fehler, doch er will sie glücklich machen. »Es ist wundervoll, ich bin glücklich, solch einen Schwiegersohn zu bekommen.« Ihre Mutter sieht sich dankbar in der vornehmen Gegend um.

In Italien haben sie bescheiden gelebt, genau wie davor hier in Puerto Rico. Pablo hat Tanja und ihre Mutter schon die ganze Zeit mit Luxusgeschenken verwöhnt. Er hat ihnen Bilder von seinem Haus gezeigt und für ihre Mutter ein Luxushotelzimmer gebucht, weil er sie lieber nicht im Haus haben wollte, da er gerne spontan, laut und wann immer er will, Sex haben möchte. Doch ihre Mutter ist überwältigt von allem, was Pablo für sie tut, und hiermit hat Tanja auch nicht gerechnet, als er sie vor einer Stunde, nachdem sie essen waren, hierher gefahren hat.

»Damit ich auch weiter meine Lieblingsfrauen so verwöhnen kann, muss ich leider noch etwas tun. Wollt ihr noch hierbleiben oder …?« Er gibt Tanja einen Kuss und seiner und Tanjas Mutter einen Kuss auf die Wange. Tanja reagiert, bevor ihre Mutter etwas sagen kann. »Ich wollte noch mit meiner Mutter alte Freunde besuchen, du kommst doch sicherlich morgen zum Brunch vorbei, oder?« Das macht Pablos Mutter tatsächlich fast jeden Vormittag.

»Natürlich, dann können wir auch noch einmal das Menü durchgehen. Ich dachte, wir könnten neben dem vegetarischen Teil des Buffets auch einen kleinen Teil Low Carb anbieten, mittlerweile folgen so viele meiner Freunde diesem Trend.«

Tanja nickt nur und geht mit ihrer Mutter zu ihrem Auto. Pablo zwinkert ihr noch einmal zu, bevor er davonfährt und ihre Mutter und sie einsteigen.

Tanja fährt ihm hinterher, doch statt wie er in die Innenstadt zu fahren, biegt sie ab und fährt in Richtung des Hafenviertels, in dem sie aufgewachsen ist. Erst als sie kurz davor ist, sieht sie zu ihrer Mutter und bemerkt, dass sie sie die ganze Zeit mit verschränkten Armen vor der Brust und vielen Sorgenfalten auf der Stirn beobachtet.

»Sag mir, was los ist.« Tanja blickt wieder nach vorne. »Gar nichts, ich wollte einfach nur ein wenig Zeit mit dir alleine verbringen. Es geht nur noch um Kleider, Torten, Häuser … eben all das.« Sie fährt in ihre alte Gegend und zu ihrem alten Haus. Mittlerweile lebt eine neue Familie in dem Haus, doch sie hält davor und sieht zu dem Eingang, vor dem jetzt einige Blumentöpfe stehen.

»Du heiratest, Tanja, ich weiß, dass das auch beängstigend sein kann und ich schätze, genau das passiert dir gerade. Du beachtest deinen Mann kaum, dabei tut er so viel für dich, und Rosa kümmert sich auch um alles, um dir Arbeit abzunehmen. Was willst du mehr?« Tanja sieht noch immer nicht zu ihrer Mutter, sondern blickt auf das Haus und lehnt sich zurück.

»Das ist keine Angst, ich frage mich nur, ob es das ist, was ich will. Wenn ich dort stehe oder neben all den Menschen am Tisch sitze … es fühlt sich so an, als würde ich da nicht hingehören, Mama, das ist nicht unsere Welt. Sieh dich doch um, das ist unsere Welt, hier fühle ich mich wohl und weiß, dass das nicht eine Nummer zu groß für mich ist. Rosa kreiert die Hochzeit, die sie sich schon immer für ihren Sohn gewünscht hat, ich bezweifle, dass das wirklich etwas mit mir zu tun hat.«

Nun legt ihre Mutter ihre Hand auf Tanjas Arm. »Wie kommst du darauf? Keiner hat mehr Glück verdient als du. Nach allem, was du durchgemacht hast, hast du einen Mann verdient, der dir guttut und der dir alle Sorgen nimmt.« Tanja sagt nichts dazu, doch sie spürt den Blick ihrer Mutter weiter auf sich. »Pablo hat mir erzählt, dass du deine alten Freundinnen wiedergetroffen hast, ich hoffe, du hältst dich von ihm fern, Tanja. Du hast dein Leben gerade wieder im Griff, er …«

Nun wendet sich Tanja ganz zu ihr um.

»ER … Er hat einen Namen, Mama. Ich weiß, dass du dir Sorgen machst, doch ich bin kein Kind mehr. Das was damals passiert ist, war schrecklich und ich habe fast mit meinem Leben dafür bezahlt. Doch auch, wenn all das falsch gelaufen ist und Adrian früher hätte etwas ändern müssen, so musst du trotzdem verstehen, dass nicht er mich verletzt hat. Er hat mich geliebt, Mama, das macht es nicht besser, doch du kannst auch nicht ein Leben lang so tun, als hätte er damals das Messer in mich hineingestoßen.«

Ihre Mutter spricht ein leises Gebet und bekreuzigt sich, das tut sie immer, wenn sie von damals sprechen. »Es ist egal, wer es war, dieser Mann ist nicht gut für dich. Ich habe gesehen, wie sehr du gelitten hast, wie du alles wieder erlernen musstest, wie jeder Schritt dir wehgetan hat und doch hast du dich jede Nacht aus Sehnsucht um ihn ins Bett geweint. Halte dich von ihm fern, Tanja, dein Bruder ...«

Tanja hebt die Hand und stoppt ihre Mutter. »Mama, wir weichen komplett vom Thema ab. Du hast recht, ich habe wahrscheinlich einfach nur Angst vor dem, was kommt und ... ich vermisse all das hier. Wir hatten es schwer, doch es waren auch schöne Zeiten. Es hat mir gutgetan, Davina und Eleonora wiederzusehen. Ich wünschte, ich könnte wieder zur Schule, nach der Schule ins Einkaufszentrum und am Wochenende feiern gehen und keine anderen Sorgen im Kopf haben. Mir fehlt dieses Leben, komm, lass uns etwas spazieren gehen. Vielleicht ist ja ...«

Genau in diesem Augenblick klopft es an der Autoscheibe und Davinas Vater strahlt sie an. »Ich dachte doch, dass ich euch erkannt habe, was tut ihr hier? Los steigt aus, wir feiern den Geburtstag meiner Frau, die halbe Nachbarschaft ist da, es gibt Fisch und Brot. Wir haben uns ewig nicht mehr gesehen. Wir können doch nicht ohne euch ein Fest feiern, kommt schon.« Er hält mehrere Stangen Brot hoch und Tanja sieht bittend zu ihrer Mutter.

Sie vermisst es, hier zu sein, die Einfachheit dieses Lebens.

Als sie zur Schule gegangen sind, konnten sie nicht aufhören, davon zu schwärmen, wie es ist, wenn sie erst einmal hier herauskommen und gerade fühlt es sich fantastisch an, zurück zu sein.

Einen Moment verdreht ihre Mutter die Augen, doch dann steigt sie aus, sie umarmt Davinas Vater und nimmt ihm zwei Brote ab. Tanjas Mutter hat viel durchgemacht, mit ihrem Mann und mit ihren Kindern. Dass Tanja fast gestorben wäre, hat sie völlig aus der Bahn geworfen. In Europa hat sie sich langsam wieder gefangen, doch auch dort war ihr Leben nicht einfach. Der Gedanke, dass Tanja ihr nun endlich die Ruhe in ihrem Leben schenken kann, die sie verdient, lässt sie beruhigter schlafen, doch trotzdem weiß sie, dass auch ihre Mutter ihre alte Gegend und ihre Nachbarn vermisst. Sie beginnt sofort, sich mit Davinas Vater laut zu unterhalten und Tanja muss leise lachen, während sie zu Davinas Haus laufen.

Zusammen gehen sie durch das gut besuchte Haus in den noch volleren Garten. Kinder rennen sie fast um, bunte Lampions sind angezündet, weil es langsam zu dämmern beginnt, der Geruch vom Grill, Fisch und dem Meer liegen in der Luft und Tanja sieht in vertraute Gesichter. Sie liebt es. Es wird ihre Musik gespielt, ein paar Nachbarinnen tanzen am Buffet und decken den Tisch gleichzeitig mit Kuchen ein, ihre Mutter setzt sich in eine laute Runde, wird umarmt und begrüßt, und bald schon hört man sie am lautesten lachen. Auch Tanja wird umarmt und zu ihrer Verlobung beglückwünscht, bis plötzlich Davina neben ihr steht und den Arm um sie legt.

»Was für eine Ehre, meine süße Tanja wieder bei mir zu haben. Ich dachte, dass ich dich erst in zwei Tagen wiedersehe.« Tanja sieht sie fragend an. »Was sollte in zwei Tagen sein?« Davina reicht ihr ein Bier und lächelt selig. »Da Nura es nicht selbst schafft, hat sie mir eine Liste zukommen lassen, was wir alles mit dir an deinem Junggesellenabschied tun werden, der in zwei Tagen stattfinden wird.«

100

Kapitel 11

»Das ist gruselig.«

Adrian schüttelt den Kopf und sieht von der riesigen Fläche hinab. Sie stehen hier auf dem alten Gebiet der Kaberanos. Er war oft hier und hat sich wegen irgendwelchem Blödsinn mit Aylas Familie herumstreiten müssen. Sie hätten ihnen niemals die Hand reichen dürfen, im Grunde wussten sie es alle, doch auch wenn sie es mehr als verdient haben, was sie mit ihnen getan haben, so ist es doch merkwürdig, jetzt hier zu stehen und auf die Leere zu sehen. Es wurde alles abgerissen, auch die Häuser und Straßen vor dem Haupthaus.

»Ja, man kann sich kaum mehr vorstellen, wie es hier mal aussah. Am Anfang haben wir überlegt, dass wir hier etwas aufbauen, doch ich denke, es sollte als Mahnmahl hier stehen für alle, die in Zukunft versuchen wollen, sich mit uns anzulegen.« Thiago, der ihn bis hierher begleitet hat, sieht genauso wie er auf die paar Steine hinab, die noch übrig sind. Weiter vorne ist eine Familie offenbar dabei, ein neues Haus aufzubauen, ansonsten gibt es hier kein Leben mehr.

Sie gehen zu den wartenden Autos zurück. Adrian, Nicky und Abel waren zwei Tage in Mexiko. Eigentlich wollte Dario fahren, doch nachdem Tanja und er sich wieder nähergekommen sind und sie ihn wie den letzten Dorftrottel hat stehen lassen, wollte er unbedingt aus Puerto Rico weg, um sich davon abzuhalten, zu Pablo ins Haus zu fahren, ihn zu erschießen und Tanja zu sich zu holen. Ein sehr primitiver Gedanke, der sich allerdings viel besser anfühlt als die Kälte, die sich gerade um sein Herz gelegt hat.

»Die Grundstücke, die ihr für die Da Silvas und die Fuegos habt entstehen lassen, sind perfekt, dieser Ort hier wird nach und nach in Vergessenheit geraten, und das ist auch gut so.« Zusammen mit den Fuegos bauen sie eine neue Macht in Mexiko auf. Es ist ein gutes Projekt. Sie haben schon die ersten Geschäfte abgewickelt. Beide Familias lassen Männer hier, die sich für sie um Mexiko kümmern werden. Es sind jetzt schon einige immer hier, die alles organisieren, doch so richtig wird es erst in einigen Monaten losgehen. Dann schickt jede Familia um die fünfundzwanzig Mann, die sich gemeinsam um Mexiko kümmern. Abel wird das für sie leiten und in Mexiko bleiben. Adrian wird sicher auch oft hier sein, doch er kann sich nicht vorstellen, für eine längere Zeit hier zu bleiben, nicht nach allem, was war.

»Hoffentlich. Hat Dario dir gesagt, dass immer mal wieder einige Männer der Kaberanos auftauchen? Sie sprechen unsere Männer an und wollen sich den Familias anschließen. Die Männer haben sie immer verscheucht, ich hoffe, das bleibt dabei.« Adrian muss an die Politiker denken, die versucht haben, über ihre Minister erreichen zu können, in Mexiko zur Macht zu gelangen. Zur Zeit herrscht Unruhe in diesem Land, weil alle spüren, dass wichtige Änderungen im Gange sind, doch noch keiner genau weiß, was auf sie zukommt, und jeder möchte diese Chance nutzen und sich einen guten Platz sichern. Thiagos Bruder kümmert sich um das Politische und hat dafür schon eine gute Lösung gefunden, doch hintenherum probieren es nun immer mehr, bevor endgültige Entscheidungen getroffen werden. Sie stecken gerade in einer sehr gefährlichen Phase wegen Mexiko und das wissen sie alle. Ein so großes Land zu übernehmen ist immer schwer. Dadurch, dass sie sich auch um ihre Länder kümmern müssen, ist es noch schwerer, doch zum Glück teilen sich die Da Silvas und die Fuegos die Arbeit. Sie sind die größte Macht Lateinamerikas und werden das in den Griff bekommen, doch dafür müssen sie sich um Mexiko kümmern. Deswegen sind sie selbst noch einmal hergeflogen, um sich ein Bild zu machen.

»Wenn sie keine Ruhe geben, sollen die Männer hart durchgreifen, es sollen erst gar keine Zweifel daran aufkommen, wer ab jetzt hier die Führung übernimmt.«

Ace, der Hund von Thiago, läuft fröhlich neben ihnen. Er weicht Thiago nicht von der Seite, doch in diesem Moment beginnt er zu knurren und sieht zu einer hübschen jungen Frau, die verängstigt auf sie zukommt. Man kann nicht erkennen, ob sie mehr vor Ace oder vor ihnen Angst hat. Thiago hebt nur seine Hand leicht in Aces Richtung und der Hund setzt sich sofort hin und gibt Ruhe. Er ist perfekt erzogen. Immer wenn Adrian die Hunde der Fuegos sieht, überlegt er sich, ebenfalls einen zu holen, auch in diesem Moment geht ihm dieser Gedanke durch den Kopf, doch erst einmal sehen sie zu der Frau, die in einem gelben Sommerkleid auf sie zukommt.

Sie ist etwas jünger als sie, wahrscheinlich Mitte zwanzig und eine der vielen mexikanischen Schönheiten, die man hier überall trifft. Sie hat goldbraune Haut, lange schwarze Haare und genauso dunkle Augen, die sie unsicher ansehen. Sie scheint von der Familie zu kommen, die sich weiter unten ein Haus baut. Man sieht an ihrem verstaubten Kleid, dass sie auch gut mit angepackt haben muss.

»Entschuldigung, ich wollte Sie beide nicht stören, doch ich habe gehört, dass Sie von den Fuegos und den Da Silvas sind und dass … Wir stammen aus einem Dorf etwas weiter unten am Fluss. Bei den letzten Regenfällen gab es schwere Überschwemmungen und unser Haus wurde zerstört. Mein Vater hat damals gesagt, dass dieses Land hier perfekt wäre, um ein neues Haus zu bauen. Das Land ist gut, man kann Gemüse und Obst anbauen und es hält dem Regen stand. Keiner konnte uns sagen, wem das Land nun gehört, da die Kaberanos weg sind, doch irgendwann haben wir eure Männer hier getroffen. Es war ein Diego dabei. Meine Eltern haben mit ihm gesprochen und er hat ihnen gesagt, dass sie hier bauen können. Er hat uns dieses Stück Land, wo wir gerade bauen, geschenkt und uns gesagt, wir sollen uns keine Sorgen machen. Die Kaberanos sind weg und die Da Silvas und die Fuegos haben kein Interesse, dieses Stück Land zu verwenden. Er wollte, dass wir hier etwas Neues entstehen lassen.«

Adrian muss sich ein Grinsen verkneifen, er kann sich vorstellen, wie Diego die Leute angesehen und ihnen einfach ein Stück Land geschenkt hat. Keiner von ihnen wird dieses Stück Land benutzen wollen. »Dann ist das so, wenn mein Cousin das sagt.« Die Frau lächelt einen Moment, doch dann deutet sie zu dem Haus. »Seitdem bauen wir und pflanzen an, es dauert nicht mehr lange. Wir arbeiten Tag und Nacht an unserem neuen Zuhause, doch vor einigen Tagen waren hier einige … Beamte, schätze ich zumindest. Sie sahen so aus und haben sich das Land angesehen. Sie haben uns gesagt, dass das Land der Regierung gehört und wir hier nicht bleiben können, da sie Pläne mit dem Land haben.«

Nun tritt Thiago ein Stück vor. »Haben sie das? Dieses Land gehört den Da Silvas und den Fuegos. Unsere Männer haben euch die Erlaubnis gegeben, hier zu bleiben, also könnt ihr das auch. Genau das könnt ihr dem nächsten, der kommt, auch sagen. Ich werde mit der Polizei sprechen, die hier zuständig ist. Wenn so etwas noch einmal passiert, ruft die Polizei und die klären die Leute dann auf. Ich würde zu gerne wissen, wer hier war, haben sie euch ihre Namen genannt?« Man hört deutlich heraus, dass es auch Thiago nervt, dass immer mehr Leute in Mexiko versuchen, die Macht an sich zu reißen. Die Frau schüttelt den Kopf, nun wirkt sie nicht mehr so unsicher, eher erleichtert. »«Nein, aber sie sahen aus wie welche aus der Regierung, die Männer haben Anzüge getragen, die Frauen waren sehr fein angezogen und … ja, deswegen. Vielen Dank. Ich werde das gleich meinen Eltern sagen und beim nächsten Mal sofort die Polizei rufen.«

Adrian nickt nur, die Frau sieht noch einmal zu ihnen, lächelt dankbar und wendet sich dann um und geht zurück zu der Baustelle, wo einige andere Personen auf sie zu warten scheinen. Einen

Moment bleiben Thiago und er beide stehen und sehen ihr hinterher. Sie hat sehr einladende Kurven. Adrian betrachtet ihre Figur und wünschte, er würde dabei auf dumme Gedanken kommen, doch es stellt sich nichts ein. Thiago klopft ihm auf die Schulter und pfeift leise, während sie sich wieder in Bewegung setzen, was für Ace bedeutet, zu kommen. »Du hast gestern schon die ganzen Annäherungsversuche der Frauen ignoriert. Du weißt doch, dass die mexikanischen Frauen zu den schönsten gehören und nicht alle sind so durchgeknallt wie Ayla.« Adrian lacht nur leise auf und läuft weiter mit ihm zu den Autos, wo bereits die anderen warten. Sie fahren zum Flughafen, um zurückzufliegen, doch Adrian wollte vorher all das noch einmal mit seinen eigenen Augen sehen.

»Glaube mir, momentan habe ich genug von Frauen. Sie machen nur Probleme ...« Thiago lacht. »Dario hat mir schon davon erzählt, er macht sich Sorgen um dich, doch ich habe ihm gesagt, dass, so wie ich dich kenne, du alles unter Kontrolle hast.« Adrian zuckt unbeteiligt die Schultern, dabei rumort es in seinem Magen; wenn es um Tanja geht, hat er nichts, aber rein gar nichts unter Kontrolle. »Sagen wir es so, sie heiratet in ein paar Tagen und ich denke, dass sich damit einiges erledigen wird ... es sollte es zumindest.«

Nun bleibt Thiago stehen und sieht ihm in die Augen. »Weißt du, nachdem ich meine erste Frau verloren habe, dachte ich, nein, ich war mir absolut sicher, dass ich nie wieder lieben werde, und es hat auch gedauert, doch irgendwann stand Alma vor mir und ... keine Ahnung, man kann die Gefühle nicht einmal miteinander vergleichen, doch es heißt nicht, weil du jemanden verlierst, dass du nie wieder glücklich wirst, Adrian. Du wirst wieder lieben können, es dauert nur seine Zeit.«

Er will nicht einmal darüber nachdenken, doch er nickt. Er weiß, dass Thiagos Worte gut gemeint sind. »Deine Worte in Gottes Ohr. Mir reicht es auch, wenn ich einfach weitermachen kann wie vorher, ich habe die Familia, ich brauche keine Frau an meiner Seite.« Er wünscht es sich. Er wünscht sich, er kann zu dem Punkt übergehen, an dem ihm alles gleichgültig wird. Tanja will nicht mehr, sie heiratet jemand anderen und es gibt nichts, was er noch tun kann. Er hat sich entschuldigt, er hat ihr alles erklärt, sie weiß, dass er sie liebt. Er wünschte, er könnte sie wieder bei sich haben, doch sie will nicht.

Nicht nur das ist es, was ihn beschäftigt; als sie vor ein paar Nächten zusammen waren, hat es sich anders angefühlt. Es ist immer noch Tanja, und er hätte sie am liebsten die Nacht in seinen Armen gehalten, doch es war anders: Die Jahre, die zwischen ihnen liegen, haben etwas geändert und dieses Wissen macht ihn noch wütender.

Sie will nicht. Es gibt gerade nichts, was er noch tun kann. Er wünschte, er könnte sie gehen lassen und sich auf jemand anderes einlassen oder einfach wieder sein Leben genießen, doch als er sich jetzt in das Auto setzt, zurück zu ihrem Jet fährt und zurück nach Puerto Rico fliegt, wo sie ihm wieder so nah ist und doch so weit entfernt, dass es für ihn unmöglich ist, zu ihr zu gelangen, weiß er, dass das nicht so leicht wird. Als er sie nicht finden konnte, hat ihn das wahnsinnig gemacht. Er wollte nichts anderes, als mit ihr sprechen zu können, er hat sich immer eingebildet, das würde alles ändern, doch das hat er nicht. Jetzt, nachdem sie sich ausgesprochen haben, fühlt es sich noch beschissener an, weil er jetzt weiß, dass es nichts mehr gibt, was er noch tun kann.

Den gesamten Weg zurück nach Puerto Rico denkt Adrian über Thiagos Worte nach.

Er liegt auf der Couch im Jet, hat sich das Cap ins Gesicht gezogen und tut so, als würde er schlafen, um seine Ruhe zu haben, doch in Wirklichkeit drehen sich sein Gedanken darum. Stimmt es? Wird er irgendwann einfach eine andere lieben können? Er hat sich nicht einmal vorgestellt, so lieben zu können. Ayla wollte er, sie hat ihn gereizt, doch erst, als er Tanja getroffen hat, hat er begriffen, was Liebe ist. Zumindest hat er das bisher immer geglaubt. Er hatte nicht vor zu lieben und kann sich nicht vorstellen, es wieder zu tun, doch was ist, wenn er es versuchen sollte? Wenn er, genau wie sie es tut, versuchen sollte, sich auf jemand Neues einzulassen? Vielleicht könnte er etwas ähnliches empfinden wie mit Tanja, wie Thiago es gesagt hat, nicht dasselbe, es wäre niemals dasselbe, doch vielleicht trotzdem etwas, was sich gut anfühlt und diese Kälte in seiner Brust vertreibt.

Adrian weiß, dass Tanja ihn noch liebt. Als sie sich geküsst haben, hat er gespürt, wie zitterig sie unter seinen Händen war, sie hat nicht aufgehört, ihn zu küssen und er hat dieselbe Sehnsucht gespürt, die er auch in diesem Moment empfunden hat. Sie ist seinem Blick ausgewichen, sie hat es kaum geschafft, ihm in die Augen zu sehen und er konnte ihren inneren Kampf spüren, gegen das, was ihr Verstand gesagt hat und das, was ihr Herz wollte. Adrian kennt ihren Körper genau und er hat es genossen, ihn wieder zu spüren, sie hat seinen Namen geschrien und sich an seinem Rücken festgekrallt, während er sie immer wieder hat kommen lassen. Adrian liebt das Gefühl, sie so vertraut bei sich zu haben, danach hat sie sich so eng es geht an ihn gekuschelt und genau wie er alles um sie herum vergessen, bis sie aufgestanden und ihn wieder von sich gestoßen hat, doch jede Berührung davon hat ihm gezeigt, dass es ihr im Grunde geht wie ihm, nur dass er sie nicht aufgeben will, wohingegen sie es schon lange getan hat.

Adrian flucht auf und setzt sich sein Cap wieder richtig auf, als sie landen. Er macht sich selbst etwas vor. Er hat sich immer eingeredet, dass er nur einmal noch mit Tanja sprechen muss und dann kann er mit der Sache abschließen, wenn sie nicht zu ihm zurückkommt. Nun hat er das getan und doch kann er es nicht hinter sich lassen, er hat das Gefühl durchzudrehen, er will wieder sein altes, unbeschwertes Denken zurück.

Auf dem Feld des Flughafens stehen Dario und Sergeo vor zwei ihrer Wagen und holen sie ab. Sie müssten das nicht tun, sie haben auf dem Flughafen eine Garage, wo immer mehrere Wagen bereitstehen, wenn jemand einen braucht, doch offenbar haben ihre Cousins bereits Pläne.

»Da seid ihr ja, ein paar Tage ohne euch und es wird langweilig. Wir waren bei einem Treffen in der Nähe, als wir gehört haben, ihr landet gleich und dachten, wir sammeln euch ein, wie sieht es aus? Unternehmen wir noch etwas?« Sergeo grinst ihnen frech entgegen, während Dario ein Gespräch am Handy beendet und sie dann nacheinander umarmt und begrüßt.

Adrian gibt er einen Kuss auf die Wange und legt seine Hand in seinen Nacken, während er ihm in die Augen blickt. »Ich dachte, die Tage tun dir gut, doch du siehst immer noch genauso beschissen aus wie vorher.«

Adrian nimmt sein Cap ab und setzt es Dario auf. »Falls du dachtest, dass ich in Mexiko meinen Spaß haben werde, hast du dich getäuscht, den kann man nur hier haben. Mir geht es bestens. Wer kommt mit ins Maxim?« Es ist noch nicht spät und Adrian will abschalten, etwas trinken und den Kopf freibekommen. Er muss seine Cousins nicht zweimal fragen. Sergeo und Abel sind sofort dabei. Im Maxim sind immer Männer von ihnen, sie alle schalten dort gerne ab. Nicky und Dario fahren zurück zu ihrem Gebiet, während sie zum Hafen fahren und dort in ihren Stammclub gehen.

Sie müssen nicht einmal anstehen, sondern werden direkt hereingelassen und in die VIP-Lounge gebracht, von der man einen direkten Blick auf die untere Tanzfläche hat. Es ist Samstagnacht und das Maxim ist voll. An ihrem Stammtisch sitzen schon mehrere Männer von ihnen. Adrian begrüßt sie, lässt sich auf die weichen Ledersitze fallen und bestellt sich einen Wodka Lemon. Die Männer fragen ihn wegen Mexiko aus und auch die Frauen, die bei ihnen um den Tisch sitzen, hören genau zu. Auch wenn er müde sein müsste, fühlt sich Adrian weiter rastlos, er trinkt das Glas leer, knallt es auf den Tisch und bestellt sich gleich ein weiteres, während er erzählt, was es in Mexiko Neues gibt.

»Es war ein Fehler von Nicky, diese komischen Abgeordneten, die hergekommen sind, einfach wieder fahren zu lassen, wir hätten das Problem gleich beseitigen sollen, wir müssen Härte in Mexiko zeigen, das ist nicht unser Land und wir werden dort noch härter durchgreifen müssen als hier.« Abel zündet sich eine Zigarette an, auch Adrian geht das ständig durch den Kopf, er will die Hand heben, als auch sein zweites Glas sich leert, doch Sergeo deutet der Kellnerin, dass es erst einmal genug ist und bestellt einige Club Sandwiches. »Iss erst einmal etwas. Ich habe das Gefühl, ich sollte dich heute besser im Auge behalten. Entspann dich, genieß den Abend und vergiss alles um dich herum.«

Der Alkohol hat die Kälte in seinem Herzen schon ein wenig vertrieben und er nickt und stellt sein Glas zur Seite. Stimmt, da war ja etwas. Er hat sich vorgenommen, weiterzumachen. Adrian sieht sich die Frauen um den Tisch herum an. Sie sind alle sexy und hübsch, doch keine von ihnen erweckt sein Interesse, deswegen steht er erst einmal auf und geht auf die Toilette. Sobald die hämmernden Bässe weggesperrt sind, atmet er tief aus und lehnt seine Stirn gegen die kühlen Fliesen. Er hätte nach Hause fahren und sich schlafen legen sollen.

Erst als ein anderer Mann in das Bad kommt, sammelt Adrian sich wieder, wäscht sich die Hände und geht zurück in den VIP-Bereich. Statt zu ihrem Platz geht er in die etwas ruhigere Ecke zur Bar und setzt sich dort auf einen Hocker. »Noch einmal einen Wodka Lemon.« Er hebt die Hand zu der hübschen Kellnerin, die ihn unsicher ansieht. »Höre nicht auf meinen Cousin, ich weiß schon, was ich tue, oder sehe ich so aus, als könnte ich nicht selbst einschätzen, wie viel ich vertrage?« Wieso hat Sergeo seinen Mund aufgemacht und wie kommt die Kleine überhaupt dazu, seine Entscheidungen in Frage zu stellen? Wenigstens reagiert sie jetzt und greift unter die Theke, da spürt Adrian einen Blick auf sich. »Maria, gieß ihm eine Cola ein. Er hat genug.«

Adrian lacht gereizt auf, als eine Frau, die zwei Barhocker weiter sitzt und in einem Ordner Papiere beschriftet, nicht einmal aufsieht und solche Anweisungen gibt. Er sieht zu ihr, vorher war sie ihm gar nicht aufgefallen. Sie trägt nur eine schwarze feine Hose und ein schwarzes enges Top, viel zu unscheinbar für einen Club wie das Maxim, deswegen hat er sie nicht bemerkt. »Oh, und wer denkt da, er kann mir sagen, was ich noch vertrage und was nicht, und die noch bessere Frage ist, wer sollte mich davon abhalten, noch etwas zu trinken?« Adrian ist gereizt. Der Abend ist beschissen und er wird nur noch furchtbarer.

Nun sieht die Frau von ihrem Ordner auf und ihm direkt ins Gesicht. Einen Moment stocken Adrians Gedanken. Er hatte nicht erwartet, dass ihn solch ein ausdrucksstarkes, wunderschönes Paar hellblauer Augen ansieht. Sie stehen im Kontrast zu ihrer goldbraunen Haut und den langen schwarzen Haaren, die zu einem einfachen Zopf zusammengebunden sind. Sie ist komplett ungeschminkt und doch wunderschön. Sie lächelt unschuldig, doch im selben Moment sieht sie ihn genervt an, als wäre er ein undankbares verwöhntes Kind. »Ich bin Valeria. Ich kümmere mich für einige Wochen um das Maxim und da es nun in meiner Verantwortung liegt, denke ich, du solltest bei Cola bleiben. Die Da Silvas sind sicherlich gute Gäste, aber ich denke, ihr solltet so nüchtern wie möglich bleiben, um Ärger zu vermeiden.«

Adrian sieht der hübschen Frau in die Augen und weiß nicht, ob er sie anschreien oder loslachen soll. Natürlich, wie sollte der Tag auch anders enden, als sich auch noch mit jemandem anzulegen, an dem er nicht einmal seine ganze Wut auslassen kann. »Hör mal … Valeria, ich weiß nicht, wo Danny steckt, doch offenbar hat er vergessen, dir zu sagen, wer genau wir sind und dass man mir nicht widerspricht. Ich hatte einen beschissenen Tag und möchte nicht die Wut an dir auslassen, also vielleicht könntest du dich einfach wieder auf deinen Papierkram konzentrieren und mich machen lassen, was ich will, das tut man nämlich, wenn man vernünftig ist.«

Er hat sich nun ganz zu ihr umgewendet, und auch sie hat ihren Stuhl zu ihm umgedreht und legt den Kopf schief. Die Kellnerin hat sich ans andere Ende der Bar verkrümelt, weil sie wahrscheinlich weiß, dass das besser so ist. »Danny hatte einen Unfall, er muss ... zur Reha. Ich bin seine Cousine und habe ihm versprochen, mich um das Maxim zu kümmern. Es ist nicht das erste Mal, dass ich hier bin und ich weiß genau, wer ihr seid. Es ist auch nicht so, dass ich ein Problem mit euch habe, doch ich denke, es ist sicherer, wenn du, nachdem du ja offensichtlich solch einen schrecklichen Tag hattest, noch etwas klar bei Verstand bist. Ich vertraue deinem Cousin in seiner Einschätzung ...« Sie steht auf und packt ihren Ordner zusammen, geht hinter die Bar und legt die Papiere beiseite, dabei fällt Adrians Blick auf ihre zarte Figur. Wie kann sie es wagen, so mit ihm zu sprechen? Niemand tut das, doch sie scheint noch gar nicht fertig zu sein.

» ... Und hey, sieh es positiv, du bist hier, du bist gesund, auf deinem Platz warten lauter Frauen darauf, dass du ihnen deine Aufmerksamkeit zukommen lässt ... Ich schätze, alle anderen im Club hatten einen härteren Tag als du.« Sie schiebt ihm die Cola hin, die die Kellnerin ihm schon fertig gemacht hat und lächelt. Obwohl er vor Wut kocht, bemerkt er wieder, wie hübsch sie ist. »Lass es dir schmecken.«

Adrian liegen tausend Antworten auf der Zunge, doch gerade als er ansetzen will, sie ihr an den Kopf zu werfen, wird es lauter und er spürt einen Blick auf sich. Mehrere Frauen kommen lachend die Treppe herauf mit Schleifen um ihre Kleider, auf denen 'Junggesellenabschied' steht. Mitten zwischen ihnen steht Tanja in einem engen schwarzen Kleid mit einer Schleppe um ihre Taille 'Bride to be' und starrt ihn an.

Adrian wendet sich wieder um und stößt einen lauten Fluch aus. Das darf doch alles nicht wahr sein.

Kapitel 12

Adrian wendet sich sofort wieder ab, wieso ist er nicht einfach nach Hause gefahren? Er spürt weiter einen Blick auf sich, während er die Cola trinkt und einfach an der Bar sitzen bleibt, er wird noch ein paar Minuten sitzen bleiben und dann einfach wieder verschwinden. Das muss er sich nicht ansehen. Er spürt, wie die Frauen hinter ihm vorbeigehen. Die Kellnerin tritt hinter der Bar vor und bringt die Junggesellen-Abschiedsfeiergesellschaft zu einem der hinteren Tische.

Ohne sich noch einmal umzudrehen bleibt sein Blick auf der zickigen Cousine von Danny fixiert, die offensichtlich in einer Schublade mit Zetteln nach etwas Wichtigem sucht. »Tut mir leid, Adrian. Ich wusste nicht, dass du hier bist.« Davina stellt sich plötzlich zu ihm und gibt ihm einen Kuss auf die Wange. Auch sie trägt ein Kleid mit der Schleife und sieht ihn entschuldigend an. »Das ist unser Club, was dachtet ihr, findet ihr hier vor?« Er sieht zu Eleonoras bester Freundin, die auch schon zu einem Teil ihrer Familie geworden ist. Die Kellnerin kommt zurück und bereitet bunte Cocktails vor. Davina lächelt sie an. »Für mich ein Wodka Cola bitte, ich bin schon seit sechs Uhr früh auf den Beinen und brauche etwas Stärkeres.« Dann wendet sie sich wieder zu ihm und legt ihren Kopf an seine Schulter. Er mag Davina, sie haben schon oft zusammen Zeit verbracht, er weiß, dass sie am allerwenigsten etwas für den Scheißtag kann. »Ich dachte, ihr wärt in Mexiko. Wir waren essen und haben die üblichen Spiele abgehalten und für das was jetzt kommt dachte ich, wäre der VIP-Bereich am besten.«

Im selben Moment kommen zwei Männer als Polizisten verkleidet die Treppe hoch und pfeifen laut. »Ich habe gehört, hier hat sich jemand nicht benommen?« Sie ziehen ihre gefälschten Marken heraus, die Frauen aus der Ecke kreischen auf und Adrian würde am liebsten loslachen, so absurd ist all das hier, doch er schüttelt nur leicht den Kopf und sieht wieder hinter die Theke. »Tut mir leid.« Davina sieht zu den Polizisten und kneift die Augen zusammen, im selben Moment stellt die Kellnerin ihr den Wodka mit Cola hin, Adrian greift danach und leert das Glas mit einem kräftigen Schluck. »Kein Problem, damit hast du das wiedergutgemacht.« Davina lacht auf und gibt ihm noch einen Kuss auf die Wange. »Das merke ich mir für das nächste Mal, wenn ich dir wieder einen Kratzer in dein Auto fahre.«

Sie geht auch zu dem Tisch, wo die Frauen johlen und pfeifen. Adrian dreht sich gar nicht erst um, er lässt das Eis im Glas wirbeln und sieht wieder hinter die Theke, wo Valeria steht und die Augenbrauen hochzieht, als er sie anblickt. »Das war sehr gut.« Er grinst sie frech an und sie schüttelt nur den Kopf und widmet sich weiter ihrer Schublade. »Das ist so typisch.« Ja, wenigstens kann er hier ein wenig Luft ablassen und dann nach Hause gehen. »Was ist so typisch?« Die hübsche Cousine von Danny sieht nicht einmal hoch. »Das! Ich glaube, es ist ein Problem für die Da Silvas, dass euch keinerlei Grenzen gesetzt sind. Ihr tut, was ihr wollt. Das kann gar nicht gut sein.«

Adrian lehnt sich in seinem Stuhl zurück und freut sich richtig auf den Schlagabtausch. »Oh, das möchte ich jetzt genauer wissen. Was denkst du denn genau von uns zu wissen, Valeria? Hast du außer gerade jetzt schon einmal mit einem Mitglied der Da Silvas gesprochen? Weißt du wirklich, was wir tun oder wie wir leben, oder urteilst du nur nach dem, was du gehört hast? Soll ich dir etwas sagen? Das ist so typisch und langweilt mich. Dass Menschen meinen, sich eine Meinung bilden zu können aufgrund dessen, was sie hören und glauben zu wissen.«

Nun blickt Valeria auf und schließt mit ihrer Hüfte genervt die Schublade. »Okay, ein Punkt für dich und ich werde mich wirklich gerne eines Besseren belehren lassen, dafür musst du mir nur ein paar Fragen beantworten.« Sie kommt an der Bar zu ihm und steht ihm nun genau gegenüber, nur die Bar steht noch zwischen ihnen. Bei dieser Nähe erkennt Adrian, dass ihre Augen nicht nur hellblau sondern auch ein wenig grün sind, eine besondere Mischung, sie ist wirklich eine wunderschöne Frau, ihre Gesichtszüge sind sehr fein, sie hat eine kleine Nase und herzförmige Lippen. Sie schenkt ihm einen Blick, der den einen oder anderen Mann sicher hätte zurückweichen lassen, doch Adrian stellt sich der Herausforderung und lehnt sich an der Bar sogar noch näher zu ihr.

»Kein Problem, frag nur.« Nun ändert sich ihr Blick, sie beginnt zuckersüß zu lächeln und ihre Augen werden schmaler. Dabei fallen ihm ihre langen vollen Wimpern auf. Man sieht seltener Frauen ohne Schminke, besonders an einem Ort wie diesem. »Okay, dann verrate mir doch einmal, Adrian Da Silva: Gelten die Gesetze Puerto Ricos auch für euch?« Er erwidert ihr Grinsen, auch wenn er merkt, dass das vermutlich doch nicht so eine gute Idee war, sein Kopf wird langsam schummerig und er ist dankbar, dass der Alkohol zu wirken beginnt. »Nein. Wir machen die Gesetze.« Sie nickt. »Wenn du jemanden tötest, zusammenschlägst, betrügst oder hintergehst, wirst du dann von jemandem zur Rechenschaft gezogen? Moralisch oder von einer höheren Instanz?«

Ach verdammt, Adrian hätte es sein lassen sollen, er kreist seinen Nacken, bricht aber den Augenkontakt ab. »Es gibt keine höhere Instanz als uns, doch trotzdem haben wir Prinzipien. Wir töten nicht einfach so und ich würde auch niemanden hintergehen oder betrügen, ich habe es nicht nötig, etwas zu verheimlichen.« Nun lacht Valeria auf und wendet sich ab. »Das war ja klar, wie beruhigend zu wissen.« Nun legt Adrian seinen Kopf schief und sieht dann einen Moment zur Seite, wo sich die Stripper schon zu verabschieden scheinen, sie sind vollgepackt mit Geld und tragen nur noch eine Boxershorts.

Adrian wendet sich wieder zu Valeria um. »Bisher habe ich Danny immer sehr gemocht, ich wusste gar nicht, dass er eine kleine Hexe als Cousine hat.« Valeria lacht nur bitter auf und gießt sich selbst eine Cola ein. »Ich bin mir sicher, dass du Danny nicht kennst, nicht richtig. Hast du jemals mehr als zwei Worte mit ihm gewechselt?« Adrian zieht die Augenbrauen zusammen. »Da sind sie wieder, die Vorurteile, natürlich habe ich das. Ich kenne ihn schon seit vielen Jahren.« Valeria lacht und deutet mit ihrem Finger einen Kreis in der Luft an. »Ich denke, bei euch ist das Problem, dass sich die ganze Welt, in der ihr lebt, nur um euch dreht, jeder will etwas von euch, jeder hört auf euch, jeder hat Angst vor euch, das kann gar nicht gesund sein.«

Adrian lacht auf, diese kleine Hexe, doch er kann nicht einmal sauer mit ihr sein und setzt an, etwas zu sagen, da taucht plötzlich Tanja neben ihm auf und sieht zwischen Valeria und ihm hin und her. »Kann ich dich einen Moment sprechen?« Adrian sieht zu Tanja, die ihn sauer anblickt und dann zu Valeria, die einen Schluck trinkt, sich gegen die Wand lehnt und mit ihrem Finger einen Kreis dreht, um ihm anzudeuten, dass sich wieder alles um ihn dreht. Er schüttelt nur leicht den Kopf, lächelt und steht dann auf. »Was ist los?«

Tanja sagt nichts, sie deutet ihm, ihr zu folgen und bringt ihn die Treppen hinab, durch die Sicherheitstür des VIP-Bereiches nach draußen auf den Hinterhof. Adrian ist genervt, der Alkohol wirkt und er weiß, dass das hier nicht gut ausgehen wird, als sie sich neben zwei Mülltonnen umdreht und ihn angeht.

»Was soll das werden, Adrian? Du musst damit aufhören, erst verfolgst du mich und dann willst du mir auch noch den Abend verderben, indem du vor mir mit den Kellnerinnen flirtest. Wie soll das weitergehen, du musst langsam …?« Sie sind ganz alleine auf dem engen Hinterhof und Adrian spürt sein Blut kochen, so langsam geht Tanja zu weit. Er drängt sie in eine Nische, die zu einer abgeschlossenen alten Lagertür führt und legt seine Hand auf ihren Mund.

»Komm runter, ich habe dich nicht verfolgt, ich war im Club und ihr seid aufgetaucht, es gibt hunderte Clubs hier, wieso sucht ihr euch unseren aus? Und ich flirte nicht, außerdem will die Bride to be mir jetzt irgendetwas erzählen, was ich zu tun oder zu lassen habe?« Tanja drückt ihn von sich, auch sie ist wütend und das lässt ihn wieder etwas runterkommen. Er weiß, dass sie gegen ihre Gefühle kämpft. »Ich hasse dich!« Sie sieht ihm in die Augen, er will gerade erwidern, dass sie das nicht tut, doch da beugt sie sich zu ihm und zieht ihn an seinem Shirt zu sich. Ihre Lippen erobern seine so stürmisch, dass Adrian gar nicht anders kann, als sie wieder enger an die Tür zu drängen.

Das zwischen ihnen ist kein Herantasten mehr, sie kennen sich und sie beide fühlen diese Wut und Verzweiflung über ihre Situation. Tanjas Hände streichen unter sein Shirt, er greift an ihre Oberschenkel und hebt sie hoch, ihr schwarzes Kleid rutscht hoch und er streicht ihren Slip beiseite, während ihre Hände ungeduldig zu seiner Jeans fahren und sie öffnen.

Sie haben nicht einmal den Kuss beendet, bis Adrian tief und fest in sie eindringt und sie mit dem Rücken die Tür hinaufgleiten lässt. Erst da lässt Tanja seine Lippen los und stöhnt laut auf. Adrians Lippen fahren ihren Hals entlang, saugen den vertrauten Duft ein, drängen ihr Kleid an ihrem Dekolleté hinab und liebkosen ihre Brüste, während er immer wieder in sie hineinstößt. Sie stöhnt so laut, dass Adrian wieder seine Hand auf ihren Mund legt und tiefer zustößt, bis sie beide hart und schnell kommen.

Adrian schafft es noch nicht einmal richtig, wieder Atem zu bekommen, da hat Tanja sich schon wieder angezogen und sieht auf ihr Handy. »Die anderen warten vor dem Club in der Limousine, es geht weiter. Also lass das, wir beide wissen, dass es keinen Sinn macht.«

Sie will an ihm vorbei, doch Adrian schließt seine Hose und hält sie an ihrem Arm fest. »Ich meine das ernst, Tanja, lass diese Spielchen, wir haben uns lange nicht gesehen, doch du solltest bei all dem, was du hier treibst, nicht vergessen, wer ich bin.« Sie sieht ihm in die Augen, nimmt ihren Arm aus seiner Hand und geht durch den Sicherheitsausgang zurück in den Club.

Adrian bleibt stehen, er sieht in den dunklen Himmel und schließt die Augen. Wann hat sein Leben begonnen, so aus den Fugen zu geraten? Sein Handy piept, er hat mehrere Anrufe verpasst. Es ist Sergeo, er hat ihm eine Nachricht geschrieben. 'Wir fahren los, da du ja mit Tanja abgehauen bist, gehe ich davon aus, dass du noch zu tun hast. Du solltest die Hände davon lassen.'

Adrian steckt das Handy weg, da hat sein Cousin falsch gedacht, Tanja wollte nur eine schnelle Nummer. Er geht zurück in den Club und in den VIP-Bereich, tatsächlich ist ihr Tisch komplett leer. Auch der Jungeselinnen-Abschied ist weg. Adrian setzt sich, eine Kellnerin geht mit einem Tablett vorbei und Adrian greift sich ein Glas Scotch. Die Kellnerin lacht nur amüsiert und Adrian verkneift sich einen Blick zur Bar, leert das Glas und lehnt sich zurück. Es wird Zeit, dass er sein Leben wieder in den Griff bekommt.

Er schließt die Augen, die Wärme des Alkohols hüllt ihn ein. Er wird das noch einen Moment genießen, bevor er zurück in die Realität kehrt.

Kapitel 13

Ein gleichmäßiges Summen lässt Adrian wieder die Augen öffnen. Sein Kopf dröhnt und er schließt sie wieder. Als er sich wenden will, fällt er fast hinab und wird richtig wach. Verdammt, er liegt auf der Couch im Maxim, wo er sich gestern hingesetzt hat. Er hat ein Kissen unter seinem Kopf und eine dünne Decke übergelegt. Im unteren Bereich wird gesaugt und die Sonne scheint durch die Fenster.

Offenbar war das gestern doch etwas zu viel. Er hört ein leises Kichern und dreht sich zu der Bar, doch diese ist leer, zwei junge Frauen stehen im Vorraum zum Küchenbereich und sehen zu ihm. Adrian setzt sich auf und knackt seine Schultern. Wieso hat ihn keiner wach gemacht? Gerade als er das die beiden Frauen fragen will, kommt eine von ihnen mit einem Cappuccino und einem Croissant zu ihm.

»Guten Morgen. Sie sind gestern eingeschlafen und Valeria meinte, wir sollen Sie liegen lassen und Ihren Rausch ausschlafen lassen.« Sie lächelt entschuldigend. Adrian bedankt sich und leert den Cappuccino, um wacher zu werden. Das Croissant lässt er liegen.

Er steht auf, kramt in seiner Jeans nach Geld, findet aber nur noch zwanzig Dollar in seiner Hosentasche, die er auf den Tisch legt und erst einmal auf die Toilette geht, um sich ein wenig frisch zu machen. Er hat normalerweise immer mehr Geld bei sich, doch er hat es nicht einmal geschafft, zur Bank zu gehen oder sich aus einem Deal Geld einzustecken. Adrian muss langsam wieder klarkommen, das hat ihm gestern deutlich gezeigt. Er verlässt die Toiletten wieder und will Dario anrufen, um sich abholen zu lassen, doch da merkt er, dass sein Handy aus ist, das Akku ist leer.

Adrian flucht und als er aufsieht, kommt gerade die hübsche Frau von gestern aus dem Küchenbereich. Sie trägt eine große Korbtasche, ein weißes Kleid ohne Ärmel, das ihre goldbraune Haut unterstreicht, und statt wie gestern einen Zopf, trägt sie heute ihre Haare offen, sie fallen ihr bis tief in den Rücken und kringeln sich in großen Locken um ihre zarten Arme. So betrunken kann Adrian gar nicht gewesen sein, denn er hat gestern schon bemerkt, wie hübsch Valeria ist, und er fragt sich gleich, was er sich gestern ihr gegenüber alles erlaubt hat.

Sie lacht über etwas, was ihr noch jemand aus der Küche zugerufen hat und legt sich ein Portemonnaie in die Tasche. Als sie dann hochblickt, sieht sie genau in seine Augen. Wieder faszinieren ihn ihre hellen blaugrünen Augen, sie allerdings hebt nur die Augenbrauen hoch. »Noch da? Ich hoffe, du hast deinen Rausch gut ausgeschlafen.« Adrian bleibt stehen, bis sie bei ihm ist. »Rausch ist vielleicht etwas übertrieben, ihr hättet mich auch einfach wach machen können. Schläfst du hier im Club?«

Sie bleibt nicht stehen und Adrian schließt sich ihr einfach an und verlässt neben ihr den VIP-Bereich. »Das habe ich versucht, doch du hast nicht einmal reagiert. Zur Zeit ja, gestern sind die letzten Gäste um vier gegangen, wozu soll ich dann noch nach Hause gehen? Um elf beginnen die Küchenleute, es lohnt sich nicht. Danny hat neben seinem Büro hinter der Bar ein kleines Zimmer eingerichtet, das reicht, und es ist ja nur für ein paar Wochen.« Adrian nickt und taumelt fast zurück, als sie aus dem Club treten und die Sonne ihn anstrahlt, was Valeria leise auflachen lässt.

»Wieso fangt ihr schon um elf an, Essen zuzubereiten? Der Club öffnet erst ab 22 Uhr? Ich hatte fast schon wieder vergessen, wieso ich gestern den Spitznamen Hexe so passend für dich fand.« Nun lacht Valeria richtig auf, und auch wenn sie ihn auslacht, bemerkt Adrian, wie bezaubernd sie dabei aussieht.

»Damit habe ich keine Probleme, außerdem bestätigst du mit dieser Aussage nur meine Vermutung, dass du Danny gar nicht weiter kennst, nicht richtig. Danny lässt seit Jahren am Vormittag in der Küche für die Obdachlosen am Hafen ein Mittagessen zubereiten, dreimal die Woche, wenn du ihn und das Maxim so gut kennst, solltest du das wissen.«

Die Frau macht ihn fertig, sie bleibt vor einem kleineren älteren Jeep stehen und legt ihre Tasche nach hinten. »Ich bin noch nicht wach genug für solche Diskussionen. Wohin fährst du? Du könntest beweisen, wie nett du doch sein kannst und mich absetzen.« Valeria bleibt stehen und sieht an Adrian hoch und runter. Zugegeben, so verpennt und verkatert, ohne Geld in der Tasche und ohne Handy, sieht er bestimmt genauso aus, wie er sich gerade fühlt, doch sie hebt noch einmal nur ihre Augenbrauen und nickt. »Ja, klar kann ich das. Ich komme an eurem Gebiet vorbei, aber dafür musst du mir erst helfen, ein paar Dinge für das Maxim zu besorgen.«

Adrian will nur nach Hause, duschen und endlich beginnen, sein Leben wieder in den Griff zu bekommen, doch er nickt. »Nichts lieber als das.«

Als er sich auf den Beifahrersitz dieses alten Jeeps setzt, sieht er sich genau um. Eine Gebetskette mit Kreuz hängt um den Rückspiegel, auf dem Rücksitz liegen mehrere Briefumschläge und eine ungeöffnete Box. Diese Frau hat ein kleines Chaos in ihrem Auto, es passt zu ihr. Die Frauen seiner Cousins pflegen die Autos aufs penibelste, doch irgendwie hat er das Chaos bei Valeria erwartet.

Er lehnt sich zurück, als sie einsteigt und losfährt. Im Auto liegt ein feiner Vanilleduft und auch etwas blumiges, am liebsten würde er die Augen schließen und noch ein wenig schlafen, doch er wendet sich zu ihr um.

Er kann nicht verbergen, dass sie ihn neugierig macht.

»Also, du kümmerst dich um das Maxim, bis Danny wieder da ist. Was machst du normalerweise?« Valeria beachtet ihn kaum, sie achtet auf den Verkehr und flucht einmal leise, als ein Mercedes sie überholt, weil sie zu langsam ist und das ist sie, sie könnte etwas mehr Gas geben, doch Adrian will seine Mitfahrgelegenheit nicht verspielen und schmunzelt nur über ihren Gesichtsausdruck, während sie sieht, wie der Mercedes davonfährt.

»Ich bin Fotografin. Ich habe einen Laden im Einkaufszentrum. Gerade hat meine Angestellte das normale Geschäft übernommen, doch das geht auch nicht mehr lange.« Adrian sieht auf die vielen Umschläge hinter sich, wahrscheinlich sind das Fotos. »Meinst du den kleinen Laden neben der Drogerie und dem Spielzeugladen?« Valeria nickt. »Ja, wir bieten alle möglichen Shootings an: Für Bewerbungen, Babybauchaufnahmen, Paaraufnahmen, Hochzeiten, doch das ist nur, um die Miete zu zahlen. Ich habe über meiner Wohnung ein Atelier, wo ich regelmäßig ausstelle.«

Das erste Mal, seit sie angefangen haben, miteinander zu sprechen, lächelt sie. Sie scheint ihre Arbeit zu lieben. »Das hört sich doch gut an ...« Er will sie weiter ausfragen, doch Valeria hält bereits auf dem Parkplatz vor dem Wochenmarkt an der Kirche. »Wir sind da.«

Noch während Adrian aussteigt, bemerkt er die Wolken, die sich über dem sonst immer hellblauen Himmel ausbreiten. Wieso kann dieser Tag nicht besser als der gestrige werden? »Wir müssen zwei Kisten abholen, aber ich muss auch hier kurz etwas abholen, warte kurz.« Valeria hängt sich die Tasche um und geht in einen Reparaturdienstladen.

Adrian seufzt leise aus, vielleicht hätte er einfach laufen sollen in der Hoffnung, jemanden zu treffen, der ihn mitnimmt oder sich einfach mit dem Taxi zum Tor fahren und seine Männer zahlen lassen, das hört sich jetzt so sinnig an, er war vorhin einfach noch nicht wach genug für diese Gedanken.

Adrian lehnt sich an die Fensterbank des Ladens und zündet sich eine Zigarette an. Wenigstens die findet er noch in seiner Hosentasche. Er nimmt ein paar Züge, seine Gedanken schweifen wieder ab, er denkt an gestern, an das Gefühl, was er hatte, als er mit Tanja geschlafen hat und wieder weiß er, dass es anders ist, es fühlt sich anders an als damals. Doch was hat er erwartet? Dass sie sich jahrelang nicht sehen und trotzdem alles wie früher ist, nach allem, was zwischen ihnen passiert ist?

Er nimmt einige Züge und sieht zu einem Taxi, das auf ihn zukommt, scheiß drauf, er sollte einfach … er hört es knipsen und sieht zur Seite. Valeria ist aus dem Laden getreten und hat nun eine Kamera in der Hand, mit der sie einige Fotos von ihm gemacht hat. »Brauchst du dafür nicht meine Erlaubnis?« Adrian schnipst seine Zigarette weg, während sie die Kamera in die Tasche steckt. »Dient nur zur Probe, keine Angst, die werden garantiert gelöscht.«

Sie deutet zu einem Marktstand. »Hier entlang, sorgen wir dafür, dass heute Abend alle im Maxim was ganz Neues angeboten bekommen. Du tust damit quasi eine gute Tat, alleine hätte ich zweimal laufen müssen.« Sie steuern einen Fischstand an und Adrian würde am liebsten die Augen verdrehen, natürlich, wie sollte es auch anders sein, bei seinem Glück zur Zeit. Sie hätten auch einfach Gemüse und Obst einladen können, doch der ältere Mann strahlt sie an und deutet auf zwei Körbe mit Krabben, lebendigen Krabben. Der Korb ist zu hoch, als dass sie herauskommen können, doch trotzdem sind es viele.

Valeria sieht fasziniert in die Körbe. »Danke Franco, hier ist das Geld und auch das von den Lieferungen vorher.« Valeria drückt dem Mann ein paar Scheine in die Hand, der höflich zu Adrian nickt und ihm einen der Körbe reicht.

Der Geruch von Fisch und Meer steigt ihm in die Nase, er mag den Geruch, aber nicht so früh am Morgen und so verkatert. »Danke Valeria, und grüß Danny von uns.«

Valeria nimmt den anderen Korb und lächelt nur. Es wird immer dunkler und windiger, Adrian sieht in den Korb, wo die Krabben versuchen zu entfliehen. »Also dafür habe ich mir aber eine große Portion von eurer besonderen Überraschung verdient. Willst du die echt in deinem Auto transportieren? Den Geruch wirst du nicht so schnell wieder los.« Valeria sieht auch in den Korb und beeilt sich, um mit ihm Schritt halten zu können. Gerade als sie ansetzen will, etwas zu sagen, beginnt es so stark zu regnen, dass Adrian es nicht einmal schafft, richtig nach oben zu sehen. So ist das immer, wenn es mal regnet, dann meistens kurz und heftig. Er flucht auf und will die restlichen Meter zum Auto rennen, doch da bemerkt er, dass Valeria stehen geblieben ist. »Komm!« Er sieht zu ihr, wie sie verzückt ihr Gesicht zum Himmel hebt und die Augen schließt. »Sommerregen.« Adrian sieht sie völlig fassungslos an. »Wenn du nicht willst, dass ich deine Scheibe einschlage, dann komm. Was für ein Sommerregen?« Valeria lacht leise auf, doch sie kommt. »Ist ja klar, dass du so etwas nicht schätzt.« Sie öffnet den Kofferraum und sie stellen die Körbe hinein, bevor sie beide sich schnell ins Auto setzen.

Adrian atmet genervt aus, er ist klitschnass, Valeria neben ihm wringt ihre Haare aus und lacht auf. Sie müssen einen Moment warten. Der Regen wird so stark, dass sie eh keinen Millimeter nach vorne sehen können. »Riechst du das? Es ist das Schönste, was es gibt ... Sommerregen.« Adrian wendet sich zu ihr um und sein Blick gleitet über ihr Dekolleté, bei der Nässe erkennt er durch den weißen nassen Stoff einen hellrosa BH und wie gut geformt Valerias Dekolleté ist. »Also so ein Sommerregen hat garantiert seine Vorzüge, doch momentan rieche ich nur Krabben.« Er versucht erst gar nicht, seinen Blick zu verstecken. Valeria ist eine verdammt attraktive Frau und das wird sie auch wissen.

»Na, ob das deiner Freundin gefallen würde, die dich gestern fast von mir weggezogen hat?« Sie erwidert seinen Blick und legt den Kopf dabei ein wenig schief. Sofort kommen Adrian die Bilder von gestern wieder vor sein inneres Auge.

124

»Das ist meine Ex-Freundin und sie heiratet bald, wie du sicherlich bemerkt hast. Also nein, sie wird das nicht interessieren.« Valeria startet den Motor, der Regen wird etwas schwächer und sie schaltet schon einmal die Scheibenwischer ein, bevor sie langsam losfährt. »Also so, wie sie mich gestern mit ihren Blicken fast getötet hat, ist ihr das sicherlich alles andere als egal.«

Ihr jetzt zu erklären, wieso sie sich da gewaltig täuscht, würde zu lange dauern, deswegen lehnt sich Adrian wieder zurück und sieht auf das hübsche Profil von Valeria. »Was ist mit dir? Hast du einen Freund oder vor, bald zu heiraten, denn einen Ring am Finger trägst du nicht.« Von der Kirche ist es nur ein paar Minuten bis zu ihrem Gebiet und offenbar weiß sie, wo es liegt.

»Ich habe keinen Freund, ich hatte eine längere Beziehung, doch die habe ich vor einem Jahr beendet, weil ich gemerkt habe, dass ich nicht mehr genug für ihn empfinde.« Adrian hat nicht einmal weggesehen, auch wenn sie sich auf die nassen Straßen konzentriert. »Das war bestimmt hart für ihn, dich zu verlieren.« Valeria schweigt einen Moment, doch dann atmet sie tief ein. »Vielleicht, doch es war ehrlich. Er war viel zu perfekt, verstehst du? Er war der Manager einer Bank, sein Leben, sein Haus, es war alles bis ins kleinste Detail perfektioniert, alles, und da war ich die chaotische Fotografin, die Treffen vergisst, weil sie in der Dunkelkammer die Zeit vergisst, immer einen gewissen Grad an Chaos braucht und so … alles andere als perfekt ist, es konnte gar nicht gut gehen. Er hat es auch irgendwann verstanden und vor zwei Monaten seine Vorgesetzte geheiratet.«

In Adrians Magen rumort es sofort. »Und war das in Ordnung für dich?« Valeria lächelt und hält schräg gegenüber dem ersten Wachposten zu ihrem Gebiet. »Ja klar, wie gesagt, ich habe ihn nicht mehr geliebt. Ich habe die Bilder auf seiner Hochzeit gemacht und dabei fast die Hochzeitstorte umgestoßen. Glaube mir, ich bin viel zu chaotisch, um einen normalen Mann an meiner Seite zu haben.« Nun lacht Adrian leise auf und sie wendet sich zu ihm und sieht ihm das erste Mal heute richtig in die Augen. Sie hat unglaubliche Augen.

»Na, zum Glück sind nicht alle Männer perfekt.« Valeria legt ihren Arm über das Lenkrad und wendet sich noch mehr zu ihm. »Nein, das sind sie nicht. Er wäre zum Beispiel niemals betrunken mitten in einem Club eingeschlafen und hätte ständig Drinks von den Kellnerinnen geklaut. Und weißt du, was mir noch bei dir auffällt? Du tust alles, um nicht von dir selbst reden zu müssen, du lenkst sofort ab, um nur nicht zu viel Einblick in dein Chaos zu gewähren.«

Nun nickt Adrian anerkennend. »Das kann sein, aber ich selbst kann mein Chaos gerade kaum ertragen, das will ich keinem anderen zumuten. Also, ich komme heute oder morgen Abend und bestehe auf meine Belohnung, kleine Hexe.« Valeria lächelt, während Adrian die Autotür öffnet und aussteigt. Er hebt noch einmal die Hand und sieht dann zu, wie Valeria in ihrem alten Jeep davonfährt. Einen Moment ist er so in Gedanken, dass er zusammenschreckt, als Dario neben ihm hupt und Nicky und er ihn kopfschüttelnd ansehen. »Wollen wir wissen, wieso du nach Fisch stinkst, klitschnass bist und aussiehst, als hättest du drei Nächte nicht geschlafen und wer diese hübsche Frau ist?«

Adrian hebt den Mittelfinger zu seinen Cousins und wendet sich ab zum Gehen. »Ich gehe duschen und schlafen, zu ...« Dario ist noch nicht fertig. »Tu das, du siehst aus, als könntest du das gebrauchen. Nicky und ich fahren zu Monte, du weißt schon, der der uns letztes Jahr reinlegen wollte, er hat sich wieder hergetraut und will sich erklären, aber duschen und schlafen klingt ...« Adrian flucht, Dario weiß, dass er sich das niemals entgehen lassen wird. »Fahrt zu der Bäckerei an der Ecke und holt mir ein belegtes Brot und einen Kaffee, ich dusche und bin in drei Minuten bei euch.« Seine Cousins fahren los, und obwohl die Tage noch so beschissen waren und ihm immer noch ein harter Stein im Magen liegt, haben die letzten Stunden ihm wieder etwas Leichtigkeit gebracht. Auch wenn er jetzt zurück in seinem persönlichen Chaos ist, muss er grinsen, als er zu dem Wachposten geht und sich auf das freut, was ihn erwartet.

Kapitel 14

»Hast du das auch noch einmal?«

Diego deutet auf das Shirt, das Adrian gleich anbehalten hat. Er war mit Sergeo Ware übergeben, und da es dort einen großen Sportshop gab, haben sie sich mal wieder neu eingekleidet. Adrian geht nicht gerne einkaufen, doch wenn er das mal macht, dann spontan und dann greift er richtig zu. Der Shop hat gerade mehrere neue Kollektionen herausgebracht und sie haben mehr als zwei Stunden in dem Laden verbracht.

Er ist eben angekommen und sein Cousin hat ihn abgefangen. Diego wollte gerade ins Gemeinschaftshaus, sie haben eine Besprechung und danach wird er mit Sergeo und Abel ins Maxim gehen. Er wollte gestern Abend noch hin und sich sein versprochenes Überraschungsmenü abholen, doch der Termin mit Diego hat lange gedauert und danach ist Adrian auf seinem Bett eingeschlafen und hat bis heute Morgen durchgeschlafen.

Er zieht aus den etwa zehn Tüten in seinem Kofferraum zwei gut gefüllte heraus, die er extra an die Seite gelegt hat und drückt sie Diego in die Hand. Er kennt seinen Cousin sehr gut, auch seinen Geschmack und er weiß, dass er durch die Familia und seine Kinder kaum Zeit hat, sich selbst mal etwas Neues zu besorgen. Er kann sich die Sachen auch schicken lassen, doch Adrian kennt seinen Geschmack, und hat ihm zwei paar neue Sneakers, neue Shorts und Shirts eingepackt. Dario sieht in die Tüten und grinst. »Du warst schon immer der Beste. Lass uns die neuen Waffen verteilen und die Pläne für die nächste Woche besprechen.« Diego geht zurück zu seinem Haus und legt die Tüte in den Flur. Adrian lässt seinen Wagen stehen, er wird die Sachen später waschen und einräumen lassen.

Gerade als sie wieder aus dem Haus gehen, fährt ein neuer Mercedes vor. Tanja und Davina sitzen in dem Auto. Es scheint Tanja zu gehören. Ihre Blicke treffen sich und Adrians Herz schlägt schneller, sobald er in ihre Augen sieht. Sie wirkt müde, doch sie sieht umwerfend wie immer aus, als sie aussteigt. Adrian sieht auf den engen knielangen Rock mit den Holzknöpfen, der ihren Po auf verbotene Weise anhebt, und das passende bauchfreie Top. Ihre blonden Haare hat sie zu einem festen Dutt nach hinten gebunden und mit den großen Creolen erkennt man trotz der hellen Haare noch deutlich, dass sie eine Latina ist. Offenbar wollen die beiden zu Eleonora. Dario begrüßt beide, Davina geht an ihm vorbei und gibt ihm einen Kuss auf die Wange und als Tanja vor Adrian stehen bleibt, murmelt Diego, dass er schon einmal vorgeht, sodass nur noch Adrian und Tanja in der Einfahrt stehen.

Er hat nicht einmal seinen Blick von ihr abgewendet. Einen Moment muss er an die junge Frau denken, die sein Herz im Sturm erobert hat. Wie sie damals in ihren einfachen Kleidern auf ihren Partys war, es hat sich einiges geändert. Die teure Tasche, die sie um ihr Handgelenk trägt, der Schmuck, man sieht, dass sie teures Make-up benutzt, in ihrer Hand ist der Schlüssel des Mercedes. Er weiß, dass es immer noch Tanja ist, doch ihm wird auch immer bewusster, dass diese Jahre eben doch nicht einfach so wegzuwischen sind und sie sich geändert haben, wahrscheinlich beide.

»Nettes Auto.« Tanja wendet sich um und lächelt. »Ein Geschenk, weil sich die Hochzeit ein paar Tage verschiebt.« Adrian sagt nichts weiter dazu, sie müssen sich nichts vormachen, sie beide wissen, dass er ihr all das und noch viel mehr schenken könnte, dass ihr Mann nur über Geld verfügt, weil Adrian es zulässt. »Es ist gut, dass ich dich noch einmal sehe, das vorgestern, es … ich weiß nicht, was in mich gefahren ist. Es tut mir leid. Ich möchte nicht, dass du denkst, ich nutze das nur aus und du wärst mir egal, oder …« Tränen steigen in Tanjas Augen und Adrian würde sie am liebsten in den Arm nehmen, doch er nickt nur.

»Das weiß ich. Es ist nicht so, dass du mich zu irgendetwas zwingen musstest, Tanja. Du hast ein neues Leben begonnen, doch das bedeutet nicht, dass es unsere Vergangenheit nicht gibt. Ich sehe, dass du hin- und hergerissen bist und es tut mir leid, dass ich dich so durcheinanderbringe. Ist es das, was du willst? Pablo?« Tanja nickt und sieht ihm fest in die Augen. »Pablo ist ein guter Mann, Adrian. Er liebt mich und ich habe ein ruhiges friedliches Leben mit ihm. Er tut mir gut, doch ich … vermisse uns. Ich will dir und mir da gar nichts vormachen, vielleicht dachte ich, ich wäre über all das hinweg, doch das bin ich nicht. Ich bin wie …« Nun beginnt sie zu weinen und Adrian nimmt sie in seine Arme.

»Beruhige dich, Engel, es ist in Ordnung.« Er hält sie fest an sich, atmet ihren Duft ein und küsst ihren Scheitel. »Ich kann es nicht einmal beschreiben. Ich liebe Pablo, aber ich habe auch niemals aufgehört, dich zu lieben, das ist doch krank. Ich fühle mich wohl, wenn ich bei ihm eingekuschelt im Arm liege und wir uns einen Film ansehen, doch wenn ich bei dir bin … es ist krank, ich bin krank. Ihr beide wollt mich und ich spiele im Grunde mit euch beiden ein falsches Spiel.«

Sie blickt hoch und Adrian lässt sie los, umfasst ihr Gesicht mit seinen Händen und streicht ihre Tränen weg. »Tust du nicht. Ich weiß doch von allem und ich selbst spüre doch, wie zwiegespalten auch ich bin. Ich sehe dich in deinem neuen Leben vor mir und weiß, dass unsere Zeit vorbei ist und gleichzeitig halte ich die alte Tanja in meinen Armen. Das was zwischen uns passiert, ist nicht schlimm, es ist menschlich. Wir beide halten an dem alten fest und es fällt uns schwer, es loszulassen.«

Tanja hebt verwundert die Augenbrauen hoch. »Aber willst du es denn? Ich dachte, du willst mich zurückhaben und dass ich Pablo verlasse? Was hat sich geändert?« Nun sieht sie ihn sogar ein wenig enttäuscht an. »Es hat sich nichts geändert, Tanja, ich liebe dich, ich werde dich immer lieben, doch du lebst nun ein neues Leben, und wenn es das ist, was du willst, kann ich nichts tun. Ich selber merke nur immer mehr, dass viele Jahre zwischen uns liegen und wir nicht dort weitermachen können, wo wir aufgehört haben, das klappt nicht. Versuch, einen klaren Kopf zu bekommen.« Tanja nickt und lächelt, trotz der Tränen. »Das versuche ich. Danke, dass du mich nicht hasst und trotzdem weiter für mich da bist. Wir bereiten gerade etwas vor, bist du danach zu Hause? Dann kann ich noch einmal vorbeikommen und ...« Nicky geht auf der anderen Straßenseite vorbei, er deutet Adrian zu kommen, sie alle wollen versuchen, ihn ein wenig von Tanja fernzuhalten, weil sie wissen, dass es keinem von ihnen guttut.

»Nein, ich habe Termine, viel Spaß bei dem, was ihr vorbereiten wollt.« Tanja nickt und sieht ihm noch immer in die Augen. »Es hat sich etwas geändert, du spürst es auch, oder?« Adrian wollte sich schon abwenden zum Gehen, bleibt aber noch einmal stehen. »Was meinst du?« Tanja deutet zwischen ihnen hin und her. »Es ist nicht mehr das gleiche? Es ist zu viel kaputtgegangen und es liegen zu viele Jahre zwischen uns? Du spürst es auch, oder?« Adrian würde gerne sagen, dass es nicht so ist, dass sich nichts geändert hat, doch das wäre gelogen. »Ja, ich spüre es, doch das bedeutet nicht, dass ich dich nicht mehr liebe, Tanja. Ich werde dich immer lieben und in meinem Herzen tragen.« Nun legt sich ein echtes Lächeln auf ihre Lippen, eines wie früher und auch Adrian muss lächeln. »Ich dich auch. Wir sehen uns, Adrian.«

Dieses Mal wendet sie sich ab und geht. Adrian wartet, bis Tanja im Haus ist, dann läuft er zum Gemeinschaftshaus. Auch wenn er noch nicht begeistert davon ist, dass sie jemand anderes heiratet und er sie am liebsten bei sich haben würde, fühlt es sich doch gut und befreiend an, so offen mit ihr zu sprechen und zu wissen, dass sie beide spüren, dass die Jahre nicht einfach so an ihnen vorbeigegangen sind.

Doch während der gesamten Besprechung ist Adrian nur halb anwesend. Tanjas Worte gehen ihm nicht aus dem Kopf. Vielleicht sollte er sie doch zu sich rufen. Er könnte sie wieder bei sich haben, doch es wäre wieder nur für einige Minuten, vielleicht ein oder zwei Stunden, und dann würde sie zu ihrem Verlobten gehen.

Er ist ganz froh, dass sich die Besprechung hinauszögert, als sie noch einmal über einen Videoanruf mit Honduras verbunden werden und sich mit Thiago austauschen. Offenbar gab es schon wieder einige Probleme mit alten Abgeordneten in Mexiko. Sie waren wieder auf dem alten Grundstück der Kaberanos, die Polizei war da und hat sie vertrieben, doch Thiago macht sich Sorgen. Er hat das Gefühl, dort braut sich etwas zusammen und sie beschließen, am nächsten Wochenende noch einmal hinzufliegen und genau zu gucken, wer für die ständigen Probleme verantwortlich ist.

Als sie den Besprechungsraum verlassen, ist es schon weit nach 22 Uhr. Sie haben sich Pizza bestellt, doch Adrian hat immer noch Hunger, und statt nach Hause, fahren sie direkt ins Maxim. Da nur die engeren Kreise bei der Besprechung dabei sind, sitzen wie immer bereits einige ihrer Männer um ihre Tische herum, als sie eintreten. Adrian sieht sich sofort um, doch er entdeckt Valeria nicht und setzt sich erst einmal zu Sergeo und einer Frau, die er schon öfter bei seinen Männern gesehen hat.

Er lehnt sich zurück und atmet tief durch, es war ein langer Tag, doch so langsam beginnt er, sich wieder besser zu fühlen. Sobald die Kellnerin an den Tisch kommt, bestellt er etwas zu trinken und fragt, was es mit Krabben gibt. Die Kellnerin hebt die Augenbrauen und muss sich ein Lachen verkneifen. »Krabben? Ähmm, es gibt nur das, was auf der Karte steht.« Sie lächelt, doch Adrian lässt nicht locker. »Ich habe die Krabben selbst mit abgeholt, ist gestern schon alles ausgegangen?« Nun kann sich die Kellnerin ein Grinsen nicht mehr verkneifen. »Nein, aber das soll Valeria mal schön selbst erklären. Valeria?« Sie sieht zur Bar.

Hier im VIP-Bereich ist es niemals zu laut, sodass tatsächlich Valeria nur ein paar Sekunden später zu ihrem Tisch tritt und überrascht in seine Augen sieht. Er hatte sie vorher nicht gesehen. Wieder sieht er fasziniert in diese schönen Augen. Wie auch schon die Tage zuvor trägt Valeria für das Maxim sehr legere Kleidung. Eine dunkelblaue Jeans und ein schwarzes Top, ihre Haare hat sie zu einem unordentlichen Knoten nach oben gebunden und ein Bleistift steckt in diesem Chaos auf ihrem Kopf. Sie sieht natürlich aus, wirkt komplett ungeschminkt, soweit Adrian das erkennen kann, und doch hat sie ihn sofort wieder in ihren Bann gezogen.

»Oh, mein persönlicher Einkaufshelfer.« Adrian spürt, wie seine Cousins neugierig aufhorchen und Valeria betrachten. Adrian kann sich ein Grinsen nicht verkneifen, als er an ihre Aktion denkt. Er war klitschnass und hat nach Fisch gestunken. »Ich wollte mir meine Belohnung abholen, was ist mit den Krabben passiert?«

Valerias Augen werden größer, und die Kellnerin, die noch bei ihnen steht, legt den Arm um sie. »Ja, Valeria, sag ihm mal ... was ist mit diesen vielen teuren Krabben passiert? Wie war das mit ihren Augen?« Nun lacht auch Valeria auf. »Ich habe sie hergebracht und in die Küche gestellt und der Koch hat erklärt, was er mit ihnen vorhat und in diesem Moment haben sie mich angesehen. Sie haben so kleine süße Knopfaugen, die mich angefleht haben, sie zu retten ...« Abel lacht auf und Adrian kann nicht verbergen, dass er schockiert ist. »Hast du sie nicht ...?« Valeria legt den Kopf schief. »Ich konnte nicht. Ich habe sie am Strand ausgesetzt, sie leben dort jetzt ein glückliches Leben ...« Sie hebt die Arme, als hätte sie gerade einen Lotto-Gewinn verkündet und Adrian kann nur grinsend den Kopf schütteln, diese Frau ist wirklich das reinste Chaos. »Aber auf dem Rückweg habe ich einen großen Korb voller Avocados gekauft. Es gibt Sandwiches mit Avocado und Ei, glaube mir, das ist viel leckerer. Ich lasse dir eins bringen, will noch einer eins?« Sergeo hebt die Hand und Valeria geht zusammen mit der Kellnerin zurück zur Bar. »Wer ist die Hübsche?« Sein Cousin legt den Arm um Adrian, der noch immer ein Grinsen im Gesicht hat. »Eine chaotische kleine Hexe.«

Trotzdem muss er zugeben, dass die Sandwiches schmecken. Auch wenn er sich mit seinen Männern unterhält, sie sogar ein

Kartenspiel beginnen und sich immer mehr Frauen um sie versammeln, die mit ihnen flirten, sucht sein Blick auch immer wieder Valeria. Er tut das nicht bewusst, sie ist wunderschön und er mag ihre chaotische Art, doch im Moment wird er eher einen großen Bogen um alles was Frauen betrifft machen. Er hat schon genug Chaos in seinem eigenen Leben, er genießt die Nacht mit seinen Männern, die Aufmerksamkeit der Frauen, doch trotzdem entgeht ihm nicht, dass Valeria die ganze Zeit in Ordnern herumblättert, Boxen nach vorne holt und durchwühlt und sich immer wieder Notizen macht.

Irgendwann verschwindet sie mit zwei Ordnern auf der Terrasse des Maxim. Adrian spielt zwei weitere Runden Karten und erst dann steht er auf, nimmt sich die Schachtel Zigaretten von Abel und geht auch auf die Terrasse. Kein anderer Gast ist da, es ist schon spät und mitten in der Woche, die meisten verlassen langsam den Club, nur Valeria sitzt an einem Tisch und hat die zwei Ordner vor sich geöffnet. Doch statt auf die Ordner sieht sie auf die Stadt hinab, von hier oben hat man einen schönen Ausblick auf das Nachtleben San Juans.

Adrian setzt sich genau neben sie an den Tisch, lehnt sich zurück und bietet ihr eine Zigarette an. Valeria lehnt sich auch zurück, doch lehnt ab. »Ich habe aufgehört zu rauchen, das solltest du auch tun.« Während er sich eine Zigarette anzündet, sieht er auf die Ordner, wo nur eine Menge an Namen und Zahlen stehen. »Ich rauche nicht richtig, nur wenn ich feiern bin oder genervt bin, es gibt auch Wochen, wo ich gar nicht rauche. Was tust du hier?«

Als hätte sie nur darauf gewartet, schließt Valeria genervt die Ordner und lehnt sich jetzt komplett zurück, nun sehen sie beide auf die Stadt unter sich. »Ich versuche etwas zu verstehen, doch es ist mir noch nicht gelungen.« Man sieht ihr an, dass sie müde ist. »Wann übernimmt denn Danny wieder? Arbeitest du auch noch in deinem Laden?« Einen Moment blickt er zu ihr und erfasst in Millisekunden jedes Detail ihres Profils, während sie sich den Bleistift zurück in die Haare steckt. Wieso tut sie das?

»Ja, ich versuche so lange wie möglich dort zu sein. Ich denke, es wird nur noch ein bis zwei Wochen dauern und dann geht alles seinen gewohnten Weg. Ich war immer gerne hier und habe Danny besucht, wenn er zurück ist, brauche ich erst einmal Maxim-Pause.«

Unter ihnen beginnt ein Paar, sich laut zu streiten. Die Frau schreit ihn an, weil er mit einer anderen Frau geflirtet hat. Als sie ihm eine Ohrfeige gibt, lachen Valeria und Adrian gleichzeitig auf und sie sieht zu ihm. »In solchen Momenten werde ich immer wieder daran erinnert, wieso ich es so schätze, Single zu sein.« Verwundert hebt er die Augenbrauen und schnipst den Rest der Zigarette weg. »Tust du das? Nur weil der eine nicht der Richtige war, heißt das nicht, dass es keinen gibt.« Valerias Augen fahren einmal abschätzig an ihm hoch und runter. »Oh, und das aus dem Mund von dir? Du hast da drinnen gerade mit wie vielen Frauen geflirtet? Willst du mir sagen, dass du an so etwas wie die ewige Liebe glaubst?«

Adrian wendet seinen Blick nicht ab, als sich ihre Augen treffen. Er merkt, dass sie es meidet, direkten Augenkontakt zu ihm zu haben, doch jetzt sucht er ihn. »Also um ehrlich zu sein, war ich sogar schon verlobt und war eigentlich fest entschlossen, eine Hochzeit zu sprengen, dass da drinnen ist nur Ablenkung. Ich weiß nicht, ob ich an die ewige Liebe glaube, doch ich glaube daran, dass man eine Frau trifft, die einen Unterschied macht, die einen das, was mich da drinnen erwartet, unwichtig erscheinen lässt.«

Einen Moment sagt sie nichts. Gott, er könnte ihr stundenlang in die Augen sehen, sie sind wunderschön, doch dann beendet sie diesen intimen Moment und sieht wieder auf die Stadt hinab. »Aber auch bei dir hat am Ende nichts gehalten, weder das eine noch das andere, also solltest du auf die Liebe vielleicht doch nicht so viel geben. Oder war es beide Male Schicksal, dass es nichts geworden ist?«

Da sie sich wieder abgewendet hat, lehnt sich Adrian nun auch wieder zurück und sieht auf das bunte Leben unter ihnen. Er atmet tief ein. Sie hat ihm von ihrem Ex-Freund erzählt, und obwohl er Valeria nicht kennt und eigentlich auch nicht gerne darüber spricht, erzählt er ihr ein wenig von Rosa und Tanja. Nicht alles und nur eine Zusammenfassung, doch er spürt, wie sie sich neben ihm anspannt und sie ihn irgendwann doch wieder ansieht.

Dieses Mal erwidert er ihren Blick nicht. Er sieht weiter auf die Stadt, und als er ihr von dem heutigen Gespräch erzählt und dass sie beide spüren, dass sich etwas geändert hat, endet die Zusammenfassung. Am liebsten würde er sich wieder eine Zigarette anzünden, doch er lässt es. Er weiß nicht, warum er Valeria all das erzählt und als sie dann fassungslos den Kopf schüttelt, bereut er es auch schon.

»Das ist wirklich hart, für alle, das ... man kann gar nicht sagen, wer einem dabei nicht leidtun soll. Doch es liegt jetzt auch schon so viele Jahre zurück. Hast du wirklich gedacht, dass wenn du Tanja wieder triffst, alles wie früher ist?« Adrian kann sich ein leises hartes Auflachen nicht verkneifen. »Ich weiß nicht, was ich mir davon versprochen habe. Ich habe sie so lange gesucht. Alles was ich wollte war es, mit ihr zu sprechen. Ich war all die Jahre wütend und frustriert, weil ich nach allem, was passiert war, nicht einmal die Chance hatte, sie in den Arm zu nehmen oder mit ihr zu sprechen, ihr meine Sicht zu erklären, das hat mich wahnsinnig gemacht. Ich war so darauf fixiert, sie wiederzutreffen, dass ich mich nie gefragt habe, was dann sein wird und jetzt, wo ich sie wiedersehe, wo wir uns ausgesprochen haben ... fühlt sich alles so anders an. Ich habe wahrscheinlich tatsächlich gedacht, ich nehme sie in den Arm und alles wird gut, doch dann vergehen Jahre und sie steht vor mir, verlobt und verändert, und doch ist es noch meine Tanja. Es herrscht nicht nur bei dir Chaos, vielleicht haben sich deswegen unsere Wege gekreuzt, damit wir merken, dass wir nicht die Einzigen mit so einem chaotischen Leben sind.«

Als er sich nun wieder zu ihr umwendet, hebt Valeria nur die Augenbauen. »Ganz langsam, ich habe nur fast die Hochzeitstorte meines Ex umgestoßen, bei mir waren keine Mordversuche und jahrelange Suchaktionen im Spiel.« Auch wenn Adrian jedem, der das sonst einfach so sagen würde, an den Hals gehen würde, muss er lachen und sieht Valeria in die Augen. »Deswegen verdienst du den Spitznamen Hexe.« Nun lacht sie auch, doch dann sieht sie ihn wieder ernst an.

»Ich weiß, wir kennen uns nicht, doch nach allem, was ich jetzt gehört und auch gesehen habe, denke ich, solltest du dir darüber klar werden, ob du Tanja tatsächlich noch liebst, oder ob die Erinnerung an euch beide, und vieles, was du fühlst, eher auf dein schlechtes Gewissen zurückzuführen ist. Du hast garantiert die Macht, diese Hochzeit platzen zu lassen, ich habe ihren Blick auf dir gesehen, doch du solltest dir davor erst einmal wirklich klarwerden, ob das noch Liebe oder dein schlechtes Gewissen ist.«

Sie lächelt matt, als würde sie seinen Schmerz wirklich verstehen. Und auch wenn er sie kaum kennt und er ihr all das gar nicht erzählen sollte, fühlt er sich befreiter, als sie beide sich wieder zu der Straße umwenden und sich weiter das bunte Treiben der Nacht ansehen.

Kapitel 15

»Du siehst umwerfend aus.« Pablo umfasst Tanja von hinten und sieht sie über den Spiegel an. Sie hat sich ein neues Kleid angezogen, was sie gestern in einem Laden im Einkaufszentrum gekauft hat, es ist mintgrün. Sie steckt sich die passenden langen Ohrringe an und sieht zufrieden in den Spiegel. »Danke, du auch.« Pablo trägt einen feinen Anzug, er ist ein hübscher Mann. Auch wenn seine Haare an manchen Stellen schon einige graue Stellen haben, macht ihn das sogar noch interessanter. Er legt seinen Kopf auf ihre Schulter, nachdem er einen Kuss dorthin gegeben hat.

»Alle werden mich um dich beneiden. Du machst mich zu einem sehr stolzen Mann.« Tanja wendet sich zu ihm um und gibt ihm einen Kuss auf den Mund. »Und du machst mich zu einer sehr stolzen Frau, bist du bereit? Ich habe großen Hunger.« Pablo nickt und nimmt ihre Hand. Als sie noch einmal nach ihrer Dose mit der Pille greifen will, um noch schnell eine einzunehmen, nimmt Pablo sie ihr aus der Hand.

»Tanja, ich liebe dich, wir heiraten in einigen Tagen. Die Überraschung heute eröffnet uns noch einmal ganz andere Möglichkeiten. Es gibt nichts, was ich mir mehr wünsche als ein Baby von dir.« Er hält die Pillendose über ihren Mülleimer im Badezimmer. Tanja sieht ihm in die Augen. Ein Baby? Sie hat den Gedanken weit von sich geschoben. Die Hochzeit war schon ein großer Schritt. Seit Adrian wieder in ihr Leben getreten ist, stellt sie immer wieder alles in Frage, doch gestern Nacht hat sie einen Entschluss gefasst, und deswegen nimmt sie die Pillendose aus seiner Hand, geht zur Toilette, leert den Inhalt und spült die Pillen hinunter.

»Dann lass uns auch diesen Schritt zusammen gehen.« Auf Pablos Gesicht bildet sich ein Strahlen, er streckt die Hand nach ihr aus und sie nimmt sie an. Ihr Herz rast in ihrer Brust. Sie hat eine

Entscheidung getroffen, sie ist ihr nicht leichtgefallen und das wird sie wahrscheinlich auch niemals, doch sie hat sie getroffen.

Sobald sie im Auto sitzen, bekommt Pablo einen Anruf. Es geht um den Festsaal für die Hochzeit. Die Zeit rennt, sie wird schon nächsten Sonntag stattfinden. Es ist alles erledigt, geplant, eigentlich warten sie nur noch auf den Tag und doch fühlt sich alles nicht real an. Während Pablo mit dem Mann am Handy darüber diskutiert, ob es Lammfilet oder Lammkotelett geben soll, sieht Tanja aus dem Fenster und atmet tief aus.

Schon vor dem Junggesellenabschied hatte sie beschlossen, Adrian aus dem Weg zu gehen. Sie liebt ihn, ein Teil von ihr wird das immer tun, doch sie kann das, was passiert ist, nicht vergessen. Als sie miteinander geschlafen haben, ist sie in dieser Nacht dreimal nassgeschwitzt aufgestanden, weil sie immer wieder Aylas Gesicht vor sich gesehen hat.

Auch jetzt noch liebt sie es, bei Adrian zu sein, sie liebt seinen Blick auf sich, die Art, wie liebevoll er sie ansieht, doch er hat nicht unrecht mit dem, was er ihr gestern gesagt hat. Es ist nicht mehr das Gleiche. Es sind noch immer Gefühle da, doch die Jahre und all die Geschehnisse haben sie abkühlen lassen. Sie vermisst ihn, doch sie spürt, dass das etwas ist, was immer bleiben wird, aber es ist nicht stark genug, um dieses neue Glück, was sie nun hat, aufs Spiel zu setzen.

Pablo ist der Mann, mit dem sie ganz neu anfangen kann, sie kann all das, was in der Vergangenheit passiert ist, vergessen. Sie liebt ihn auch. Gestern Nacht hatte sie einen schlimmen Traum. Sie hat geträumt, dass sie Pablo und dieses Leben aufgegeben hat und zurück zu Adrian gegangen ist. Sie war so glücklich am Anfang, selbst im Traum konnte Tanja dieses Glück greifen und es hat sie gewärmt. Doch es hat auch nicht lange gedauert und die Vergangenheit ist wieder hochgekommen. Albträume, Vorwürfe, sie haben sich viel gestritten. Tanja hat darunter gelitten, dass ihre Familie den Kontakt abgebrochen hat und sie hat immer wieder gespürt, dass sie es nicht schafft, dieses tiefe Grundvertrauen zu Adrian aufzubauen, was sie bei Pablo bereits hat. Die Liebe zu Adrian wurde damals so heftig und abrupt abgeschnitten, wenige Sekunden haben alles so grundlegend geändert, dass sie es nicht geschafft hat, dieses Grundvertrauen wieder herzustellen, und im Traum hat sie nur wenige Monate nach ihrer Entscheidung diese bereits bitter bereut.

Auch heute Morgen ist Tanja schweißgebadet aufgestanden, als wollte ihr Verstand sie endlich zur Vernunft bringen und die Warnung ist angekommen. Sie weiß, dass das die richtige Entscheidung ist. Manchmal muss man auf Menschen in seinem Leben verzichten, auch wenn man sie so sehr liebt, doch man sollte sich selbst und sein eigenes Glück mehr lieben und dafür sorgen, dass man die richtigen Entscheidungen trifft.

»Sie warten schon.«

Wieder mal war Tanja so in ihre Gedanken vertieft, dass sie gar nicht gemerkt hat, dass sie am Hafen an einem Steg halten. Ein kleines Schnellboot wartet auf sie. »Ich dachte, wir treffen die anderen und essen nur schnell etwas, was hast du vor?« Mittlerweile ist Tanja es gewohnt, immer wieder von Pablo überrascht zu werden. Er liebt es. Auch jetzt hat er sein typisches Grinsen im Gesicht und nimmt ihre Hand, um ihr nach dem Aussteigen aus dem Auto auf das Schnellboot zu helfen. Ein Sicherheitsbeamter, der auch einen schwarzen Anzug trägt, steuert das Boot und fährt sofort los, sobald sie beide an Bord sind.

»Das tun wir, sie alle sind da. Alle unsere Regierungsbeamten und ein Projekt, an dem wir alle zusammen arbeiten. Es wird unser aller Leben verändern, es wird Puerto Rico ändern, bald wird nichts mehr so sein wie vorher.« Er deutet mit seiner Hand zu einer großen weißen Jacht. Es ist nicht ungewöhnlich, dass große Jachten in der Nähe des Hafens halten, doch Tanja versteht nicht, wieso dieses Treffen hier draußen und nicht einfach in einem Restaurant stattfinden kann.

»Was ist los, Pablo?« Der Mann steuert die Jacht an. »Das wirst du gleich sehen, mein Herz. Du wirst Zeuge eines monumentalen Augenblickes in der Geschichte Puerto Ricos.«

Sie versteht gar nichts mehr, lässt sich aber von Pablo und dem Mann auf die Jacht helfen. Es wird leise Klaviermusik gespielt, überall stehen die Minister und gute Freunde von Pablo und ihr herum und trinken Champagner. Die Frauen kommen und begrüßen Tanja freudig. Sie bekommen Canapés und erst dann bemerkt sie, dass nicht nur die gewohnten Menschen um sie herum sind. Sie sieht auf mehrere Männer, etwas jünger, man sieht ihnen sofort an, dass sie aus einer Familia stammen. Einer kommt auf sie zu und begrüßt Pablo mit einer langen Umarmung und dann sie.

Tanja versucht zu lächeln und höflich zu bleiben, doch sobald er weg ist, zieht sie Pablo zur Seite. »Was soll das hier werden? Was tust du hier?«

Pablo deutet ihr, nicht zu laut zu sein. »Nicht ich, Tanja, wir alle. Wir alle hier werden Puerto Rico zu einem besseren Land machen. Die Da Silvas sind schon zu lange an der Macht. Ein Land muss von einer fähigen Regierung geführt werden, nicht von einer Familia. Das wissen wir schon lange, doch uns waren immer die Hände gebunden. Sie haben uns eingestellt, doch im Grunde haben wir nur das zu tun, was sie sagen. Vor einigen Wochen kamen dann Regierungsbeamte aus Mexiko auf uns zu. Sie wollen ihr Land zurück. Die Da Silvas und eine Familia aus Honduras haben das Land an sich gerissen. Diese Menschen wollen genau das Gleiche wie wir, ein Leben ohne Familia. Doch keiner von uns hat die Macht, das zu ändern, wir sind Regierungsbeamte, keine Kriminellen. Doch dann sind diese Herren auf uns zugekommen. Sie stammen aus verschiedenen Familias, die mal in Mexiko gelebt und geherrscht haben und fast alle von den Da Silvas zerschlagen wurden. Sie wollen Rache und ihre Macht zurück und werden uns dabei helfen, die Da Silvas ein für alle Mal loszuwerden. Dann kann unser richtiges Leben beginnen.«

Am liebsten würde Tanja laut auflachen. »Ihr wollt die Da Silvas stürzen? Und wie genau möchtet ihr das tun? Und dann? Dann setzt ihr diese neue Familia ein, das ist doch genau dasselbe ...« Pablo streicht ihr zärtlich über die Wange. »Beruhige dich, du brauchst keine Angst zu haben, all das ist gut durchdacht.« Keine Angst? Pablo ahnt nicht, wie gut Tanja die Da Silvas kennt. Er weiß, dass sie mit Davina befreundet ist und dass sie früher mal auf ein paar Partys der Da Silvas war, doch er ahnt nicht, wie gut sie sie kennt. Sie hat ihm das niemals gesagt, damit er sich nicht schlecht fühlt, weil sie weiß, dass er sie nicht mag. Ihm das jetzt zu sagen, ist definitiv zu spät. Die Leute haben keine Ahnung, niemand kann sie stürzen und sie will das auch gar nicht.

»Durchdacht? So etwas kann doch gar nicht durchdacht sein. Was wollt ihr tun?« Pablo deutet zu den Männern, die hier verteilt sind. Tanja ist schlecht, er hat gesagt, dass sie aus verschiedenen Familias sind, natürlich gab es in Mexiko mehrere, doch allein der Gedanke, dass hier Männer aus Aylas Familia mit an Bord sind, lässt sie kaum Luft bekommen. »Wir machen gar nichts. Sie haben den Willen, die Da Silvas zu stürzen, sie haben sich zusammengetan, ihnen hat es nur an Geld und der Möglichkeit gefehlt, an die Da Silvas heranzukommen. Und das liefern wir ihnen. Sie werden die Da Silvas empfindlich treffen, es gab schon länger Pläne dafür, doch es kam niemals dazu, diese umzusetzen. Keine Angst, es wird niemand zu Schaden kommen, wir reden davon, ihnen die Macht wegzunehmen, wir sind keine Kriminellen. Sobald sie geschwächt sind, greifen wir ein. Auch die Polizei wird dann auf unserer Seite sein, die Abgeordneten Mexikos werden auch wieder die Aufgabe der Regierung übernehmen ...« Er beugt sich zu ihr und lächelt. »Und dann wird sie sich um diese Herren kümmern, glaub mir, wir haben nächtelang an den Plänen gearbeitet, es ist absolut sicher. Wir lassen keine Familia mehr an die Macht, diese Zeiten sind vorbei.«

Es wird lauter und alle ziehen sich ins Innere der Jacht zurück. Tanja würde Pablo am liebsten anschreien, dass er sich irrt, doch sie sieht, wie überzeugt er ist, sie alle hier. Statt noch etwas sagen zu können, überschlagen sich ihre Gedanken, während Pablo ihre Hand nimmt und mit ihr und den anderen einen großen Essenssaal unter Deck betritt. Der Tisch ist reichlich eingedeckt und es duftet herrlich, doch Tanja ist der Appetit vergangen.

Was soll sie tun? Sie hat von Anfang an unter diesem Gefühls-Chaos gelitten und als wäre das noch nicht genug gewesen, muss sie sich jetzt komplett für eine Seite entscheiden. Wenn sie jetzt Eleonora oder Adrian hiervon erzählt, riskiert sie Pablos Leben. Sie kennt die Da Silvas, sie werden keine Gnade mit ihnen haben, nicht wenn sie wissen, was sie planen. Soll sie ihren Ehemann verraten? Sie kann doch aber auch nicht schweigen und all das geschehen lassen …

Tanja hat das Gefühl, sich übergeben zu müssen, während sich alle setzen und sich laut unterhalten. Tanja sieht sich um, sieht die entschlossenen Gesichter und fragt sich, was hier gerade passiert, das hier ist ein größerer Albtraum als alle, die sie vorher hatte, nur dass sie hieraus nicht erwachen wird.

»Ist alles in Ordnung? Mach dir keine Sorgen, mein Herz. Glaube mir, in einem Jahr denkt keiner mehr über all das nach. Wir leben unser ruhiges Leben in Puerto Rico, mit unserem Baby in einer Welt ohne Familias.« Er küsst ihre Schulter und Tanja lächelt.

Es kommen Bedienstete herein, die Platten mit Essen bringen. Einer der Männer, die ganz offensichtlich von einer Familia stammen, steht auf und erhebt sein Glas. »All das hier wurde seit Wochen geplant, nun stehen wir kurz davor, all das auszuführen, was unser aller Leben bereichern wird. Nur noch drei Wochen und das Blatt wird sich drehen. Auf dass wir zusammen endlich die Machenschaften der Da Silvas beenden und sie der Vergangenheit angehören.«

Alle heben ihre Gläser, auch Pablo neben ihr, und so schwer es sich um ihr Herz zusammenzieht, auch Tanja hebt ihr Glas. Sie hat sich für Pablo entschieden, sie wird ihn nicht hintergehen und ihrer beider Zukunft und vielleicht sogar sein Leben riskieren. Doch sie hat noch Zeit. Sie wird versuchen, Pablo dazu zu bringen, die Da Silvas zu verschonen oder zumindest nicht zu hart zuzuschlagen, doch wenn sie in all die entschlossenen Gesichter hier blickt, weiß sie nicht, ob ihr das auch gelingen wird.

Kapitel 16

Valeria hebt das Bild hoch, was nach und nach deutlicher wird, und hängt es über sich an die Wäscheleine. Es ist das erste Mal seit Tagen, dass sie ein paar Stunden abschalten kann. Sie weiß nicht, wie lange sie schon hier unten ist, doch am liebsten würde sie diesen Raum nicht mehr verlassen. Hier kann sie ihre Gedanken sammeln. Das Schlimmste an dieser ganzen Situation, in der sie gerade steckt, ist, dass niemand die ganze Wahrheit kennt, nur ihre Mutter und sie, und sie so nicht schneller vorankommt, damit sie auch wirklich verstehen kann, was hier gerade passiert.

Nicht einmal Zoe kann sie alles sagen, normalerweise weiß sie alles von ihr. Ihre beste Freundin, die mit ihr hier im Laden arbeitet und die gleiche Leidenschaft wie sie teilt, weiß normalerweise alles, doch da sich Valeria nicht einmal sicher ist, was genau noch alles herauskommt und ob sie so sogar vielleicht jemanden in Gefahr bringt, macht sie all das mit sich selbst aus.

Das Klingeln ihres Handys lässt sie aus ihren Gedanken fahren, sie sieht, dass es ihre Mutter ist und nimmt nicht an. Sie haben heute schon zweimal telefoniert. Valeria weiß, dass sie sich Sorgen macht, doch sie wird sie später zurückrufen. Sie braucht dringend eine Pause von diesem Thema.

»Ich habe nicht gedacht, dass es so etwas tatsächlich noch gibt.« Überrascht wendet sie sich um, als eine bekannte dunkle Stimme zu ihr dringt und Adrian hinter dem schweren Vorhang hervortritt, der zwischen den Kellertreppen zum Laden und dem Fotolabor hängt. Er tritt zu ihr in die kleine Kammer und sieht sich neugierig um. Das ist eine Überraschung. Valeria lässt das nächste Bild in die Schale gleiten und wischt sich eine Strähne aus dem Gesicht, bevor sie sich ganz zu ihm umwendet.

Es ist recht dunkel in der Dunkelkammer, nur das rötliche Licht spendet etwas Helligkeit, doch sie sehen sich und Valeria muss lächeln.

Als sie ihn das erste Mal gesehen hat, hat sie ihn überhaupt nicht gemocht. Das beste Beispiel für einen Da Silva. Umgeben von schönen Frauen, attraktiv und benimmt sich, als gehöre ihm die Welt. Er war schon so angetrunken, doch wollte sich natürlich nichts sagen lassen. Sie war sowieso gereizt an diesem Abend, weil sie die Berge von Unterlagen nicht zuordnen kann, und dann kommt er. Trotzdem hatte sie Mitleid mit ihm, als er völlig betrunken auf der Couch eingeschlafen ist und da hat sie ihn das erste Mal richtig betrachtet. Er ist ein hübscher Mann. Valeria meint nicht das offensichtlich Hübsche, sein durchtrainierter Körper und die auffallend schönen haselnussbraunen Augen, die Macht, die er ausstrahlt oder dass man ihm ansieht, dass er Geld hat, was wahrscheinlich den anderen Frauen eher auffällt. Sie hat einen anderen Blick für solche Sachen. Sie hat die Narbe neben der Nase entdeckt, sie lässt ihn gefährlicher wirken, doch man sieht, dass die Wunde tief gewesen sein muss. Sofort fragt sich Valeria, was ihm da passiert ist. Es sind die langen Wimpern, die ihr aufgefallen sind, sein anziehendes Lächeln und die Kunst, die sich auf seinem Körper zeigt. Das Kreuz auf seinem Hals, was im absoluten Kontrast zu seinem Leben steht und zu dem, was er mit diesen Händen tut. Er hat breite, dunkle männliche Hände. Sie sieht solche Dinge und auch jetzt fällt ihr sofort wieder sein aufmerksamer Blick auf, der einmal über ihr Gesicht gleitet und sein Lächeln, mit dem er ihres erwidert.

Sie wollte ihn gar nicht mögen, doch am nächsten Tag schon, als er mit seinem Kater und der schlechten Laune neben ihr im Auto saß, hat sich das langsam geändert. Es stört sie nicht, dass er sie immer wieder eine Hexe nennt, sie kann eine sein. Sie ist keine liebe angepasste Frau, sie geht ihren Weg, sagt, was sie denkt und braucht niemanden an ihrer Seite, was nicht bedeutet, dass sie dort nicht gerne jemanden hätte, es ist nur kein Muss.

Doch vorgestern, als sie bis zum Morgengrauen zusammen auf der Terrasse des Maxim gesessen haben, hat sich doch etwas geändert. Da war plötzlich nicht Adrian, einer der Anführer der Da Silvas bei ihr, sondern einfach nur Adrian. Er hat ihr von seiner Ex erzählt und danach auch, wie das Leben in einer Familia ist. Valeria hat sich darüber nie Gedanken gemacht, sie hat sich eigentlich gedacht, dass die Männer der Da Silvas den ganzen Tag immer nur Drogen und Waffen verkaufen und ihr Geld ausgeben, und als sie ihm das gesagt hat, hat er nur gelacht und ihr ein wenig davon erzählt, was sie gerade tun und das hat sie doch überrascht. Sie arbeiten an so vielem. Valeria weiß natürlich, dass sie das Sagen haben, doch dass sie gerade ganz Mexiko einnehmen und was das alles mit sich zieht, hätte sie niemals für möglich gehalten. Sie muss gestehen, dass sie sie immer als Gangster gesehen hat, was sie garantiert auch sind, doch sie sind auch Geschäftsmänner und ihre Geschäfte umfassen viel mehr, als Valeria es vermutet hätte.

Dieses Mal hat Adrian viel von sich erzählt und es hat eine Weile gedauert, bis sie danach einschlafen konnte, weil sie über all das nachdenken musste, was er erzählt hat. Gestern hat sie schon immer wieder zur Tür geschaut, ob er ins Maxim kommt, doch er kam nicht, und heute hat sie noch gar nicht darüber nachgedacht, ob sie ihn wiedersieht, umso überraschter ist sie. »Was tust du denn hier?« Adrian wendet sich zu den Bildern um, die an der Wäscheleine hängen. »Ich war gerade mit meinem Cousin hier im Einkaufszentrum bei einem Geschäftstermin, allerdings haben die Männer, die wir treffen wollten, einen Rückzieher gemacht. Mein Cousin musste wieder los, doch ich habe jetzt Hunger und deinen Laden entdeckt und dachte, ich frage dich, ob du mit mir essen gehen willst. Deine Kollegin hat mich runtergeschickt und gesagt, ich soll mal versuchen, dich hier rauszulocken.«

Damit hatte sie nun nicht gerechnet, sie nimmt das Bild aus dem Fixierbad und hängt es auf. »Also um ehrlich zu sein, habe ich tatsächlich Hunger. Ich habe aber in einer halben Stunde einen Termin für ein Baby-Shooting oben im Laden und ich brauche dringend frische Luft. Wenn eine leckerer Pido dir reicht und wir uns in den Garten raussetzen, bin ich dabei.« Adrian nickt und deutet ihr, dass er ihr folgen will. »Ich habe keine Ahnung, was eine Pido ist, doch ich vertraue dir einfach mal.« Valeria geht vor, die Treppen hinauf. Im Laden steht Zoe und sieht sie mit hochgezogenen Augenbrauen an. Sie hat Adrian gestern schon erwähnt und sie wird sich denken können, dass er es ist. Eine Kundin ist bei ihr und sie zeigt ihr gerade die Bilder, aus denen sie sich die besten aussuchen kann.

Valeria versucht, so ruhig wie möglich zu wirken, auch wenn sie zugeben muss, dass ihr Herz ganz schön aufgeregt in ihrer Brust schlägt. »Wir gehen Pido essen, soll ich dir einen mitbringen?« Zoe deutet auf ihre Reiswaffeln und lächelt. »Ich halte das durch, bis gleich.« Sie nickt Adrian noch einmal zu und Valeria weiß genau, dass sie gleich viele Fragen beantworten muss, doch erst einmal gehen sie in den Garten, wo es auch die Foodtrucks gibt. Da Valeria heute zwei Baby-Shootings hat, hat sie sich heute ein rosa Sommerkleid angezogen, was ihr bis zu den Knien geht, und sich auch mal etwas geschminkt. Sie tut das nur, wenn sie mehrere Aufträge hat, doch sie fühlt sich gleich ganz anders, die ganze Zeit vorher hat Adrian sie grübelnd, ungeschminkt und chaotisch erlebt und heute hat sie ein wenig das Gefühl, dass er sie das erste Mal in ihrem echten Leben sieht, in dem, was sie sonst tut. Dass das Maxim gerade dazugehört, war niemals gewollt oder geplant.

Adrian trägt wie meistens eine Sportshorts und ein Shirt, beides in schwarz, ihr Blick fällt auf die breite Uhr an seinem Arm, er zieht eine Sonnenbrille auf, und auch wenn er so lässig wie die wenigsten hier angezogen ist, sieht man, dass er der Mächtigste und Reichste hier ist. Valeria hat oft davon gehört, wie die Frauen von den Männern der Da Silvas schwärmen, sie hat nie verstanden, was sie ausmacht, jetzt erlebt sie es selbst, es zieht einen in seinen Bann, doch eigentlich hatte sie vor, dem widerstehen zu können, sie sollte es zumindest versuchen.

»Okay, dann erkläre mir mal, was Pido ist.« Valeria führt Arian zum letzten Foodtruck. »Pido ist sehr lecker. Es wird in den leckeren orientalischen Pidetaschen verkauft. Sie füllen sie mit gegrilltem Gemüse, Hähnchen, Avocados, Shrimps, am besten schmecken die eins und drei, aber die vier ist auch sehr lecker.« Sie sind dran und der ältere Besitzer des Trucks lächelt sie an. »Da bist du ja wieder, Guapa, wo hast du gesteckt?« Valeria lächelt. »Momentan habe ich quasi … zwei Jobs und bin nicht jeden Tag hier, aber ich habe Hunger und Pido vermisst.« Der Mann holt einen Karton heraus und Adrian bestellt gleich von den besten Sorten jeweils zwei Stück und Getränke. Nachdem sie bezahlt haben, bleiben sie weiter hinten im Garten und setzen sich auf eine abseits gelegene Bank, von der aus man das Treiben im Garten beobachten kann.

Valeria lässt erst Adrian probieren, dem es genauso gut schmeckt, wie sie es vermutet hat, es gibt niemanden, der Pido nicht mag. Erst dann nimmt sie sich auch eines und lehnt sich entspannt zurück. »Du hast mir immer noch nicht gesagt, wieso du noch in solch einer Dunkelkammer arbeitest? Ich dachte, das geht heute alles digital.« Valeria nickt und schluckt herunter. »Ja, das ist auch so, aber die Bilder, die selbst entwickelt sind, sind immer noch die besten. Wir bieten das an und die Leute zahlen extra dafür und ich liebe diese Arbeit, sie ist unglaublich beruhigend. Wenn du mal gestresst bist, komm vorbei und ich schicke dich für eine Stunde in die Dunkelkammer.«

Adrian lacht und nimmt sich ein zweites Pido. »Die sind wirklich lecker. Ich wusste gar nichts von diesen Foodtrucks hier, da habe ich doch tatsächlich noch etwas von meiner kleinen Hexe gelernt.« Nun lacht Valeria auf, auch wenn ihr nicht entgangen ist, dass er sie seine kleine Hexe genannt hat. Flirten sie miteinander? Ist aus ihrem ersten Aufeinandertreffen, bei dem sie sich fast die Augen ausgekratzt haben, ein Flirt geworden? Adrian öffnet ihr eine Limonadendose und nimmt die Sonnenbrille ab, sodass sie ihm richtig in die Augen sehen kann.

»Nach der vorletzten Nacht habe ich gemerkt, dass ich dir mein halbes Leben gebeichtet habe und ich noch gar nichts von dir weiß, zumindest nicht sehr viel. Wie kommst du hierher, Valeria?« Sie zerknüllt das Papier ihres ersten Pidos, einen Moment überlegt sie, ob sie noch einen zweiten schafft, doch Adrian hält ihr bereits einen hin und sie nimmt ihn.

»Also um ehrlich zu sein, ist das nicht ganz so aufregend wie ein Leben bei den Da Silvas.« Adrian grinst, als Valeria seinen Nachnamen noch einmal besonders stark ausspricht. Er weiß, dass sie nicht ganz so begeistert von Familias ist. »Ich habe schon immer hier gelebt, allerdings früher in Ponce, nicht in San Juan. Mein Vater stammt aus Ponce und meine Mutter ist mit ihm nach der Hochzeit dorthin gezogen. Als ich zwölf war, hat mein Vater auf der Baustelle, auf der er gearbeitet hat, einen Herzinfarkt bekommen und ist gestorben ...« Sie hört selbst, wie ihre Stimme leiser wird, sie hat ihren Vater sehr geliebt. »Das tut mir leid.« Valeria bricht den Augenkontakt ab. »Das war wirklich schwer für uns, ich fahre einmal im Monat nach Ponce, um ihn am Grab zu besuchen, meine Mutter schafft das bis heute nicht und das ist jetzt vierzehn Jahre her. Ich fahre am Wochenende wieder runter ... aber meine Mutter wollte raus aus Ponce, sobald mein Vater beerdigt war. Wir sind nach San Juan gezogen. Meine Tante hat mit ihren beiden Söhnen hier gelebt, Danny und Momo. Sie sind die einzigen Verwandten gewesen, die wir noch hatten. Meine Mutter und meine Tante haben zusammen im Hotel gearbeitet und ich bin mit meinen Cousins zur Schule gegangen. Ich war sehr gut in der Schule, und mit achtzehn habe ich ein Stipendium für die USA bekommen und natürlich sofort angenommen.«

Adrian hebt anerkennend die Augenbrauen und nimmt sich den dritten Pido, während sie mit dem zweiten kämpft. Sie ist satt. »Und da sagst du, dein Leben ist langweilig.« Valeria rückt näher zu ihm und lächelt. Sie mag ihn und sie verbringt gerne Zeit mit ihm, sie weiß noch nicht, ob das so gut ist, doch sie genießt seine Aufmerksamkeit.

»Ich habe es in Kalifornien geliebt. Alles. Ich habe dort vier Jahre gelebt und meinen Abschluss gemacht, auch die ersten Studiengänge besucht, doch nach vier Jahren musste ich mir überlegen, ob ich langsam zurückkehre oder versuche, in Kalifornien zu bleiben. Ich habe dort Zoe kennengelernt, die schon immer auswandern wollte, sie und meine Mutter haben mich dann überredet, zurückzukommen. Außerdem hatten zu der Zeit meine Tante und mein jüngerer Cousin Momo einen Autounfall, den beide nicht überlebt haben. Danny hatte gerade das Maxim gekauft und wir waren alles, was er noch hatte ...«

Valeria hebt die Arme. »So bin ich zurückgekommen, habe den Laden gemietet und mir mein eigenes Geschäft aufgebaut. Über meiner Wohnung habe ich ein kleines Atelier, wo ich einige Bilder von mir ausstelle, hin und wieder veranstalte ich eine Ausstellung, auf der man sich die Bilder ansehen und kaufen kann. Ich tue, was ich liebe und ja ... das ist es schon. Von meiner einzigen richtigen Beziehung habe ich dir schon erzählt und wie chaotisch ich bin, weißt du auch ... viel mehr gibt es da gar nicht zu erzählen.«

Nach dem dritten Pido gibt auch Adrian auf, er trinkt etwas und sieht ihr in die Augen. »Ich finde, dass das viel mehr ist, als so manche von sich behaupten können. Ich habe jetzt deine Arbeit gesehen, die du machst, um Geld zu verdienen, wann ist deine nächste Ausstellung? Ich würde auch gerne die Werke sehen, die du liebst.«

Valeria springt auf, als sie bemerkt, dass sie zurück zum Laden muss. »Also um ehrlich zu sein, auch am Wochenende. Am Freitagabend ist die Ausstellung und Samstag früh bis Sonntagabend fahre ich nach Ponce.« Adrian steht auch auf und reicht ihr die Tüte mit dem letzten Pido, sie wird ihn Zoe trotzdem mitbringen. »Und, bekomme ich eine Einladung zu deiner Ausstellung? Wer weiß, vielleicht kaufe ich ein paar deiner Bilder und hänge sie mir ins Haus, ich wollte eh gerade umdekorieren.«

Er begleitet sie noch bis zum Laden zurück. »Okay, ich werde dir eine im Maxim hinterlassen, kommst du heute Abend vorbei?« Adrian sieht einen Moment auf sein Handy. »Ich denke nicht, wir fliegen später noch nach Kuba, kommen aber morgen schon zurück, ich versuche sie morgen abzuholen.«

Im Laden steht schon das Pärchen mit dem Baby, doch sie sieht ihm noch einmal in die Augen. »Kuba, ich bin beeindruckt.« Adrian kann sich ein Grinsen nicht verkneifen und sieht in den Laden hinein. »Ich auch, viel Spaß heute noch und bis morgen.« Noch einen Moment sehen sie sich in die Augen, was passiert hier zwischen ihnen? »Bis morgen.«

Valeria geht schnell in den Laden und strahlt die Kunden an, die sie nun schon bei der Hochzeit, in der Schwangerschaft und nun mit Baby begleitet. »Hallo Valeria, du strahlst ja so.« Valeria atmet tief durch, ihr Herzschlag verrät sie. »Tue ich das?« Auch Zoe sieht sie an und nickt. »Und ob du das tust.«

Kapitel 17

»Und das alles soll raus?« Adrian sieht sich noch einmal im Haus um. »Ja, wie schon gesagt, die Richtung, auf die wir uns geeinigt haben, gefällt mir, alles andere überlasse ich ihnen.« Die Innenarchitektin nickt und sieht sich einmal um. »Die Maße habe ich ja. Ich werde mich an die Arbeit machen und mich dann Zimmer für Zimmer durcharbeiten. Ich schätze, all das kann nächste Woche schon beginnen.« Umso besser, er muss dringend sein Haus verändern, alles aus seiner Vergangenheit raus und ganz neu anfangen. »Je schneller, desto besser.« Er begleitet die Frau, die sich fast immer um die Häuser der Da Silvas kümmert, hinaus und zu ihrem Auto. Während er sie verabschiedet, hält Eleonora gerade an.

Adrian sieht der Innenarchitektin noch hinterher, als sie wegfährt, da kommt Eleonora zu ihm und sieht dem Auto ebenfalls hinterher, während er den Arm um sie legt. »Wo hast du die lauten Monster gelassen?« Eleonora lacht. »Ich habe sie bei meiner Mutter abgegeben, Davina und ich fahren gleich noch einmal los und besorgen Kleider, du weißt ja, wegen Samstag.« Adrian nickt und sieht auf sein Handy. »Du kannst das Wort Hochzeit ruhig aussprechen. So spät noch? Es ist schon nach 22 Uhr.« Eleonora holt ihre Schlüssel heraus. »Ja, deswegen ja, das Geschäft öffnet nach Ladenschluss für uns, damit wir Ruhe haben. Ich fahre gleich los, ich hatte nur mein Handy zu Hause liegen lassen. Täusche ich mich oder gehst du mittlerweile besser mit dem Thema um?«

Er wendet sich zu ihr und zuckt die Schultern. »Ehrlich gesagt, ich weiß es nicht. Ich habe sie gebeten, ihn nicht zu heiraten, doch ich weiß auch nicht, ob wir da weitermachen könnten, wo wir aufgehört haben. Ich liebe Tanja immer noch, ein Teil von mir wird das wahrscheinlich immer tun, doch du hast recht. Seit wir uns ausgesprochen haben, fällt es mir leichter, damit umzugehen. Davor habe ich mich immer so gehetzt gefühlt, dass ich ihr etwas erklären muss, doch das ist jetzt vorbei. Wir haben uns ausgesprochen. Sie weiß, wo ich stehe und wo sie steht. Sie will diesen Mann und dieses Leben. Ich weiß, dass sie mich noch liebt, genauso wie sie weiß, dass ich sie liebe. Doch nur weil man sich liebt, heißt das wahrscheinlich nicht, dass man auch füreinander bestimmt ist.«

Eleonora lächelt mild. »Das habe ich schon einmal gehört und es stimmt wahrscheinlich. Ich bin froh, dass du niemanden mehr töten willst und wieder klar denken kannst. Deine Cousins vermuten ja, dass das auch etwas mit einer hübschen Frau aus dem Maxim zu tun hat.« Adrian legt den Kopf schief. »Das hat damit nichts zu tun, doch es fällt mir leichter damit, sagen wir es mal so.« Darios Verlobte geht zu ihrem Haus. »Dann muss ich sie unbedingt kennenlernen. Bring sie doch mal mit, wir grillen und ...« Adrian geht zu seinem Mercedes, der noch von vorhin vor seiner Haustür steht. Der Termin mit der Innenarchitektin hat lange gedauert, er ist viel zu spät gekommen, weil er davor einen Termin hatte, doch jetzt fährt er ins Maxim und holt sich seine Einladung ab. Abel muss auch schon da sein.

»Das kann noch dauern, falls es jemals dazu kommt. Sie mochte mich nicht einmal sehr, gerade reden wir ein wenig miteinander, bis sie mal herkommt, sollte es noch etwas dauern.« Er öffnet die Tür zu seinem Wagen und sieht noch einmal zu Darios Frau, die ihre Haustür geöffnet hat. »Unterschätze euren Charme nicht, ich bin mir sicher, sie mag dich auch und dich wieder mal so frei lächeln zu sehen, tut gut. Bis morgen.« Sie hebt die Hand und auch Adrian verabschiedet sich, bevor er einsteigt und zum Maxim fährt.

Natürlich hat Eleonora recht, es fällt ihm leichter, über Tanjas Hochzeit wegzusehen, wenn er an Valeria denkt, doch das hat trotzdem nichts miteinander zu tun. Auch ohne sie hätte er das akzeptieren müssen. Er hat nicht damit gerechnet, dass sie in sein

Leben purzelt und er weiß auch nicht, ob das eine Rolle spielen wird, doch Adrian ist sich trotzdem absolut sicher, dass er mit oder ohne Valeria jetzt an diesem Punkt wäre. Es fühlt sich anders an, er hat das gemerkt, als sie miteinander geschlafen haben, nachdem er ihr alles gesagt hat, was er zu sagen hatte und es trotzdem nichts geändert hat. Er will weitermachen, er muss weitermachen, sein Leben wieder auf die Reihe bekommen, das war sein Ziel, bevor er ins Maxim gegangen ist und Valeria getroffen hat und das ist auch jetzt noch sein Ziel.

Seine Laune ist gut, als er auf den Parkplatz des Maxims auffährt, doch dann entdeckt er das neue Auto von Tanja direkt vor dem Eingang und hält neben ihr. Sobald er gehalten hat und ausgestiegen ist, steigt auch sie aus. Das ist der Moment, in dem er dann doch noch einmal einhält, vor ihm steht nicht diese neue Frau, die Verlobte von Pablo, die er einige Jahre nicht gesehen hat. Vor ihm steht Tanja, seine Tanja, in einer Jogginghose, einem viel zu großen Shirt und völlig ungeschminkt. Sie hat nur ihre Autoschlüssel in der Hand und lehnt sich genau wie Adrian gegen ihr Auto, sodass sie sich gegenüberstehen, jeder an sein Auto gelehnt.

Tanja hat geweint, er kann genau erkennen, dass sie nicht nur ein wenig geweint hat, und am liebsten würde er sie einfach in die Arme nehmen, doch um diesem Drang nicht nachkommen zu müssen, verschränkt er seine Arme vor der Brust und sieht ihr in die Augen.

Sie ist völlig durcheinander und hebt ihre Arme. »Ich heirate in drei Tagen.« Auch wenn er gerade noch darüber nachgedacht hat, wie gut er mit dieser Situation umgeht, rumort es bei ihren Worten in seinem Magen. »Ist mit bewusst.« Er kann die Härte nicht aus seinen Worten nehmen. Tanja scheint das aber nicht zu verwundern, sie sieht ihm in die Augen. »Sag mir, dass ich nicht den größten Fehler meines Lebens mache.« Auch er trennt den Augenkontakt nicht. »Das werde ich nicht tun. Falls du hergekommen bist, um dir meinen Segen zu holen, den wirst du niemals bekommen.«

Er weiß, dass seine Worte hart sind, doch nur weil er ihre Entscheidung akzeptiert, bedeutet das nicht, dass er sich auf ihre Hochzeit setzen und applaudieren wird.

»Also willst du mich immer noch zurückhaben, soll ich Pablo verlassen und zu dir kommen und wir vergessen alles, was war? Überspielen all die Jahre, die zwischen uns liegen und uns zu anderen Menschen gemacht haben?« Adrian schüttelt nur leicht den Kopf. Verdammt, wieso muss sie jetzt so vor ihm stehen und ihn wieder zurückwerfen? »Das habe ich nie gesagt, Tanja, ich kann dir auch keine Garantie für irgendetwas geben. Ich liebe dich, ich werde dich immer auf eine gewisse Art lieben und ich weiß, dass du das auch tun wirst. Doch ob das genug ist oder noch stark genug, um eine Beziehung noch einmal darauf aufzubauen, weiß ich nicht, das kann keiner von uns vorhersagen, doch das ist auch nicht die Frage. Ganz ehrlich, Tanja, wenn du heiraten willst, solltest du dir doch sicherer sein. Ich meine, wenn ich an der Stelle von Pablo wäre, würde ich nicht wollen, dass du so unsicher bist. Das ist der wichtigste Schritt in deinem Leben, du solltest dir doch wenigstens da absolut sicher sein.«

Nun laufen Tanja Tränen die Wange herunter und Adrian gibt seine sture Haltung auf. Er greift nach ihren Armen und zieht sie an sich, sie lässt diese Umarmung zu und beginnt an seiner Brust zu weinen. »Ich bin mir sicher, Adrian, ich will dieses Leben, diese Ehe, ich weiß, dass das mein richtiger Weg ist, doch ich liebe dich auch. Ich will dir nicht schaden und ich muss mich zwischen dem neuen Leben und dir entscheiden, und das bringt mich um.«

Da es nun eh schon egal ist, umschließt Adrian sie ganz mit seinen Armen und gibt ihr einen langen Kuss auf den Scheitel, er inhaliert ihren Duft und schließt einen Moment die Augen. »Das musst du nicht. Ich werde immer für dich da sein, Tanja, egal was kommt und ja, auch wenn es mich wahrscheinlich verletzt, werde ich auch irgendwann deine Kinder auf den Arm nehmen und dir gratulieren, sollte es so weit sein. Vielleicht sollten wir beide versuchen, nicht gegen die Gefühle zwischen uns anzukämpfen und sie als was Schlechtes zu sehen, sondern anfangen, damit zu leben, dass sie zu unserem Leben gehören.«

Tanja lacht bitter auf an seiner Brust. »Ich weiß, dass du diese Worte nicht verstehen wirst, nicht verstehen kannst, doch wenn ich mich für dieses Leben entscheide, entscheide ich mich automatisch gegen dich und deines, und das ...« Adrian geht einen Schritt, um sie anzusehen, er sieht ihr in die Augen. »Nein, das tust du nicht, Tanja.« Sie schließt schmerzhaft die Augen, als wüsste er nicht, wovon er spricht, doch dann legt sie ihre Hand an seine Wange und vereint ihre Lippen.

Auch er schließt seine Augen, er sollte vernünftig sein, es nicht zulassen, doch etwas tief in ihm sagt ihm, dass es das letzte Mal sein wird, Tanja so bei sich zu haben. Er vertieft den Kuss, hält sie an sich und sie beide genießen den Kuss, kosten ihn aus, auch wenn sie das nicht sollten. Erst am Ende wird Tanjas Atem schneller, ihre Hände gleiten unter sein Shirt und sie drängt sich noch näher an ihn, doch da schaltet er seinen Verstand wieder ein, so schwer es ihm fällt.

»Wir sollten das nicht tun, nicht, weil ich es nicht will, sondern weil ich weiß, dass du es später bereuen wirst und ich dich nicht so sehen möchte.« Tanja nickt und legt ihre Stirn an seine Brust. »Versprich mir, dass egal was für eine Entscheidung ich treffe, du mich niemals hassen wirst, Adrian. Ich kann alles ertragen, aber nicht das.« Wahrscheinlich wissen sie beide, dass das hier das letzte Mal für eine lange Zeit sein wird, wo sie so zusammen sein werden, deswegen ist seine Stimme auch rauer als sonst, viel zu rau. »Ich verspreche es.«

Tanja sieht ihm noch einmal in die Augen und gibt ihm einen Kuss auf die Lippen. »Ich liebe dich, vergiss das niemals.« Seine Hand geht an ihre Wange. »Ich dich auch. Pass auf dich auf,

Engel.« Sie lächelt und dieses Bild prägt sich tief in Adrians Herz, bevor sie sich umdreht, in ihr Auto steigt und davonfährt.

Eine ganze Weile bleibt Adrian noch auf dem Parkplatz stehen und sieht ihr hinterher, versucht, das wieder von sich zu schieben, doch so ganz will ihm das nicht gelingen. Als er schließlich den VIP-Bereich des Maxim betritt, sieht er sich nach Valeria um, doch findet sie nirgendwo und setzt sich zu Abel und den anderen Männern um den Tisch. Er bestellt sich nur eine Limonade, er will einen klaren Kopf behalten, auch wenn er noch immer Tanjas Lippen auf seinen schmeckt. Er fragt die Kellnerin, wo Valeria ist und sie sagt, dass sie gerade ein paar Vorstellungsgespräche für neue Kellnerinnen hat. Tatsächlich sitzen zwei Frauen an der Theke und gehen nacheinander hinter der Theke in den hinteren Bereich, wo offenbar das Büro und die anderen Räume sind.

Adrian beobachtet das, doch er unterhält sich auch mit seinen Männern, kann endlich etwas abschalten und spielt Karten. Als die letzte junge Frau heraus ist, sieht er öfter zur Tür, doch in diesem Moment kommt Laslo, ein guter Bekannter von ihnen, mit zwei seiner Männer an ihrem Tisch vorbei. Er begrüßt alle respektvoll und höflich und geht dann an der Bar vorbei in die hinteren Räume des Maxim.

Sofort bildet sich ein ungutes Bauchgefühl in Adrian, was eigentlich nicht nötig ist. Er hat Laslo schon oft hier gesehen, er hat Danny immer wieder im Maxim besucht und die beiden sind ins Büro verschwunden, vielleicht weiß er nicht, dass er zur Zeit nicht da ist.

Adrian lehnt sich zurück und behält die Tür im Auge. Als sich nach wenigen Minuten nichts tut, hört er auf sein Bauchgefühl, steht auf und geht auch durch die Tür in den hinteren Bereich. Die Kellnerin sieht nur kurz auf, sagt aber nichts. Ein dunkler Flur erstreckt sich hinter der Bar. Zuerst geht eine Tür ab, hinter der ein Lager ist. Die Tür steht offen, dort stehen Getränkekisten und andere Waren. Er geht weiter an einer geschlossenen Tür vorbei,

bis er vor einer Tür steht, hinter der er Stimmen hört. Ohne anzu-
klopfen öffnet er die Tür und sieht in ein dunkles Büro, die Wände
sind in einem Grauton gestrichen, die Möbel schwarz, und nur
einige Deckenleuchten beleuchten den Raum, es gibt auch kein
Fenster hier.

Valeria sitzt hinter einem Schreibtisch und sieht zu Laslo und
seinen Männern, die sich vor ihrem Schreibtisch aufgebaut haben,
diese Szene wirkt ziemlich bedrohlich. Adrian gefällt es gar nicht,
wie die Männer Valeria niederstarren, doch selbst wenn auch Valeria das nicht so unbeeindruckt lassen sollte, lässt sie es sich nicht
anmerken. Sie hat einen Stapel Papiere vor sich und sieht die
Männer eher genervt als beeindruckt an.

Nun blicken alle zu ihm und Adrian schließt die Tür hinter sich.
»Was ist hier los? Gibt es ein Problem, Laslo?« Adrian kann Valeria
nicht einschätzen, es kann sein, dass sie es nicht mag, dass er zu ihr
kommt und sich zu ihr an den Schreibtisch stellt, eine kleine Geste, die für jemanden wie Laslo viel aussagt.

»Adrian, ich wusste gar nicht, dass die Da Silvas etwas mit dem
Maxim zu tun haben.« Adrian verengt seine Augen. »Ich wusste
auch nicht, dass du hier etwas zu tun hast, was willst du, Laslo?«
Spätestens jetzt weiß sein Gegenüber, dass Adrian keinen Spaß
macht, er räuspert sich. Laslo wäre niemals so verrückt und würde
sich mit ihm anlegen.

»Ich suche Danny, er schuldet mit eine Menge Geld und offensichtlich nicht nur mir. Ich weiß, dass sein kleines Cousinchen hier
nichts damit zu tun hat, doch ich mache keinen Spaß, wir reden
von einer Menge Geld und ich bekomme drei Raten von ihm. Sie
soll das Danny ausrichten und auch, wie ernst ich es meine.« Laslo
sieht zu Valeria, die nur leicht nickt und dann wenden sich die
Männer um und verlassen das Büro wieder. Adrian weiß nicht, was
sie vorhatten, doch er hat sie verscheucht.

»Und Laslo, auch wenn Danny dir Geld schuldet, behalte im Kopf, dass sie damit nichts zu tun hat!« Adrian will ihm nicht direkt vor Valeria drohen, doch er weiß, dass er es verstanden hat.

Erst nachdem die drei die Tür des Büros geschlossen haben, dreht sich Adrian wieder zu Valeria um, die im selben Moment aufsteht und so schnell zu atmen beginnt, dass Adrian besorgt zu ihr geht. Sie zittert und versucht, sich selbst zu beruhigen, offenbar hat sie wirklich nur so gelassen gespielt.

»Beruhige dich, sie sind weg.« Adrian hält Valeria am Arm fest, er spürt ihr Zittern und ihre schönen blaugrünen Augen sehen ängstlich in seine. »Ich kann das nicht. Ich will das nicht, ich weiß nicht, wie ich das hinbekommen soll, verstehst du?« Als er sieht, wie ängstlich Valeria ist, zieht er sie in seine Arme. Sie lässt es zu. Auch wenn sie sich das erste Mal so nahe sind, fühlt es sich merkwürdig vertraut an. Der Gedanke, dass er gerade allerdings noch Tanja umarmt hat und Valeria jetzt in seinen Armen ist, fühlt sich weniger gut an, es fühlt sich so an, als hintergehe er sie, was völlig absurd ist, sie kennen sich noch nicht lange.

»Gott, ich wusste, dass so etwas passiert, ich hätte ... danke, dass du gekommen bist. Sie wollten mich gerade versuchen zu überreden, was man sonst noch tun könnte, um die Schulden meines Cousins zu begleichen.« Allein ihre Worte lassen Adrian wütend werden, doch er spürt, wie ihr Zittern nachlässt. Valeria ist eine sehr taffe Frau, sie hat sich ohne mit der Wimper zu zucken mit ihm angelegt, es muss noch mehr dahinterstecken.

»Was ist hier wirklich los, Valeria? Ich kenne Laslo, er würde sich wegen ein paar Dollar nicht hierher bewegen, vielleicht kann ich dir helfen, denn offensichtlich wächst dir all das über den Kopf.« Adrian hat Valeria umfasst, sie fühlt sich gut in seinen Armen, er inhaliert ihren Duft aus Vanille und Rosen, berührt mit seinen Händen ihre weichen dicken Haare, spürt ihre Taille unter seinen Händen. Als sie sich dann von ihm entfernt, um ihn ansehen zu können, fühlt es sich falsch an, doch er sieht zu, wie sie sich auf den Schreibtischstuhl setzt und lehnt sich ihr gegenüber an den Schreibtisch. So sind sie sich immer noch nah, doch können sich ansehen.

Valeria trägt ein rotes Kleid, eher ein Strandkleid, doch etwas feiner als sonst, vielleicht wegen der Bewerbungsgespräche von vorher. Sie hat ihre Haare offen und trägt auch etwas Schminke im Gesicht. Adrian ist ein weiteres Mal fasziniert von dieser Schönheit vor sich, doch er versucht sich zusammenzureißen und hört ihr genau zu.

»Du hast recht, ich habe all das nicht unter Kontrolle. Es … Danny ist nicht da. Wir wissen nicht, wo er steckt und wann oder ob er überhaupt jemals zurückkommt. Wir hatten in den letzten Monaten eher weniger Kontakt zu ihm, du weißt ja, dass er nur noch meine Mutter und mich hat. Das passiert aber mal, alle haben zu tun und hin und wieder kam er vorbei … wir haben gemerkt, dass er sich verändert hat, doch wir dachten nicht, dass es so schlimm um ihn steht.«

Valeria seufzt traurig aus und sieht ihm entschlossen in die Augen. Sie wollte nicht darüber sprechen, doch sie scheint zu merken, dass sie keine andere Wahl hat.

»Danny ist spielsüchtig geworden. Ich weiß nicht, wann und wie, doch wir haben nach und nach erfahren, dass er Schulden gemacht hat. Er hat viel Geld verspielt, einen Kredit auf das Maxim aufgenommen und verspielt und sich bei allen möglichen Leuten Geld geliehen. Nicht nur bei Laslo. Irgendeiner seiner Gläubiger hat ihm vor knapp einem Monat hier auf dem Parkplatz ins Bein geschossen. Er hätte noch mehr getan, doch Leute kamen dazu und haben Danny geholfen. Im Krankenhaus haben wir dann von allem erfahren, er war verzweifelt, wir haben nicht viel, wir wussten nicht, wie wir helfen konnten, nur dass wir etwas tun müssen. Wir haben die Nacht bei ihm im Krankenhaus verbracht. Adrian, er hatte solche Angst, er hat nicht geschlafen, er hat nur panisch zur Tür geblickt, er war sich absolut sicher, dass sie ihn holen werden.

Er hat uns erzählt, dass er drei Leuten Geld schuldet, jeweils 250.000 Dollar. Laslo ist einer von ihnen, doch er war das mit dem Bein nicht, er wusste nicht einmal davon. Danny hat auch nicht gesagt, wer die anderen sind ...«

Sie bricht den Augenkontakt ab. »Meine Mutter und ich mussten arbeiten. Als wir am Abend wieder ins Krankenhaus gekommen sind, war Danny weg, auch alle seine Sachen. Die Krankenschwestern haben nicht einmal gemerkt, dass er weg war. Er konnte kaum laufen mit dem Bein. Es war ein Durchschuss, doch er sollte das Bein nicht belasten, er muss solch eine Angst gehabt haben, dass er einfach abgehauen ist. Wir haben ihn überall gesucht, tagelang, und jedes Mal, wenn ich ins Maxim gekommen bin, haben mich alle gefragt, was nun ist, wo Danny ist, das war, als das Maxim ein paar Tage geschlossen hatte.«

Adrian nickt, er erinnert sich. »Letztlich habe ich beschlossen, mich hier um alles zu kümmern. Danny liebt das Maxim, ich habe es wieder öffnen lassen, die Gehälter bezahlt und versuche seitdem, mich in diesem Chaos mit den ganzen Papieren zurechtzufinden, doch alles was ich merke ist, dass Danny nichts mehr im Griff hatte. Ich weiß nicht, was man hier noch tun kann, ich versuche den Laden am Laufen zu halten, bis Danny zurückkommt, doch ich weiß nicht, ob ich das schaffe und mittlerweile ... meine Mutter hat schon nach zwei Wochen gesagt, dass er nicht zurückkommen wird. Sie denkt, er ist weit weg geflohen und fängt irgendwo neu an. Ich wollte das nicht glauben, doch die Tage vergehen und ich glaube so langsam auch nicht mehr daran, dass er zurückkommen wird. Und heute ... Laslo, mir wächst das alles über den Kopf. Er hat ja recht, es ist sein Geld, er hat es Danny geliehen und er will es wiederhaben, doch was soll ich tun?«

Damit hat Adrian nicht gerechnet. Die Frage, wieso sie nicht darüber nachgedacht haben, dass Danny nicht geflohen, sondern ihn jemand aus dem Krankenhaus geholt hat und das zu Ende gebracht hat, was er angefangen hat, liegt ihm auf der Zunge, doch

Adrian verkneift sie sich. Es ist leichter, wenn sie denken, er hat irgendwo ein neues Leben angefangen, als das, was Adrian vermutet.

»Wenn deine Mutter recht hat und Danny nicht wiederkommt, solltet ihr das Maxim verkaufen, die Schulden bezahlen und das hinter euch lassen.« Valeria steht auf und schiebt einige Unterlagen zur Seite, die neben Adrian liegen. »Das sagt meine Mutter auch, doch ich habe noch ein wenig Hoffnung, vielleicht brauche ich noch ein paar Tage, bis ich wirklich begriffen habe … dass er nicht zurückkommt.«

Adrian nickt, nun stellt sich Valeria ganz vor ihn und lächelt. »Danke, dass du reingekommen bist.« Er sollte etwas sagen, doch stattdessen will er die Distanz, die wieder zwischen ihnen liegt, nicht mehr und führt seine Hand unter ihren Haaren zu ihrem Nacken. Er sieht ihr in die Augen und als er die unausgesprochene Zustimmung darin erkennt, bedeckt er ihre Lippen mit seinen.

Es ist dieser Moment, der sich tief in sein Herz drängt. Anders als er es kennt oder als er damit gerechnet hat. Als er Valeria an seinen Lippen spürt, sie küsst und den Kuss intensiver werden lässt, spürt er, dass auch wenn sie sich kaum kennen, das zwischen ihnen nicht einfach nur ein kleiner Flirt ist. Valeria legt ihre Arme um seinen Nacken und schmiegt sich an ihn, als er den Kuss weiter ausdehnt, er mag es, sie bei sich zu haben, genießt ihren Geschmack und spürt, wie sehr er sie will.

Er wendet sich um, ohne von ihren Lippen zu lassen, setzt sie auf den Schreibtisch und stellt sich zwischen ihre Beine, seine Hände legen sich auf den Stoff ihres Kleides und schieben ihn beiseite, während seine Lippen ihre nicht verlassen, bis es klopft.

»Valeria, die nächste Frau für das Vorstellungsgespräch ist da.« Adrian verlässt widerwillig ihre Lippen, was Valeria lächeln lässt. »Du solltest keine neuen Leute einstellen.« Sie nickt. »Du hast recht.« Statt sie gleich vom Schreibtisch zu lassen, legt Adrian noch einmal seine Arme um sie.

Er mag Valeria, das haben ihn die letzten Tage immer mehr spüren lassen, er hat sich nicht vorgestellt, dass es sich so gut anfühlt, sie zu küssen und er wünschte, es hätte nicht diesen leicht bitteren Beigeschmack, weil er vor etwas mehr als einer Stunde Tanja geküsst hat. Das hätte so nicht laufen sollen, doch trotzdem bereut er es nicht, ihr nähergekommen zu sein, auch sie legt ihren Kopf an seine Brust und atmet einmal tief ein, bevor er die Umarmung löst und noch einmal einen Kuss auf ihre Schulter gibt, an der der Träger des Kleides heruntergerutscht ist. »Eigentlich wollte ich mir die Einladung für die Ausstellung übermorgen abholen, ich fliege morgen früh weg und bin rechtzeitig zurück.«

Valeria greift hinter sich und reicht ihm einen Umschlag. Als er ihn annimmt und sich zurückziehen will, hält sie einen Moment sein Shirt fest und gibt ihm noch einen Kuss auf den Mund. »Bis Freitagabend, ich hoffe, ich schaffe es, den großen Adrian Da Silva ein wenig zu beeindrucken.« Adrian spürt, wie sich ein sattes, zufriedenes Grinsen in sein Gesicht schleicht, als er nun noch einmal seine Lippen zu ihren führt. Er vertieft den Kuss, entlockt ihr ein winziges Keuchen in seinem Mund und löst den Kuss dann liebevoll mit mehreren kleinen Küssen.

»Das hast du bereits, kleine Hexe, bis Freitagabend.«

Kapitel 18

»Du hast dich selbst übertroffen, Valeria, wo sind diese Aufnahmen entstanden?« Valeria stellt sich zu ihrem alten Bekannten, einem Galeristen, der zu jeder ihrer Ausstellungen kommt und selbst auch einer ihrer Käufer ist. Er hat mehrere ihrer Fotografien in seinem Haus hängen und Valeria erkennt das Glitzern in seinen Augen, als er auf das Bild von den Kindern in Barbados sieht.

»Das war vor vier Monaten auf Barbados. Die Kinder sind uns gefolgt, weil wir sie nach den schönsten Flecken auf Barbados gefragt haben. Sie haben uns zu ihrem Lieblingsplatz geführt, einem großen Brunnen mit vielen kleinen Wasserwegen. Dort gibt es den besten Eisladen und die Kinder können sich an heißen Tagen am Brunnen abkühlen und mit dem Wasser spielen. Dort ist das Bild entstanden.« Man sieht die vielen Kinder, die sie anlachen, den Brunnen und sogar die Eisdiele.

»Ich liebe die Art, wie du solche Momente einfängst.« Valeria lächelt und sieht sich zufrieden um. Es sind viele gekommen. Mehr als sonst. Sie ist froh, dass man das kleine Atelier und das Dach über ihrer Wohnung auch von einer Außenwendeltreppe erreichen kann und nicht alle über ihre Wohnung hergelangen. Als nur Freunde gekommen sind, war das kein Problem. Mittlerweile lässt sie bei solchen Veranstaltungen ihre Wohnung verschlossen und empfängt die Interessenten hier.

Es ist perfekt. Sie hat ein kleines Buffet aufgebaut, es wird leise Musik gespielt, sie haben gekühlte Cocktails und Champagner, und die Kunstinteressierten gehen von Bild zu Bild, sitzen auf dem Dach und unterhalten sich. Es ist ein angenehmer Abend, noch warm vom Tag und doch kühl genug, um durchzuatmen. Sie war gerade auf dem Dach und hat ein wenig Small Talk gehalten. Obwohl sie die Fotografie liebt, ist sie nicht besonders tief in der

Kunstszene Puerto Ricos integriert. Immer wieder versucht jemand, sie heranzuführen, doch sie ist auch für diese Welt nicht geschaffen. Für einen Abend ist das alles in Ordnung, doch sie selbst geht selten auf Ausstellungen oder zu Veranstaltungen, obwohl sich die Einladungen in ihrem Briefkasten sammeln. Zoe ist gerade gegangen, sie übernimmt den Laden morgen alleine, da Valeria nach Ponce fährt.

Zufrieden tritt sie einige Schritte zurück und sieht auf die zwanzig Bilder, die sie heute ausgestellt hat. Sie alle stammen von ihrer letzten Reise vor einigen Monaten nach Barbados. Zoe und sie versuchen, mindestens zweimal im Jahr für einige Tage wegzufliegen, um Bilder zu machen, neue Menschen und Länder kennenzulernen. Mittlerweile schafft sie es, diese Reisen durch den Verkauf ihrer Bilder zu finanzieren. Als sie sich jetzt umsieht und an mehr als der Hälfte der Bilder die roten 'Verkauft'-Etiketten sieht, ist sie ihrem Traum, das nächste Mal nach Europa zu fliegen, immer näher gerückt.

Andere Fotografen machen das dezenter. Sie schreiben die Preise ihrer Bilder in eine Karte, die zugedeckt am Eingangbereich liegt, sodass jeder diskret nach den Preisen gucken und sich in eine Liste eintragen kann, wenn er ein Bild haben möchte. Valeria schreibt die Preise auf Schilder an die Fotografien, sie kann mittlerweile mehr dafür nehmen und findet, ihre Bilder sind jeden Cent wert. Außerdem findet sie es schön, wenn die roten Karten, die statt der Preise daran hängen, zeigen, wie begehrt ihre Bilder sind. Sie ist stolz darauf.

»Ich bin beeindruckt.« Eine warme Hand legt sich auf ihren Rücken und eine vertraute Stimme rollt über ihre Haut, die sofort reagiert. Valeria kann sich ein zufriedenes Schmunzeln nicht verkneifen, sie hofft, dass man nicht erkennt, wie erleichtert sie ist. Seit Adrian und sie sich im Büro geküsst haben, hat sie ihn nicht mehr gesehen. Da er recht hat, hat sie die wartenden Frauen, die wegen des Kellnerjobs gekommen sind, weggeschickt, dann hat sie alle angerufen, die noch kommen wollten oder auf eine Antwort gewartet haben und abgesagt. Als sie dann aus dem Büro zurück in den Club kam, war der gesamte Da Silva-Tisch leer. Auch gestern ist er nicht gekommen, er hat ja gesagt, dass er geschäftlich weg muss, doch heute hat sie schon den gesamten Abend immer wieder nachgesehen, ob er zur Ausstellung kommt. Bei den Ansprachen und der Erklärung der Bilder hat sie sich immer wieder umgesehen, doch seit einer Stunde hatte sie schon fast die Hoffnung aufgegeben. Jetzt schlägt ihr Herz schneller, als sie sich leicht zu ihm wendet, als er sich genau neben sie stellt und zu ihren Bildern blickt, seine Hand aber nicht von ihrem Rücken nimmt.

Es ist eine intime Geste. Dadurch dass sie heute ein Kleid trägt, was fast bis zu ihrem Po einen viel zu freizügigen Rückenausschnitt hat, ist diese Geste, seine Hand auf ihrer nackten Haut, noch viel intimer. Valeria liebt es, mit Jeans, Shirt, Sneakers und einem Fotoapparat die Welt zu erkunden, doch zu solchen Anlässen tritt sie gerne sexy auf. Alle Künstlerinnen tun das, doch heute hat Valeria noch einmal eins draufgelegt. Ihr Kleid ist sexy, sie hat hohe High Heels an, die ihre Beine verführerisch lang wirken lassen, und ihre Haare zu einem strengen Zopf glatt nach hinten gebunden. Ihre Augen sind stark unterstrichen und ihre goldbraune Haut glänzt, dank einer speziellen Lotion. Sie fühlt sich sexy und erfolgreich, sie liebt dieses Gefühl, sie braucht es nicht oft, doch hin und wieder genießt sie es, und jetzt steht einer der begehrtesten und gefährlichsten Männer ihres Landes neben ihr und sieht sich ihre Bilder an. Dabei trägt er wie alle Männer hier einen schwarzen Anzug, doch im Gegensatz zu ihnen hat er ein schwarzes Hemd an und die oberen Knöpfe geöffnet gelassen. Sie sieht sich sein Profil an, auf die andere Hand, die lässig in seiner Hose verschwunden ist und dann sieht auch sie zu dem Bild, was er sich ansieht.

Hier sind viele begehrenswerte Männer, sie lachen und flirten, doch mit seinem Erscheinen hat er die Aufmerksamkeit aller auf sich gezogen. Adrian muss nichts tun, er steht einfach nur da und seine Präsenz erschlägt die anderen Männer. »Das freut mich, es stellt sich nur die Frage, wie schnell du zu beeindrucken bist.« Nun wendet sich Adrian zu ihr um, seine Finger streichen über ihren Rücken und hinterlassen eine warme Spur, bevor er seine Hand wegnimmt. »Nicht leicht, es gibt selten etwas, was einen bleibenden Eindruck bei mir hinterlässt. Ich wollte schon früher kommen, doch unser Flug hat sich etwas verspätet. Aber wie ich sehe, warst du auch ohne mich sehr erfolgreich.« Valeria lächelt und sieht zu ihm. »Das habe ich gerade so geschafft. Es freut mich, dass du gekommen bist.« Einen Moment sehen sie sich in die Augen, es wirkt fast so, als würde er überlegen, etwas ganz anderes sagen wollen, doch dann deutet er zu den Fotos. »Und, bekomme ich eine kleine Führung von der Künstlerin persönlich?«

Natürlich nimmt sie sich die Zeit. Sie zeigt ihm alles, sich der Blicke der meisten Leute auf sich sehr wohl bewusst. Sie zeigt ihm die Aufnahmen und erzählt ihm auch, wie und wo sie entstanden sind. Bei einem Bild bleiben sie am längsten stehen. Es ist auch Valerias Lieblingsbild, es ist das einfachste, und doch mag sie es am meisten. Sie war am Abend am Strand spazieren und hat dort auf Zoe gewartet, die noch ihre Tasche holen musste. In dem Moment ist die Sonne untergegangen. Valeria hat ihre Kamera auf einen Stein gelegt und den Selbstauslöser angeschaltet, dann hat sie sich in größerer Entfernung hingestellt und ihre Hand genau so gehalten, als würde sie die Sonne in den Händen halten. Durch die Farben und wie sie das Bild am Ende bearbeitet hat, sieht man nur die dunklen Umrisse von ihr, man erkennt nur ihre Silhouette, ihre wehenden Haare, ihr Kleid, das vom Wind in dieselbe Richtung geweht wird und und wie sie in ihren Händen die Sonne hält, den Strand und die atemberaubenden Farben des Himmels. Das Bild ist wunderschön. Einfach und doch wunderschön.

»Ich will dieses Bild kaufen.« Valeria sieht zu Adrian und lacht leise. »Willst du nicht, du willst mir nur einen Gefallen tun, doch das brauchst du nicht, du ...« Adrian unterbricht sie. »Nein, ich meine das ernst. Ich mag das Bild, ich lasse gerade meine Wohnung neu einrichten und da kann ich neue Bilder gut gebrauchen.« Auch wenn sich ihre Meinung zu ihm mittlerweile grundlegend geändert hat, kann sie sich einen Kommentar nicht verkneifen. »Du lässt deine Wohnung neu einrichten? Sollte man das nicht selbst tun?« Adrian hebt seinen Finger, als sie ihn frech angrinst. »Und da ist die kleine Hexe wieder, ich habe mich schon gefragt, wann ich sie wieder treffen werde.«

Sie kommt nicht dazu, ihm zu antworten, der Galerist kommt zu ihr zurück. »Könntest du kurz mitkommen? Ich habe da jemanden, der gleich vier deiner Bilder kaufen möchte für einen Laden, den er neu eröffnet.« Sie entschuldigt sich einen Moment bei Adrian, doch schon als sie zum anderen Ende des Raumes geht, merkt sie, dass er sich nicht langweilen wird, gleich steht eine Frau bei ihm und reicht ihm einen Cocktail. Während Valeria sich bemüht, alle Fragen des Käufers zu beantworten und ihm ausführlich zu erklären, was er da sieht, leert sich nach und nach die Ausstellung.

Es wird später und später, die beiden Männer fordern ihre ganze Aufmerksamkeit, und als Valeria, nachdem sie die vier Bilder auch noch verkauft hat, die Männer über die Treppe verabschiedet, ist die Ausstellung leer. Sie geht hoch auf das Dach, wo sie Adrian hat hingehen sehen und tatsächlich steht er an der Brüstung und sieht auf die Stadt hinab. Auch hier ist keiner mehr, die Ausstellung ist vorbei und Valeria streift sich die Schuhe ab, bevor sie zu Adrian geht.

Sie liebt ihr Dach. Hier hat sie eine kleine gemütliche Sitzgruppe, es gibt Lampions und Laternen, ein Strandbett, weil es manchmal so heiß ist und sie hier schläft, und einen kleinen Lagerraum, der eigentlich für Terrassenmöbel gedacht war, den sie aber für neue Bilder nutzt, die noch nicht für die Augen der anderen Menschen bestimmt sind. Irgendwo muss sie die Bilder ja alle lagern.

»Du hast es hier wirklich schön.«

Valeria stellt sich zu Adrian, der weiter auf die Stadt blickt. Der Anblick ist einmalig, sie liebt es hier auch.

»Danke, und danke, dass du so geduldig warst. Wegen vorhin, mir ist eingefallen, dass ich das perfekte Bild für dich habe. Für dein Haus.«

Sie greift nach seinem Arm, sodass er ihr zu dem Abstellraum folgt. Valeria macht das Licht an und wieder sieht sich Adrian beeindruckt um. »Das hier ist doch noch eine Ausstellung wert, oder eher mehrere.«

Valeria schiebt einige Bilder zur Seite, wegen der Vorbereitungen zu der Ausstellung ist hier etwas Unordnung entstanden, doch dann findet sie das Bild, was sie extra etwas größer entwickelt hat, und reicht es ihm. Es ist das Bild, das sie von ihm gemacht hat. Es ist wunderschön geworden. Seine Silhouette, wie er Rauch auspustet, auf diesem Bild erkennt man deutlich, was auch Valeria immer an ihm betrachtet. Seine langen Wimpern, die schönen und doch harten Konturen, diesen Kontrast, die Hand, mit der er die Zigarette hält und das Kreuz auf seinem Hals. Valeria sieht sich das Bild immer wieder sehr gerne an.

»Ich dachte, du wolltest das löschen.« Er sieht es sich auch genau an. »Wollte ich auch, doch dann habe ich es mir zum Glück noch einmal angesehen und dachte, es wäre schade. Ich habe es in Schwarzweiß entwickelt, ich finde diese Bilder ausdrucksstärker.« Sie verlassen den Raum wieder. »Das habe ich gemerkt, du hast überwiegend schwarzweiße Fotografien.«

Er wendet sich zu ihr um mit dem Bild in der Hand. »Danke für das Bild, doch das andere will ich trotzdem noch kaufen.«

Valeria kneift die Augen zusammen. »Weißt du was? Wenn du renoviert hast, machst du doch bestimmt so etwas wie eine Einweihungsparty oder so etwas in der Art, wenn du mich dann einlädst, dann bringe ich dir als Geschenk das Bild mit.«

Nun ist es Adrian, der die Augen zusammenzieht. »Also so willst du dich in die Kreise der Da Silvas schleichen, mit Bestechungsversuchen, ich hätte dich auch so eingeladen, doch ...« Valeria muss lachen und schubst ihn spielerisch von sich. Auch Adrian lacht, sie verstehen sich und in Valerias Bauch bilden sich immer mehr Schmetterlinge, die wild durcheinander fliegen, noch immer unkoordiniert und ohne einen Plan, wohin die Reise geht, doch sie sind da und sie kann sie in dem Augenblick spüren, als er beim kläglichen Versuch, ihn wegzuschubsen ihren Arm festhält und sie näher an sich zieht.

»Du hast mir richtig gefehlt, kleine Hexe.« Da ist sie wieder, die tiefe, leise Stimme, die ihr eine Gänsehaut bereitet. Seine Hand gleitet an ihren Rücken und streicht ihre Haut entlang, während sich ihre Augen betrachten, als wüsste keiner von ihnen so genau, wohin das Ganze führt. »Du mir auch, verwöhnter Da Silva.« Sie kann sein Grinsen an ihren Lippen spüren, doch sobald sich ihre Lippen wieder vereinen, werden sie beide ernst und genießen diesen Kuss.

Valeria war schon immer ein sehr sinnlicher Mensch, sie mag die Nähe von Menschen, sie mag es, sie kennenzulernen, sie hat schon einige Männer an sich herangelassen, doch so etwas wie bei Adrian hat sie noch niemals gespürt. Sie könnte süchtig nach seinen Küssen werden. Schon im Büro ist es ihr schwergefallen, sie zu unterbrechen und die gesamte Zeit, als sie ihn noch auf ihren Lippen geschmeckt hat, wollte sie am liebsten zu ihm gehen und dort weitermachen, wo sie aufgehört haben. Als sie ihn jetzt wieder schmeckt, weiß sie instinktiv, dass sie diesen Moment ausnutzen und ihre Neugierde aufeinander stillen werden.

Es ist dunkel, die Sterne über ihnen glitzern, und nur die Lampions und Laternen spenden ihnen Licht, doch es reicht. Von unten hören sie die Klänge von Mary J. Blige, 'Be Without You', als Adrian mit seinen Händen ihren Rücken entlangfährt und ihr Kleid öffnet. Erst dann lässt er das erste Mal von ihren Lippen ab, die sofort ihren Weg zu ihrem Hals, ihren Schultern und dann zu ihren Brüsten finden, während Valeria ihm das Hemd aufknöpft.

Auch wenn sie beide nicht wissen, wohin das führt, so wissen sie doch genau, was sie jetzt gerade wollen.

Valeria seufzt laut auf, als Adrian ihre Brustwarze in seinen Mund nimmt und streift sein Hemd ab. Alles was sie anhaben, fliegt nach und nach achtlos auf den Boden. Sie versuchen, sich Zeit zu lassen, sich zu erkunden, doch sie schaffen es nicht lange. Erst als er nur noch eine Boxershorts und sie nichts mehr anhat, vereint Adrian ihre Lippen erneut und führt sie zu dem Strandbett, auf das er sie legt, und noch während er sie küsst, beginnen seine Hände, sie zu verwöhnen, so sehr, dass sie den Kuss unterbrechen muss und an seine Lippen stöhnt.

Valeria liebt Sex und Adrians erfahrene Lippen und Hände lassen sie immer schneller atmen, während auch ihre Hände diesen Mann erkunden. Sie küsst seine Schultern, seine Brust, zieht sein Gesicht zu sich und bekommt nicht genug von seinen Lippen.

Erst als sie dann den Kuss löst, setzt sie sich auf und lässt ihn sich hinlegen. Valerias Lippen erkunden seinen Körper und Adrian lehnt sich zurück. Als sie sich dann auf ihn setzt, sehen seine Augen erregt an ihr hoch und runter. Er fährt mit seiner Hand an ihre Wange, über ihre Schulter, streift ihre Brüste und hält an ihrer Bauchkette ein, dann umfassen seine beiden Hände ihren Po. Sie liebt seinen erregten Blick auf sich, hebt ihr Becken und nimmt ihn tief in sich auf, was sie beide aufstöhnen lässt.

Einen Moment halten sie beide ein. Valeria gewöhnt sich an seinen Umfang und Adrian sieht ihr in die Augen.

»Du bist wahrscheinlich die größte Überraschung, die jemals in mein Leben gekommen ist.«

Valeria lächelt, beugt sich vor und küsst ihn zärtlich, und trotz ihrer Erregung nehmen sie sich beide den Moment für diesen Kuss, bis sie ihr Becken hebt und senkt und damit beginnt, die Nacht damit zu nutzen, sich gegenseitig kennenzulernen.

Kapitel 19

Adrian schläft nicht gut.

Er wird immer wieder wach und zieht Valeria fester in seine Arme. Sie ist wirklich eine Überraschung für ihn. Er hat nicht damit gerechnet, dass sie in sein Leben treten wird, als sie plötzlich vor ihm stand. Er hat nicht damit gerechnet, dass er es so genießen wird, sie zu küssen und er hat garantiert nicht damit gerechnet, wie sexy und perfekt sie sich in seinen Armen anfühlen würde, wie sehr er sie begehrt. Selbst jetzt, wenn er an ihr herabblickt, an ihrer goldbraunen Haut, den runden Brüsten, dem flachen Bauch, den Hüften, ihrem Po und ihren Beinen, am liebsten würde er sie wecken, nur um sie wieder zu spüren, doch das bringt er nicht übers Herz, nicht, wenn sie so zufrieden in seinen Armen schläft.

Er sieht, wieso er wieder wach geworden ist, die Sonne geht auf. Adrian bewegt sich leicht, um Valeria nicht zu wecken. Sie sind beide auf dem Strandbett eingeschlafen, nachdem sie sich zweimal hintereinander geliebt haben. Er zieht sich seine Shorts über, dabei gleitet sein Blick über Valerias Beine, zu ihrem Po, es reizt ihn sehr, sich wieder zu ihr zu legen, doch erst einmal geht er zur Dachbrüstung und sieht auf das langsam zum Leben erweckte Puerto Rico hinab. Die Sonne geht auf, der Himmel färbt sich in den schönsten Farben und es wird voller auf den Straßen.

Eigentlich sollte er sich gut fühlen, was heißt eigentlich, er fühlt sich gut. Er hat die Nacht mit einer umwerfenden Frau verbracht, die immer mehr seine Gedankenwelt einnimmt, sie liegt noch nackt und verführerisch im warmen Bett und doch atmet er tief auf. Er kann trotzdem nicht verdrängen, was heute geschehen wird: Tanja heiratet in wenigen Stunden. Die kirchliche Trauung beginnt bald und danach geht die richtige Feier los. Er hatte nicht vor, bei der Hochzeit anwesend zu sein, er weiß, dass sie das will und trotzdem wird er immer unruhiger.

Eine ganze Weile steht er am Dachrand, versucht seine Gedanken zu kontrollieren, doch schafft es nicht. Er ist zu unruhig, er muss sich bewegen und er will nicht, dass Valeria ihn so sieht und irgendetwas falsch versteht. Was er gerade fühlt, hat nichts mit ihrer Nacht zu tun. Adrian geht zum Bett zurück, zieht sich sein Hemd, die Hose und seine Schuhe über und küsst noch einmal Valerias Schulter und ihren Rücken. Er würde sich zu gerne wieder zu ihr legen, doch es fühlt sich auch falsch an, sich mit diesen Gedanken und dieser Unruhe zu ihr zu legen. Deswegen verlässt Adrian leise die Wohnung. Als Erstes fährt er zu seiner Lieblingsbäckerei, trinkt einen Kaffee, isst etwas und fährt dann nach Hause.

Es ist noch viel zu früh am Morgen, es wird noch dauern, bis hier Leben reinkommt, meistens erst gegen Mittag. Er ist froh, außer den Wachen niemanden zu treffen, doch als er an Darios Haus vorbei zu seinem fahren will, kommen Dario und Eleonora aus dem Haus, mit Elam auf dem Arm. Elam schläft in Darios Armen und sein Cousin und seine Frau sehen nicht so aus, als hätten sie besonders viel Schlaf bekommen. Er hält und lässt das Fenster auf der Beifahrerseite herunterfahren. »Was ist los?« Dario sieht verwundert zu ihm. »Warst du heute Nacht nicht zu Hause?« Manchmal könnte er seinen Cousin erwürgen. »Nein, Mama, was stimmt nicht mit Elam?« Eleonora legt eine Tasche auf den Rücksitz von Darios Wagen. »Er hat die ganze Nacht gefiebert, er scheint Halsschmerzen zu haben. Der Arzt war bei uns, doch nichts hat geholfen und wir fahren jetzt zu unserem Kinderarzt.« Adrian sieht besorgt zu Elam, er liebt den Kleinen sehr. »Soll ich euch hinfahren?« Dario legt Elam in Eleonoras Arme und geht zur Fahrerseite. »Nein, wir bekommen das hin. Eleonora geht nicht zur … Hochzeit. Was ist mit dir?«

Adrian zieht nur die Augenbrauen hoch. »Lasst uns einfach den Tag hinter uns bringen. Ich fahre nach Hause, sag mir Bescheid, wie es meinem besten Freund geht.« Sein Cousin sieht ihm besorgt in die Augen, doch bevor er noch weiter nachhaken kann, fährt Adrian zu seinem Haus.

Er sieht, dass es vorangeht, zwei Zimmer sind bereits eine Baustelle, das fühlt sich gut und richtig an. Ein Neuanfang. Er geht duschen und zieht sich endlich wieder eine Shorts und ein Shirt an. Danach greift er nach seinem Handy und will Valeria anrufen, doch dabei fällt ihm ein, dass er noch nicht einmal ihre Nummer hat. Adrian flucht auf. Valeria ist eine besondere Frau, sie beeindruckt ihn und er mag sie. Er sollte sie nicht so behandeln, als wäre sie ihm nicht wichtig, das macht er gerade nur, weil er nicht ganz bei der Sache ist, doch wegen seiner Vergangenheit sollte er nicht seine Zukunft aufs Spiel setzten.

Deswegen greift er sich auch seine Schlüssel, seine Waffe und seine Karten und Bargeld und verlässt das Haus wieder. Statt allerdings direkt zu Valeria zu fahren, kann er nicht anders. Er sollte es besser wissen und doch stellt er sich schräg gegenüber der Kirche auf den Parkplatz und sieht dabei zu, wie viele Autos nach und nach vor der Kirche halten.

Adrian stellt den Motor aus, von hier kann er genau beobachten, wie sie alle in die Kirche gehen. Er sieht die Minister mit ihren Frauen, Männer und Frauen, irgendwann auch Davina mit zwei Freundinnen, Pablo kommt mit seinen Eltern und er strahlt. Einen Moment stellt sich Adrian vor, er wäre das. Er würde heute da stehen und Tanja heiraten. Vor wenigen Wochen hätte er sofort ja gesagt, doch mittlerweile hat ihn die Realität eingeholt. Er weiß nicht, ob er das wirklich noch wollen würde, er kann nicht einmal sagen, dass er gerade wütend ist. Er beobachtet Pablo, wie er in die Kirche geht und dann ist es einen Moment ruhig, bis eine schwarze Limousine vorfährt.

Sein Herz schlägt automatisch schneller, als er sieht, wie vorne Tanjas Bruder und ihre Mutter aussteigen und dann Tanja selbst. Auf Adrians Lippen legt sich ein Lächeln. Sie ist wunderschön, natürlich ist sie das. Sie hat das Brautkleid an, mit dem er sie im Laden angetroffen hat, ihre Haare sind hochgebunden und ein langer Schleier wird von ihrer Mutter und einer Freundin hochgehalten.

Tanja blickt ehrfürchtig zu der Kirche. Einen Augenblick muss Adrian daran denken, wie sie das erste Mal vor ihm stand und ihn angelächelt hat. Sie hat ihn damals sofort in ihren Bann gezogen, doch er weiß jetzt auch, dass diese hübsche Braut da vorn nicht mehr die gleiche Frau wie damals ist. Wie könnte sie auch, nach allem was passiert ist, und doch wird ihr wegen alldem immer ein Teil seines Herzens gehören.

In dem Moment, als ihr Bruder zu ihr tritt, ihr einen Kuss auf die Stirn gibt und ihren Schleier schließt, weiß Adrian genau, dass, auch wenn es ihnen beiden auf die ein oder andere Art wehtut, Tanja die richtige Entscheidung getroffen hat. Er wartet, während sie zusammen die Treppen zu der Kirche hochgehen, doch bevor sie in die Kirche hineingeht, dreht sich Tanja noch einmal alleine um. Es ist eine winzige Bewegung, sie sieht sich um und einen Moment wirkt es fast so, als wisse sie, dass er da ist. Adrian lächelt, und erst als sie alle in der Kirche sind, gibt er Gas und fährt zu Valerias Wohnung.

Gerade als er aussteigen will, kommt Valeria mit einer weißen Umhängetasche und einem schwarzweiß gestreiften Sommerkleid und leichten weißen Leinenschuhen aus dem Haus. In der Hand trägt sie Flipflops und ihren Hausschlüssel.

Adrian steigt aus und geht zu ihr. Sie sieht nur einen kurzen Moment zu ihm und packt dann ihre Tasche in ihren alten Jeep. »Hey, ich musste vorhin weg und dabei ist mir aufgefallen, dass ich noch nicht einmal deine Handynummer habe.« Valeria schließt den Kofferraum und nickt nur leicht. »Kein Problem.« Sie sagt es in der Art, wo jeder Mann genau weiß, dass es sehr wohl ein Problem ist. Also greift Adrian nach ihrem Arm und hält sie auf. »Hey, ich wollte dich nur nicht wecken, bin nach Hause und habe ...«

Valeria unterbricht ihn. »Hör mal, Adrian. Ich mag dich, das gestern war schön, ich weiß nicht, ob nur ich das so empfunden habe, doch ganz ehrlich: Ich weiß nicht genau, was du willst. Nur weil ich nichts sage, bedeutet es nicht, dass ich dumm bin. Ich weiß, was heute für ein Tag ist. Die Zeitungen sind voll mit der Hochzeit und ich habe sie auf dem Cover erkannt. Es ist in Ordnung, wenn es dir nicht gut geht, doch bitte benutze mich nicht, um darüber hinwegzukommen. Ich habe doch mitbekommen, dass du kaum geschlafen hast und dann schleichst du dich wie ein Verbrecher weg, du schuldest mir keine Erklärungen, du brauchst kein schlechtes Gewissen zu haben. Das gestern war schön, doch sei wenigstens so ehrlich und tauch dann nicht hier auf und tue so, als wäre nichts. Das brauchen wir beide nicht. Ich muss los, ich fahre jetzt nach Ponce.«

Verdammt, weil er so in seine eigenen Gedanken verstrickt war, hat er nicht auf sie geachtet. »Nein, warte. Du verstehst das falsch. Ich halte dich nicht für dumm, doch ich wollte dich deswegen auch nicht vor den Kopf stoßen. Du hast recht, meine Ex heiratet heute, doch das zwischen uns ist geklärt und das hat nichts mit uns beiden zu tun. Ich wollte nicht, dass du denkst, mir ist das zwischen uns egal, so ist es nicht, und ich bin nicht aus irgendeinem schlechten Gewissen hergekommen, sondern weil ich dich begleiten werde. Nach Ponce. Wenn du mich dabei haben willst. Keiner von uns weiß, was passiert, aber denk nicht, du bist mir egal, nur weil ich noch so viel anderes habe, womit ich umgehen muss.«

Valeria hat ihre Hände in ihre Hüften gestemmt und sieht ihn misstrauisch an. Er kann nicht fassen, wie anziehend und hübsch sie in diesem wütenden Augenblick auf ihn wirkt, sie zieht ihre Augenbrauen hoch. »Wie gesagt, ich werfe dir nichts vor. Ich will nur, dass du genau weißt, was du willst und was du tust.« Sie zieht die Augenbrauen hoch. »Du willst mitkommen? Ohne Gepäck?«

Er hat wirklich gedacht, dass er es versaut hat, er würde es verstehen, doch jetzt greift er an ihr vorbei zu ihrem Kofferraum, öffnet ihn und holt ihre Tasche heraus. »Ich weiß es, vertrau mir. Auch wenn wir uns noch nicht lange kennen, kann ich dich im Moment einfach nur bitten, all dem etwas Zeit zu geben und mir zu vertrauen und … ich kaufe mir etwas und es wäre viel effektiver, wenn wir meinen Wagen nehmen.« Als er den Kofferraum wieder schließt, gibt er einen Kuss auf ihren Hals, am liebsten würde er sie ganz küssen, er vermisst ihren Geschmack bereits, doch er sollte langsam machen, sie scheint noch nicht ganz besänftigt zu sein, doch sie läuft mit ihm zu seinem Wagen.

»Ach, effektiver? Wirklich?« Adrian legt den Arm um sie und als er spürt, wie sie sich an ihn kuschelt, lächelt er und küsst ihre Wange. »Ja, auch da musst du mir vertrauen und noch etwas: Falls du dachtest, dass mich das gestern Nacht nicht schwer beeindruckt hat, muss ich dich enttäuschen, trägst du gerade wieder die Kette um deinen …?«

Valeria lacht auf und schiebt ihn von sich, doch ihr Strahlen im Gesicht beruhigt ihn und er legt ihre Tasche auf den hinteren Sitz. »Auf nach Ponce, meine kleine Hexe.«

Kapitel 20

Was passiert hier gerade?

Valeria atmet die warme Meeresluft ein und trinkt den letzten Schluck ihres Orangensaftes.

Normalerweise fährt sie von Samstagfrüh bis Sonntagfrüh nach Ponce, sie schläft in einem einfachen Motel, geht auf den Friedhof, besucht ihre alte Wohngegend, macht Fotos und genießt das Meer. Sie hat nicht damit gerechnet, dass Adrian mitkommt. Als sie aufgewacht ist und er war weg und ihr klar wurde, was für ein Tag war und was er für ihn bedeutet, musste sie sich eingestehen, dass bei all ihrer Flirterei und so sehr sie die Nähe von Adrian genießt, sie auch verdrängt hat, dass Adrian emotional nicht so frei ist wie sie. Es fällt ihr sehr schwer, das alles einzuschätzen. Als sie ihn das erste Mal getroffen hat, hat man ihm angesehen, dass er eine schwere Zeit durchmacht. Sie hat ihn mit seiner Ex gesehen, den Blick, den er ihr geschenkt hat und gewusst, dass sie ihn verletzt hat.

Da war bereits der Punkt, bei dem sie wusste, dass sein Herz vergeben ist. Auch wenn sie ihn dort noch nicht einmal gemocht hat und gar nicht an etwas anderes gedacht hat, so war ihr das trotzdem klar. Doch dann am nächsten Tag haben sie begonnen, Zeit miteinander zu verbringen, sie haben angefangen sich kennenzulernen und sie hat die Geschichte von den beiden das erste Mal richtig gehört. Ihr Verstand hat ihr die ganze Zeit zugeflüstert, dass sie vorsichtig sein soll, dass es da jemanden gibt, wo sie nicht einschätzen kann, wie tief sie in seinem Herzen verankert ist. Gleichzeitig hat man ihm nichts mehr davon angemerkt. Er lässt sie nichts davon spüren. Die Art, wie er sie ansieht, wie sie zusammen lachen, sie mag es mittlerweile sehr, Zeit mit ihm zu verbringen, und das Wochenende hat das nur noch intensiver werden lassen.

Als sie aufgewacht ist und er weg war, hat sie sich wieder und wieder gesagt, dass sie die Finger von ihm lassen muss. Sie spürt, dass sie beginnt, Gefühle zu entwickeln und es würde sie nur verletzen, wenn sie das weiter zulässt.

Valeria war noch nie naiv, man kann ihr einiges nachsagen, aber nicht, naiv zu sein, nicht, was Männer betrifft. Bisher war es meistens eher so, dass sie diejenige war, die keine festen Beziehungen eingehen wollte, die den Männern aus der Hand geglitten ist, die sich zurückgezogen hat, wenn es ernst wurde, dieses Mal ist sie in der anderen Position und das wollte sie nie sein.

Genau deswegen wusste sie, als Adrian vor ihr stand und gesagt hat, dass er sie nach Ponce begleiten will, dass das zwischen ihm und seiner Ex nichts mit dem, was zwischen ihnen ist, zu tun hat, nicht stimmt. Trotzdem sie sich darauf eingelassen. Sie weiß es besser, doch bereut sie es? Valeria sieht auf das Meer hinaus. Sie weiß nicht, wann sie sich das letzte Mal so wohl gefühlt hat wie die letzten zwei Tage. Sie hat jede Sekunde genossen.

Adrian hat sie nach Ponce begleitet und statt in irgendein Motel in dieses Luxushotel gebracht, das einem Freund von ihm gehört, der ihnen sofort diese Präsidentensuite zur Verfügung gestellt hat. Sie haben gegessen, und auch wenn Valeria wahrscheinlich erst da so richtig bewusst geworden ist, in welchem Luxus Adrian lebt, benimmt er sich nicht so. Natürlich wusste sie schon immer, dass die Da Silvas über ein unglaubliches Vermögen verfügen, doch nun steht sie mittendrin und begreift es erst richtig.

Trotzdem sind sie danach losgezogen, sie sind in ihre alte Gegend gelaufen, haben den Friedhof ihres Vaters besucht und sind durch die Innenstadt geschlendert. Alles zu Fuß, sie haben viel gelacht, Valeria hat Unmengen von Fotos gemacht, sie haben überall Kleinigkeiten und Köstlichkeiten probiert und Adrian hat es geschafft, sie die Stadt, in der sie großgeworden ist, noch einmal mit anderen Augen sehen zu lassen.

Als sie spät am Abend in ihre Suite gekommen sind, haben sie zusammen im Whirlpool gelegen und sich geliebt, auch danach im Bett konnten sie die Hände nicht voneinander lassen. In dieser Nacht haben sie beide tief und fest geschlafen, und als Valeria heute Morgen wach geworden ist, hat sie fest in seinen Armen gelegen und er hat noch geschlafen.

Es ist traumhaft, sie haben gefrühstückt, sind zum Strand hinunter und nachdem sie schwimmen waren, sind sie lange am Strand spazieren gegangen. Sie erfährt immer mehr von Adrian, von seiner Familie, seinem Alltag. Er möchte sie bald mit zu sich nehmen und sie bei einem Grillabend allen vorstellen. Das sind die Momente, bei denen sie vergisst, dass es da noch eine kleine Warnung in ihrem Hinterkopf geben sollte. Wie sollte sie auch nicht? Sie haben darüber gesprochen, dass Valeria das Maxim aufgeben muss. Sie wird sich darum kümmern, einen Käufer zu finden und alle Gläubiger auszuzahlen. Adrian hat recht, selbst wenn Danny wiederkommt, kann er nur dann neu anfangen. Er hat dann das Maxim verloren, aber ist schuldenfrei. Sie waren so weit am Strand spazieren, dass sie, als sie endlich zurück im Hotel waren, gegessen haben und sich nur kurz ausruhen wollten. Sie müssen zurück, doch Adrian ist eingeschlafen und sie hat sich einige Minuten auf die Terrasse zurückgezogen, um ihre Gedanken zu sammeln.

Was passiert hier? Wann ist es passiert, dass sie die Vorsicht aufgegeben und begonnen hat, sich in ihn zu verlieben? Sie weiß, dass das nicht gut ist, doch sie konnte es nicht verhindern. Diese kleine Auszeit war wundervoll, es stellt sich nur die Frage, was passiert, wenn sie zurück in San Juan sind.

Valeria geht zurück in die Suite und sieht zu Adrian, der nur mit seiner Shorts bekleidet auf der Couch liegt und schläft. Sein Handy klingelt ständig und er bekommt viele Nachrichten, doch bisher antwortet er nur hin und wieder. Er hat mit einem Dario gesprochen und ihm gesagt, dass er eine Nacht in Ponce ist, ansonsten reagiert er eher selten auf die Anrufe und konzentriert sich ganz auf sie. Es ist die Art, wie er sie ansieht, wie er sie betrachtet, wenn sie nackt unter ihm liegt, wie er ihr sagt, wie wunderschön sie ist, dass er ihre Augen liebt, wie achtsam er ist, wenn es um sie geht, wie liebevoll er immer nach ihrer Hand greift oder zumindest seine Hand an ihrem Rücken hat oder den Arm um sie gelegt hat. Adrian gibt ihr das Gefühl, ihm wirklich vertrauen zu können und sie kann nur hoffen, sich darin nicht zu täuschen.

Valeria beugt sich über ihn und küsst seine Lippen. »Steh auf, du Schlafmütze, wir müssen los, sonst kommen wir heute nicht mehr nach San Juan.« Adrian hat gesagt, dass die letzten Wochen anstrengend für ihn waren und man merkt auch genau, dass ihm diese kleine Auszeit guttut. Er öffnet noch nicht einmal richtig die Augen. »Lass uns noch eine Nacht hierbleiben.« Valeria lacht leise und küsst ihn noch einmal, und schon gehen seine Hände an ihre Taille und halten sie fest. »Das geht nicht, ich muss morgen in den Laden und ins Maxim. Ich gehe jetzt duschen und dann können wir los.«

Sie haben sich nach dem Strand und dem Essen gleich ausgeruht und Valeria spürt noch überall den Sand an sich. Sie öffnet ihre Strandtunika, den Bikini hat sie schon vorhin ausgezogen und zum Trocknen auf die Veranda gelegt. Nun öffnen sich Adrians Augen und Valeria lächelt, während sie sich geschickt von ihm losmacht und zum Bad geht. Natürlich dauert es keine Minute und unter dem warmen Wasser umfassen seine großen Hände sie. Sie will sich umdrehen und ihn küssen, doch er hält sie so fest, dass sie nur die Augen schließen kann, als er ihren Rücken entlangküsst und sie dann schnell und fest ausfüllt. Valeria legt ihre Stirn an die Duschwand und atmet laut aus, sie weiß, dass es noch dauern wird, bis sie zurück in ihr echtes Leben kehren.

Tatsächlich fahren sie erst eine Stunde später los. Valeria hatte noch niemals so viel und so guten Sex wie mit Adrian und es ist immer unterschiedlich. Mal liebt er sie lange und zärtlich, sie wird Wachs in seinen Händen, doch dann wie gerade in der Dusche zeigt er ihr die andere Seite, zeigt ihr Sachen, die sie noch niemals zuvor probiert hat und lässt sie ganz neue Erfahrungen machen.

Da sie von San Juan nur etwas über eine Stunde nach Ponce brauchen, können sie das sicherlich öfter mal machen, sich solch eine kleine Auszeit nehmen. Auch Adrian wirkt völlig entspannt, er hat seine Hand auf ihrem Oberschenkel und sie genießen die langsam beginnende Abendluft. Es wird noch etwas dauern, bis die Sonne untergeht, doch man spürt schon, dass der Tag sich dem Ende zuneigt. Valeria sieht verträumt aus dem Fenster, genießt das zufriedene Summen in ihrem Körper und schließt immer wieder für einen Moment die Augen.

Als sie dann in San Juan einfahren, holen sie der Verkehr und die lauten Straßen schnell in die Realität zurück. Als dann auch noch Adrians Handy klingelt, atmet Valeria enttäuscht aus, vielleicht hätten sie doch einfach noch einen Tag länger bleiben sollen. Adrian nimmt das Gespräch nicht an, doch es klingelt immer wieder, ohne Pause, sodass er doch genervt an der Freisprechanlage annimmt.

»Was ist los?«

Eine andere männliche Stimme meldet sich, auf seinem Handy steht Diego.

»Wo bist du?«

Adrian hat weiter seine Hand auf ihrem Schenkel und fährt in ihre Straße ein.

»Zurück in San Juan, ich komme gleich, was ist passiert? Ich höre doch an deiner Stimme, dass etwas nicht stimmt.«

Der andere Mann zögert.

»Heute kam ein Informant zu uns und hat uns Videoaufnahmen und Informationen wegen Mexiko gebracht. Die Pläne von damals liegen wieder auf dem Tisch, Adrian, weißt du noch? Wo es um Nael und die anderen ging, nur noch konkreter, und es stecken viele mit dahinter. Wir haben gerade alle Minister und deren Familien festhalten lassen. Komm her, du musst dir das selbst ansehen, doch ich habe gesagt, wir alle warten, bis du da bist wegen ...«

Adrian flucht auf und Valeria setzt sich ganz auf, als er an ihrer Haustür hält.

»Wo ist sie?«

Sofort meldet sich Valerias ungutes Bauchgefühl wieder, sie hört sofort, dass das nicht mehr der Adrian ist, mit dem sie die letzten Tage verbracht hat. Man hört die Wut in seiner Stimme.

»Sie werden alle festgehalten.« Adrian schlägt wütend auf sein Lenkrad. »Diego, sag ihnen, sie sollen Tanja nicht anfassen. Ich komme sofort, wartet auf mich.«

Valeria öffnet die Tür und schließt dabei die Augen. Sie versteht nicht, was da passiert, doch das muss sie auch gar nicht. Allein die Art, wie er sich aufregt, sobald es um sie geht, wie sie alle von ihr sprechen in Adrians Nähe, es ... sie wusste es doch, sie hätte es besser wissen müssen, wieso hört sie nicht auf ihren Verstand?

Valeria spürt, wie Tränen in ihr aufsteigen und greift nach hinten, um ihre Tasche zu holen. Adrian beendet wütend das Gespräch und sieht zu ihr. »Ich muss los, es ist etwas passiert. Ich melde mich, sobald das geklärt ist, es kann aber sein, dass das länger dauert, nur damit du Bescheid weißt.«

Valeria sieht ihn nicht einmal an. Nach dieser Zeit zusammen ist es wie ein Schlag ins Gesicht, den sie selbst zu verantworten hat, weil sie es einfach zugelassen hat, obwohl sie es besser wusste. »Ich weiß Bescheid. Mach's gut, Adrian.«

Jeder würde merken, wie sauer und verletzt sie ist, doch Adrian reagiert gar nicht. Sobald sie die Tür hinter sich geschlossen hat, rast er los. Valeria sieht ihm hinterher. Er wird gehört haben, wie verletzt sie ist, doch das ist ihm einfach egal, egal, wenn es um sie geht. Die andere, Tanja, die schon die gesamte Zeit über ihnen

schwebt, wie ein leises unausgesprochenes Wort, was alle Versprechen von ihm zunichte macht, ist ihm nicht egal.

Vor einigen Stunden stand sie auf der Terrasse und hat sich
gefragt, was hier gerade passiert.

Sie war so dumm und hat ihr Herz an jemanden verloren, der
seines schon lange an eine andere verschenkt hat, genau das ist
passiert.

Kapitel 21

Adrian rast in ihr Gebiet.

Nachdem er Diegos Stimme gehört hat, wusste er sofort, dass etwas nicht stimmt. Sein Cousin wird sich gedacht haben, dass er sein Handy auf Lautsprecher hatte und hat sich zurückgehalten, doch allein die Worte, die er ihm gesagt hat, haben gereicht, um Adrian in höchste Alarmbereitschaft zu versetzen. Die Anschlagpläne, die damals ans Licht gekommen sind, haben sie alle getroffen. Es war detailliert geplant, wie die Kinder und Frauen angegriffen werden. Sie wollten sie treffen, tief treffen und das hätten sie.

Er muss an Thiagos Worte denken, dass er das Gefühl hat, es braut sich etwas zusammen, dass es immer wieder Versuche von verschiedenen Seiten gegeben hat, etwas in Mexiko zu erreichen. Er kann sich nicht vorstellen, was passiert ist, doch auch die wachsamen Gesichter seiner Wachleute verstärken sein ungutes Bauchgefühl. Sie sagen ihm, dass alle im Besprechungsraum sind.

Adrian parkt nicht einmal, er bleibt auf der Straße stehen und steigt aus. Als er in den Raum kommt, schickt Dario gerade alle Männer hinaus, sie sollen sich fertig machen, sie fahren in wenigen Minuten los. Nur die inneren Kreise bleiben im Raum. Dario, Diego, Sergeo, Abel, Nicky und er. Sie alle sehen ihn einen Moment an, bevor Dario sich räuspert.

»Heute morgen kam ein Mann zu uns. Er hat frech gefragt, was uns wichtige Informationen wert sind. Er ist von einer Jacht, die man mieten kann, und hat nicht so ganz verstanden, wer wir sind. Die Wachen haben ihm das klargemacht und ihn hergebracht, damit er redet. Vor einigen Tagen haben sich Mexikaner die Jacht gemietet. Sie waren bis vorgestern an Bord. Es gab auch einen großen Empfang an Bord, wo viel über uns gesprochen wurde.

Der Mann arbeitet dort in der Küche als Kellner, und als er verstanden hat, worum es geht, hat er heimlich alles aufgenommen. Er wollte es uns direkt zeigen, doch die Mexikaner sind noch nicht abgereist. Sie sind die Küste entlanggefahren, immer wieder kamen unsere Minister zu Besprechungen und erst gestern haben sie sie dann in Kuba abgesetzt und sind zurückgekommen. Er hat uns einiges erzählt, doch im Grunde erklärt das Video, was er aufgenommen hat, es auch. Spiele es noch einmal ab.«

Dario sieht zu Nicky und Adrian setzt sich neben Diego. Auf dem großen Bildschirm ihres Besprechungsraumes sieht man tatsächlich, wie der Mann offenbar am Buffet steht und heimlich sein Handy aufgestellt hat. Es zeigt einen Mann, der sich an einem langen Tisch aufstellt und ohne Hemmungen davon erzählt, wie genau er die Macht der Da Silvas zerstören will. Er redet davon, die alten Pläne zu benutzen und Adrians Anspannung wechselt zu Wut. Er sieht diese Wut in den Gesichtern all seiner Cousins. Sie lieben die Familia, die Da Silvas, ihr Leben und ihre Macht, doch nichts, wirklich nichts geht ihnen über ihre Kinder, Nichten und Neffen. Auch wenn sie über einiges hinwegsehen können, das ist der Punkt, an dem sie keine Kompromisse eingehen.

Man hört zustimmende Bemerkungen, Adrian erkennt einige Männer der Kaberanos, es scheinen doch einige noch in Mexiko aktiv zu sein, doch auch andere Männer anderer Familias. Dann nimmt der Kellner das Handy wieder in die Hand. Man sieht erst einmal das Essen und dann schafft er es, einmal den gesamten Raum zu filmen. Adrian kennt nicht alle in dem Raum, er erkennt einige aus den Familias Mexikos und ihre Minister. Die Mistkerle, die sie eingestellt haben, um sich um die Wirtschaft Puerto Ricos zu kümmern. Mit ihren Frauen und dann, genau als der Mann den Leuten verspricht, dass die letzten Stunden der Da Silvas gezählt sind, fängt die Kamera Tanja ein, neben Pablo, beide heben ihre Gläser und stimmen dem Mann zu.

Adrian weiß nicht, wer das Video beendet, einen Moment ist es ruhig, dann räuspert sich Dario. »Unsere Männer könnten Tanja und Pablo gerade am Flughafen festhalten. Sie wollten in die Flitterwochen fliegen. Wir haben alle Minister dorthin bringen lassen. Unsere Flugzeuge sind startbereit. Wir werden danach direkt nach Mexiko fliegen. Thiago ist schon dort, er hat sich mit seinen Männern bereits auf die Suche nach den Männern gemacht. Sie haben die Bilder von uns. Ich schicke die Frauen und Kinder mit meinen Eltern ans Meer, bis wir wieder da sind.«

Adrian steht auf. Das passiert nur, wenn die schlimmsten Fälle eintreten und Adrian weiß, dass das gerade so ist. »Dann los.« Er weiß, dass seine Cousins etwas von ihm erwarten wegen Tanja, wie sie deswegen reagieren sollen, doch er kann ihnen nichts dazu sagen, weil seine Enttäuschung ihn gerade sprachlos macht. Wie ein Messer, was sie ihm tief in den Rücken gerammt hat. Das Bild, wie sie ihr Glas hebt bei den Worten, dass die Da Silvas vernichtet werden, bleibt in seinen Gedanken haften.

Am liebsten würde er alleine zum Flughafen fahren und erst einmal seine Gedanken ordnen, doch er weiß, dass das nichts wird. Sie sind so großgeworden. Sie würden ihn jetzt niemals alleine lassen, deswegen sieht er nicht einmal auf, als sich Dario auf seinen Beifahrersitz setzt und Nicky nach hinten.

Sie fahren zusammen mit zehn anderen Autos aus ihrem Gebiet. Adrian war noch nicht einmal zu Hause. Alles, was in seinem Kopf passiert, ist das Bild, wie Tanja ihr Glas hochhält. »Ich kümmere mich alleine um Tanja!« Er rast und sieht seinen Cousin nicht an, auch wenn er Darios Blick auf sich spürt. »In Ordnung, wir werden einige Minister überleben lassen, aber sie müssen Puerto Rico sofort verlassen und dürfen nicht zurückkommen und es werden auch nur ein paar sein.« Adrian nickt, er muss an das letzte Mal denken, als er Tanja gesehen hat, wie sie geweint und ihm gesagt hat, dass sie sich entscheiden muss und er nicht versteht, wie sie sich entscheiden muss. Jetzt hat er es verstanden.

Sie sind so schnell unterwegs, dass sie innerhalb weniger Minuten am Flughafen sind. Wenn ihre Familia so unterwegs ist, ist das mächtiger als jede Polizeisirene, alle Leute machen ihnen Platz. Sie fahren auf das private Flugfeld, wo ihre Flieger stehen und halten vor ihren Männern, die vor einem der Lager stehen.

Sie alle steigen aus und gehen in die Lager. Sobald sie eintreten, sehen sie auf die verfluchten undankbaren Minister, verängstigte Frauen und auch zwei kleine Kinder. »Bringt die Frauen und die Kinder in den Flieger.« Adrian sieht sofort Tanja, die auf einem Koffer sitzt und sich ratlos umsieht. Als sie ihn bemerkt, steht sie erleichtert auf, doch Adrian wendet den Blick ab. Als einer seiner Männer ihr deutet, zu kommen, hebt er die Hand. »Sie nicht, sie bleibt!«

Tanja sieht ihn an und zieht die Augenbrauen zusammen. Neben ihr steht Pablo, alle Minister sind ruhig, zu ruhig, sie wissen genau, was hier gerade passiert, während Tanja wütend die Augenbrauen zusammenzieht und näher zu Adrian kommt. »Ist das dein Ernst? Erst tust du so, als wäre es in Ordnung für dich und jetzt ...« Nicht nur Adrian ist wütend, sie alle sind das, und Dario unterbricht sie scharf und hebt sein Handy hoch. Er lässt einen kleinen Teil des Videos abspielen und sieht dann jeden einzelnen der Minister an.

»Nicht nur, dass ihr das, was wir euch hier gegeben haben, mit Füßen tretet, dass ihr, um noch mächtiger zu werden, den Leuten, die euch füttern, in die Hände spuckt, ihr verbündet euch auch noch mit unseren größten Feinden? Denkt ihr wirklich, sie hätten euch danach einfach Puerto Rico regieren lassen? Allein das zeigt schon, dass ihr unseres Vertrauens niemals würdig wart.«

Pablo will etwas sagen, doch Dario hebt die Hand. »Ihr habt nichts mehr zu sagen, gar nichts mehr. Alle raus hier, ich will euch weder sehen noch hören, das Video hat uns alles gezeigt.« Pablo geht auf sie zu und sieht sie bittend an. »Das alles war nur ein Plan von uns. Wir wollten eure Feinde für euch ausspionieren. Das war alles, wir hätten es euch gesagt, sobald ...« Diego schlägt so hart auf

Pablos Kopf ein, dass er sofort zu bluten beginnt. Tanja kreischt auf und rennt zu ihm, um ihm aufzuhelfen.

»Wolltet ihr das? Die Männer wurden gestern in Kuba abgesetzt, ihre letzten Worte am Bord waren, dass die Sache in vier Tagen beginnt, wann wolltet ihr es uns sagen, wenn die ersten Kinder von uns angegriffen worden wären? Verschwindet, sofort!« Ihre Männer greifen nach den Ministern und bringen sie hinaus. Tanja bleibt vor Adrian stehen und sieht ihn an, er deutet seinen Cousins, sie alleine zu lassen und keine Minute später steht er allein mit ihr in der Lagerhalle.

»Ist das dein Ernst? Willst du das wirklich tun? Du hast gesagt, dass du mich liebst und immer ...« Adrian unterbricht Tanja scharf, dabei geht er zu ihr und hält sie am Arm fest, er ist so wütend, dass er sich beherrschen muss, um ihr nicht wehzutun. »Ist das dein verdammter Ernst, Tanja? Du hast da gesessen ... in deinem verfickten neuen Leben und hast gelächelt, dein Glas gehoben und mit den Leuten, die uns vernichten wollen, angestoßen. Was dachtest du tun wir mit euch, wenn das rauskommt, denkst du, dass du dich da noch rausretten kannst?«

Adrian ist laut, er schreit Tanja an und er weiß, dass das auch alle draußen mitanhören werden. »Das war es, was ich gemeint habe, ich musste mich entscheiden für ein Leben mit Pablo und den Ministern und den Da Silvas und das habe ich getan. Sie wollten nur das, was normal ist: eine Regierung und ...«

In diesem Moment ist Adrian kurz davor, völlig auszuflippen. »Sie wollen unsere Macht? Nur dank uns haben sie überhaupt welche, und das ist hier und jetzt zu Ende. Niemand legt sich mit uns an, Tanja, das hättest du bis hierher begreifen sollen. Und soll ich dir noch etwas sagen? Alles, was ich je für dich empfunden habe, was zwischen uns war, ist in dem Moment gestorben, als du dein Glas gehoben hast und darauf angestoßen hast, dass als Erstes Eleonora und ihre Kinder angegriffen werden, denn das war geplant, als Erstes sollte es sie treffen. Sie ist deine Freundin. Du kennst sie so lange und ganz unabhängig von mir, das hättest du zugelassen? Um dieses Leben zu haben? Das was euch gar nicht zusteht, was wir euch nur haben gewähren lassen?«

Nun senkt Tanja einen Moment ihren Blick. »Sie haben gesagt, dass sie euch nichts tun, nur dass ...« Adrian unterbricht sie scharf. »Sei nicht so naiv, du denkst, wir sind Verbrecher? Wenn du wüsstest, was diese Männer da draußen alles in Kauf nehmen würden. Wen sie alles als Opfer akzeptieren würden, um mehr Macht zu haben, wüsstest du, wer hier die wahren Verbrecher sind. Wir würden den Frauen und Kindern nie etwas tun, doch du hast darauf dein Glas gehoben und danach kommst du noch zu mir, siehst mir in die Augen und sagst mir, dass du mich liebst? Spätestens an diesem Punkt hättest du mir alles sagen müssen. Für mich, wegen unserer Vergangenheit oder für Eleonora und die Kinder, doch dass du das nicht getan hast, zeigt mir, dass die Tanja, die ich mal geliebt habe, nicht mehr da ist.«

Sie setzt an, etwas zu sagen, doch Adrian reicht es. »Ich schütze dich, du darfst leben und dein Mann auch, doch mehr hast du nicht zu erwarten. Wagt es nicht, noch einmal Puerto Rico zu betreten, und jetzt raus hier.«

Er bringt sie am Arm aus dem Lager. Diego und Dario warten auf ihn. Sie bringen einige Minister hinter die Lagerräume und nur wenige vor einen der kleineren Flieger, die ihnen gehören. In diesem Moment fallen Schüsse, und Tanja, Pablo und die wenigen, die noch übrig sind, sehen sie geschockt an.

»Ihr dürft leben, aber nur, weil wir nicht solche abgebrühten Mistkerle wie ihr seid. Unser Flieger setzt euch in Europa ab. Ihr dürft Puerto Rico niemals wieder auch nur betreten, ansonsten erwartet euch nichts anderes, und jetzt verschwindet!«

Sie sehen zu, wie sie so schnell sie können die Treppen hochgehen. Sie stellen sich vor den Flieger und beobachten genau, wie er abhebt und sie außer Landes bringt. Adrian sieht ihm am längsten hinterher, noch immer das Bild von Tanja vor Augen und weder seine noch die Wut der anderen ist schon erloschen. Es kann so schnell gehen und man sieht einen Menschen in einem ganz anderen Licht.

»Alle in die Flieger, fliegen wir ein weiteres Mal in das verdammte Mexiko und beenden wir das ein für alle Mal!«

Nicky steckt sich seine Waffe in die Hose und sie verteilen sich. Adrian wischt sich über die Augen, vor einigen Stunden war er noch völlig entspannt und glücklich. Er nimmt sein Handy heraus, während er Dario in einen der Jets folgt. Das kann wieder einige Tage dauern und sie werden zwischendurch nicht viel Zeit haben, doch als er auf sein Handy blickt, flucht er auf. Er hat nicht einmal daran gedacht, endlich mal Valerias Nummer zu speichern.

Da dachte er einige Stunden mal, sein Leben verändert sich in eine positive Richtung und er wird sofort wieder in die Realität zurückgeholt.

Kapitel 22

»Okay, danke schön. Damit helfen sie mir sehr.« Valeria lächelt den Mann vor sich an. Sie hat ihm heute den gesamten Abend das Maxim gezeigt. Er hat großes Interesse daran, er wird etwas anderes daraus machen als einen Nachtclub, doch am Ende muss das Valeria egal sein. Mit dem, was er bereit ist zu zahlen, hätte sie alles abgedeckt und wenn Danny zurückkommt, kann er bei null anfangen.

Der Mann steht auf. »Ich lasse die Papiere fertig machen und melde mich dann.« Valeria erhebt sich ebenfalls und begleitet ihn aus dem Büro hinaus. »Danke, dann werde ich wohl so langsam damit beginnen, die Sachen im Club zu verkaufen und ihn zu schließen. Ich denke, dieses Wochenende wird das letzte im Maxim sein.« Er hebt die Augenbrauen. »Schade, ich war auch gerne hier, doch die Zeiten ändern sich und man muss sich dem anpassen.« Valeria nickt und sieht ihm hinterher, als er den hinteren Bereich verlässt. Das tun sie.

Sie schließt das Büro, sie wird direkt nach vorne gehen und allen Bescheid geben, damit sie sich darauf einstellen können, dass das Maxim schließt. Den Mitarbeitern hat sie es schon gesagt.

Bevor sie allerdings hinaus kann, öffnet sich die Tür und Adrian tritt ein. Er lächelt. »Hier bist du.« Überrascht bleibt Valeria stehen. Sie hat seit vier Tagen kein Wort mit ihm gesprochen, seit er sie zu Hause abgesetzt hat. Niemand war hier, sie ist fest davon ausgegangen, dass sich das eh erledigt hat und verschränkt jetzt die Arme vor der Brust. »Oh, der Herr Da Silva ist auch mal wieder da.«

Auch wenn sie sich noch nicht lange kennen, wird er sie gut genug einschätzen können, um zu merken, dass sie sauer ist, wobei sie das eigentlich gar nicht ist. Wenn dann auf sich selbst, weil sie sich auf etwas eingelassen hat, was von Anfang an zum Scheitern verurteilt war. Und dass sie ihr dummes kleines Herz nicht aus dem Spiel lassen konnte.

Als er auf sie zukommt, weicht sie zwei Schritte zurück, was er sofort bemerkt und die Arme hebt. »Hör zu, ich weiß, es ist nicht gut, dass ich einfach einige Tage verschwunden bin, doch ich konnte mich nicht bei dir melden, weil ich noch immer nicht deine Nummer habe. Ich war in Mexiko und … sagen wir es so, wir hatten viel zu tun, doch wir waren erfolgreich …«

Valeria ist enttäuscht, doch das lässt auch die Wut wieder hochkommen. »So nennst du das also.« Sie sieht an ihm hoch und runter. Adrian hat dunkle Ringe unter den Augen, wenn er geschlafen hat, dann nicht viel. Er hat einen tiefen Schnitt an der Augenbraue, das mit einigen kleinen Pflastern zusammengehalten wird und man sieht ihm an, dass er harte Tage hinter sich hat.

»Es tut mir leid, ich wollte mich melden. Ich habe dir doch gesagt, du sollst mir vertrauen, ich …«

Nun reicht es Valeria, sie hat nicht vor, weiter ihre Zeit zu verschwenden und es macht sie wütend, dass ihr das Ganze so verdammt schwerfällt. Diese zwei Tage haben Spuren bei ihr hinterlassen, in ihr. Die Art, wie sie sich geliebt haben, wie er sie geküsst hat und auch jetzt wieder ansieht. Sie muss ständig an all das denken, so sehr, dass ihre Wut auf ihn nur noch mehr wächst, und auch wenn sie nicht verhindern konnte, dass es passiert ist, kann sie verhindern, dass es weitergeht.

»Das hätte ich nicht tun sollen und werde ich nie wieder. Ich habe zu tun, Adrian. Geh nach vorne und suche dir eine neue Dumme, die dir über deine Ex hinweghilft.«

Die Worte waren schnell und scharf und man hört, dass sie nicht erst seit eben auf ihrer Zunge liegen.

198

»Ich habe dir gesagt, dass das zwischen uns vorbei ist. Wenn ich jemanden zur Ablenkung brauche, hätte ich schon längst wieder eine andere im Arm, dafür brauche ich dich nicht, Valeria. Ich bin hier, weil mir das zwischen uns wichtig ist und ich ...«

Sie lacht leise auf. »Du kannst nichts Neues aufbauen, wenn du das Alte noch in dir trägst, das funktioniert nicht, Adrian. Und als du den Anruf bekommen hast und es um sie ging, hat deine Reaktion alles gesagt. Das ist nicht vorbei, nicht so, dass du bereit für etwas Neues bist ...«

Adrian lacht bitter auf. »Ich habe keinen Nerv für so etwas. Du hast keine Vorstellungen davon, was ich die Tage hinter mir habe, und wenn ich sage, es ist vorbei, dann ist es das. Ich kann dich nicht zwingen, mir zu glauben, doch erzähle mir nicht, was ich fühle. Ich werde nie wieder den Fehler machen und versuchen, eine Frau ernst zu nehmen, da kommt nichts dabei raus, das hätte ich schon beim ersten Mal begreifen sollen.«

Nun ist auch er wütend. Valeria weiß nicht, was er sich vorgestellt hat, was passiert, wenn er herkommt, doch damit hat er nicht gerechnet. Seine Worte treffen sie und das wird er auch sehen, sie schließt einen Moment die Augen, bevor sie ihm direkt in die Augen blickt.

»Weißt du, Adrian, verschwinde einfach. Ich bin keine von diesen Frauen, die einen Mann wie dich umschwärmen, nur weil du bist, wer du bist. Ich habe dich und die Zeit, die wir zusammen verbracht haben, viel zu sehr in mein Herz geschlossen, das hätte ich niemals zulassen dürfen, ich wusste von Anfang an, dass das nichts wird ...«

Nun hebt er wütend seinen Finger. »Du sagst es, du hast uns doch von Anfang an keine Chance gegeben, weil ich jemanden vor dir hatte? Weil es da schon mal jemanden gab? Das ist doch bei jedem so, hat man danach nicht mehr das Recht, etwas Neues zu beginnen?«

Valeria lacht auf. Er versteht es immer noch nicht. »Natürlich, aber dafür musst du das Alte erst hinter dir lassen. Ich habe euch doch zusammen gesehen, ich sehe doch, wie du reagierst, wenn ihr Name fällt ... ich bin wirklich vieles, Adrian, aber ich bin nicht nur ein Trostpreis oder jemand, den man nimmt, weil das andere nicht geht, nicht mit mir! Dafür bin ich mir zu schade und meine Gefühle zu echt.«

Sie wendet sich ab und geht zurück in ihr Büro, dabei knallt sie die Tür lauter zu als sie sollte. Sie hört ihn laut fluchen und schließt die Augen, Tränen steigen in ihr hoch. Auch wenn sie weiß, dass es richtig so ist, war es verdammt hart, einfach weil sie es wollte, sie wollte, dass es klappt, es fühlt sich so gut an.

Valeria schreckt zusammen, als sie es laut scheppern hört und öffnet die Bürotür. Sie geht schnell aus dem hinteren Bereich hinter die Bar, wo viele Glasscheiben von zerschlagenen Gläsern und Flaschen auf dem Boden liegen, als hätte Adrian sie in seiner Wut vom Tresen gefegt. Die Kellnerinnen sehen sie schockiert an, sie sieht zum Tisch der Da Silvas, wo einer der Cousins von Adrian steht und verwundert erst zu ihr und dann zu den Treppen sieht, die er hinuntergegangen sein muss.

Valeria kann nicht einschätzen, was Adrian wirklich von ihr wollte oder was in seinem Kopf vor sich geht, doch er hat offensichtlich etwas anderes erwartet als das, was ihn hier erwartet hat.

Kapitel 23

Zwei Wochen später

Adrian reibt sich die Augen und lehnt sich in seinem Sitz zurück.

Sein Auto steht als einziges auf dem Parkplatz des Maxim. Ein großes 'Verkauft'-Schild steht vor dem geschlossenen Tor und der Platz, der sonst jeden Abend gut gefüllt war, ist leer.

Er wusste es schon, doch er wollte es sich selbst noch einmal ansehen. Adrian ist erst heute Morgen aus Honduras zurückgekommen. Nach seinem Streit mit Valeria war er nur zwei Tage in Puerto Rico und ist dann noch einmal nach Mexiko geflogen, um einen freien Kopf zu bekommen, wegen allem was war und auch, weil sein Haus eine einzige Baustelle war und er nicht zur Ruhe gekommen ist und einfach, um Abstand zu gewinnen. Es hat ihm gutgetan. Thiago war noch unten und scheint gemerkt zu haben, dass es Adrian nicht gut geht, dass ihm all das zu schaffen macht und ihm angeboten, ihn nach Honduras zu begleiten. Verdammt, er hat so viel in seinem Leben geschafft, überstanden, und genau das Thema Frauen macht ihn fertig. Er hat mit niemandem darüber gesprochen, auch mit Thiago nicht, doch es hat gutgetan, ein paar Tage abzuschalten, insgesamt war er fast zwei Wochen weg.

Jetzt ist er zurück, sein Haus ist fertig und er hat all die Geschehnisse ruhen lassen. Auch in diesem Moment denkt er an Ayla, Tanja und Valeria. Es ist nicht das erste Mal, auch in diesem Moment wünschte er, er könnte das alles rückgängig machen. Dass er Valeria zuerst getroffen hätte. Sie hat ihn die Tage nicht losgelassen und er weiß auch, dass sie recht hat. Wieso sollte sie so verrückt sein und ihn an sich heranlassen, ihm trauen, mit dem Päckchen, was er zu tragen hat? Wahrscheinlich würde er auch einen weiten

Bogen um sich selbst machen, er würde es jeder Frau raten, doch er wünschte, Valeria könnte spüren, dass sie ihm nicht mehr aus dem Kopf geht. Dass er nicht reagiert hat, weil es um Tanja, sondern weil es um einen Angriff auf seine Familia ging. Es ärgert ihn. Es ärgert ihn, weil es ihm wirklich etwas bedeutet.

Er hat versucht, sie in ihrem Laden zu erreichen, doch Zoe hat ihm gesagt, dass sie sich um den Verkauf kümmert und nicht im Laden ist. Dann hat er begonnen, ihr jeden Tag Rosen nach Hause zu schicken, jeden Tag einen Strauß, seit einer Woche. Zartrosa, sie mag die Farbe, zumindest hat er das in Ponce herausgehört.

Adrian trommelt auf seinem Lenkrad herum, er hatte noch nicht einmal Zeit, all das zu erfahren, sie besser kennenzulernen, zu sehen, wohin das führt. Dass er das nicht einfach so vergessen kann und Valeria ständig in seinen Gedanken ist, zeigt ihm doch, dass es mehr hätte werden können, zumindest von seiner Seite aus. Er hat sich schon lange nicht mehr so wohl gefühlt wie an dem Wochenende in Ponce. Er liebt es, Valeria bei sich zu haben, sie zu küssen, zu lieben, ihr Lachen zu hören und ihre kleinen spitzen Bemerkungen, die sie ihm immer mal wieder an den Kopf wirft.

Sein Handy klingelt und er nimmt das Gespräch an. Es ist laut bei Dario. »Wo steckst du? Wir grillen, komm rüber.« Nachdem Adrian angekommen ist, hat er erst eine Weile bei Dario verbracht, um die Familie wiederzusehen, dann ist er zu sich nach Hause gegangen. Sein Haus ist fertig und zu seiner Überraschung hängt an einer der Wände im Wohnbereich das Bild von Valeria, was sie von ihm gemacht hat. Die Innenarchitektin hat ihm gesagt, dass es ihnen zugeschickt wurde und sie hat es in das neue Konzept eingebaut. Das Haus sieht jetzt ganz neu, frischer aus. Bereit für einen Neuanfang, wozu auch er bereit ist, auch wenn natürlich die Last in seinem Nacken noch schwer wiegt. »Ich muss noch etwas erledigen, dann komme ich.« Er hört das laute Lachen von Nael und Nicky. Er hat in dieser Zeit ohne seine Familia auch gemerkt, wie schnell er sie vermisst. Er weiß auch, dass Dario ihn vermisst hat und dass er sich Sorgen um ihn macht, doch sein Cousin kennt ihn auch gut genug, um zu wissen, wann Adrian ein paar Tage für sich braucht. Er wollte früher wiederkommen, doch dann hat es etwas gedauert, bis er Honduras wieder verlassen konnte, sonst wäre er früher gekommen und hätte all das auch schon früher geklärt.

»Mach das, deine Neffen vermissen Ibar schon.« Adrian sieht auf den Beifahrersitz, wo Ibar gerade dabei ist, die Gurte anzufressen. Er nimmt sie ihm weg und streicht über seinen Kopf. Auch das war nicht geplant. Thiago weiß, wie beeindruckt Adrian von seinen Hunden ist und wie gut sie hören. Er hat ihn zu dem Züchter gebracht, bei dem gerade wieder Welpen sind, die von den gleichen Hunden abstammen wie auch die von Thiago. Ibar ist quasi ihr kleiner Bruder. Adrian war immer beeindruckt, doch er wusste auch nicht, ob er das wirklich möchte, bis zu dem Zeitpunkt, als er da war und sich all die Welpen angesehen hat. Darunter ist ihm dieser kleine Rüde aufgefallen, der als Einziger drei Farben hat, also ein Tricolor Pitbull ist. Nicht nur das hat ihn fasziniert, er hat genauso hellbraune Augen wie er und er wollte nicht mehr von seinem Arm herunter. Thiago hat ihm nur lachend erklärt, dass das bei ihm genauso angefangen hat mit seinem Hund. Die Familia hat drei, doch einer weicht niemals von Thiagos Seite und das hatte auch Ibar nicht mehr vor.

Der Züchter hat ihnen erklärt, dass das das Beste ist, was passieren kann, dass sich quasi der Hund seinen neuen Besitzer aussucht. Adrian hat es nicht geschafft, ihn dazulassen und hat ihn gleich mitgenommen. Da diese Hunde aber eine gute Erziehung brauchen, hat der Züchter ihn eine Woche mit ihm zusammen trainiert. Obwohl Ibar erst knapp drei Monate alt ist, versteht er sehr viel. Er bleibt an seiner Seite, hört auf 'Sitz' und 'Komm' und auch auf 'Aus', was bei einem Welpen wie ihm wichtig ist. Deswegen ist Adrian auch ein paar Tage länger geblieben. Der Züchter kommt nun alle paar Wochen für einige Tage zu ihnen nach Puerto Rico. Er trainiert Ibar und zeigt Adrian, wie er es weitermachen soll, bis er wiederkommt.

»Sag ihnen, wir sind bald da. Bis später.« Thiago legt auf und fährt los, bevor er es sich wieder anders überlegt. Wer hätte gedacht, dass es etwas gibt, was er sich nicht so einfach traut, was ihn nervös macht, weil es ihm doch viel mehr bedeutet, als er es geglaubt hätte?

Es fängt langsam an zu dämmern. Es war ein heißer Sommertag, doch es war die gesamte Zeit bedeckt. Deswegen wundert es ihn auch nicht, als er parkt und es wie verrückt zu regnen beginnt. Sommerregen in Puerto Rico, er schüttelt den Kopf, greift nach hinten und zieht den Strauß Rosen hervor. Heute war der erste Tag, an dem er keine Rosen geschickt hat. Heute bringt er sie selbst.

Adrian atmet tief aus, nimmt Ibar auf den Arm und beeilt sich, zu Valerias Haustür zu kommen. Genau in dem Moment kommt ein älteres Ehepaar heraus und lässt ihn herein. Er läuft in den vierten Stock, da das Haus keinen Fahrstuhl hat und setzt Ibar auf den Boden, bevor er klopft. Der kleine Welpe schüttelt sein Fell, sie beide sind nass geworden und dann hört er schon Schritte. Er wusste nicht einmal, ob sie überhaupt da ist, doch er musste es zumindest versuchen.

All das, was ihm in den letzten Tagen durch den Kopf gegangen ist, dass er es nicht schafft, Valeria wieder aus seinen Gedanken zu verbannen, all das macht wieder Sinn in dem Augenblick, als sie die Tür öffnet. Sobald ihre Augen seine treffen, weiß er wieder genau, wieso er hier steht. Diese Frau mit dem unordentlichen Knoten auf dem Kopf und den blaugrünen wunderschönen Augen, die in einer braunen Jogginghose und mit einem bauchfreien Top vor ihm steht und ihn mehr als überrascht ansieht, hat ihm ordentlich den Kopf verdreht.

»Ich habe nicht ... damit gerechnet, dass du ...« Adrian reicht ihr die Rosen. »Heute wollte ich sie dir bringen und mit dir sprechen, kann ich reinkommen?« Valeria tritt zur Seite, als Ibar tolpatschig wie immer einfach durch ihre Beine hindurch in die Wohnung schlüpft. »Ähm .. ja, komm rein. Danke für all die Blumen, ich ... und wer ist das?« Sie geht von der Tür weg und Adrian tritt ein und schließt die Tür. »Das ist Ibar. Ich war in Honduras und dort ... er gehört jetzt mir.« Ibar legt sich an einen weißen Teppich, an dem einige Kordeln abgehen und beginnt mit ihnen zu spielen. Valeria beugt sich zu ihm und natürlich verfällt auch sie sofort seinem Charme, was nicht schwer ist, und krault seinen weißen Bauch. »Er ist sehr niedlich. Ich wusste gar nicht, dass du einen Hund haben willst ... aber es gibt wahrscheinlich so einiges, was ich noch nicht von dir weiß.« Man hört deutlich heraus, dass sie noch immer enttäuscht ist. Adrian muss ruhig bleiben, er darf das hier nicht auch noch versauen.

Es ist dunkel in der Wohnung, kleinere Lampen brennen und die vordere Fensterfront steht offen, sodass man den Regen hören und riechen kann. Valeria lässt Ibar los und zuckt leicht die Schultern, als sie sich wieder erhebt und Adrians Blick folgt. »Du weißt schon, Sommerregen.« Sie geht in die Küche und holt eine Vase, da erst bemerkt Adrian die vielen Vasen, die hier herumstehen, auf dem Boden, auf dem Tisch, überall stehen seine Blumen. »Möchtest du etwas trinken? Ich habe gedacht, dass es jetzt aufhört mit den Blumen ...« Valeria kommt zurück und stellt die Vase neben eine andere, dann wendet sie sich ganz zu ihm um. »Nein, ich brauche nichts, und nein, das wird nicht aufhören, Valeria.« Sie sehen sich in die Augen. »Ich wollte das, was zuletzt zwischen uns war, so nicht stehen lassen. Doch du hast recht, in diesem Moment war all das vielleicht wirklich noch zu früh und ich noch zu gereizt.«

Sie kommt näher und lehnt sich gegen die Couch, sodass sie sich genau gegenüberstehen, doch noch immer mit einem gewissen Abstand. »Das hat auch die Bar gespürt.« Adrian war an dem Abend so wütend, dass er sich noch eine Stunde am Boxsack ausgetobt hat, einiges hat an diesem Abend seine Wut zu spüren bekommen. »Ich war wütend und du auch, du hast recht gehabt, nicht in allem, aber in vielem ...« Valeria setzt an, etwas zu sagen, doch Adrian deutet ihr zu warten.

»Ich liebe mein Leben, ich liebe meine Familie, die Familia, die Da Silvas und auch das Leben als Single. Es ist also nicht so, dass ich dringend nach einer festen Beziehung in meinem Leben gesucht habe, das war noch nie so. Doch dann kam Ayla und ich habe mich darauf eingelassen, dann Tanja und alles hat sich zu einer großen Katastrophe zugespitzt. Ich habe Tanja geliebt, ich werde das nicht abstreiten, das wäre nicht richtig, doch wir haben uns Jahre nicht gesehen und du hast auch recht gehabt, dass wahrscheinlich auch eine große Portion Schuldgefühl dabei war. Ich will ganz ehrlich zu sein dir, Valeria. Als ich Tanja wiedergesehen habe, wollte ich sie unbedingt an meiner Seite haben, sie zurückhaben, doch je öfter ich sie gesehen habe und je näher wir uns gekommen sind, habe ich auch gemerkt, dass sie doch nicht ... dass es nicht so wie vor einigen Jahren ist. Das was passiert ist, viel zu schwerwiegend, um einfach weiterzumachen, dass die Jahre, die wir uns nicht gesehen haben, viel zu viele sind, als dass man sie einfach ignorieren kann. Und Valeria, als ich das gemerkt habe, hatte ich dich noch nicht getroffen.«

Adrian tritt näher, er wird nun ganz ehrlich zu ihr sein, er weiß nicht, ob er damit alles schlimmer oder besser macht, doch er hat aus all dem Chaos der letzten Jahre gelernt, dass das der einzig richtige Weg ist.

»Als ich dich dann gesehen habe, war ich wütend und enttäuscht, doch nicht nur, weil Tanja heiratet, auch ein wenig, aber vielmehr darüber, dass es sich so anders anfühlt, dass es nicht so ist, wie ich es mir vorgestellt habe, und dann warst da du. Du hast mir die Stirn geboten und ich wusste nicht mehr, ob ich dir den Hals umdrehen oder mit dir flirten soll. Du hast mich an einem schlimmen Abend getroffen und doch haben wir den nächsten Tag zusammen verbracht, zumindest bist du deine Krabben hattest.«

Valeria lacht leise und Adrian hebt seine Hände. »All das, was zwischen uns war, war nicht gespielt, Valeria. Ich habe nicht mit dir gerechnet, und glaub mir, ich war garantiert nicht darauf aus, eine neue Frau in mein Leben und in mein Herz zu lassen. Doch irgendwie ist es passiert. Es ist nicht so, dass ich mit dir über Tanja hinwegkommen wollte, doch du hast mir noch einmal mehr gezeigt, dass das, was Tanja und ich hatten, vorbei ist. Ich habe sie danach nicht mehr angefasst. Das, was an dem Tag geschehen ist, war, dass sie mir und allen, die ich liebe, in den Rücken gefallen ist. Ich bin nicht wegen ihr gegangen, Valeria, das wäre ich zu diesem Zeitpunkt schon nicht mehr. Ich bin wegen meiner Familie gegangen. Ich weiß, dass es wahrscheinlich keinen schlechteren Zeitpunkt geben konnte, an dem wir uns begegnet sind, doch keiner von uns konnte das beeinflussen.«

Valeria hat die Arme vor der Brust verschränkt und sieht ihn an. Er weiß nicht, ob er schon jemals so ehrlich zu einer Frau war. »Das verstehe ich. Ich habe vielleicht auch etwas überreagiert, ich meine, ich wusste, in was für einer Situation du bist. Man sollte einem Menschen nicht vorhalten, dass er schon einmal geliebt hat, das gehört zum Leben dazu. Man kann mehrmals lieben, doch ich habe gemerkt, wie sehr ich dich mag, wie gerne ich Zeit mir dir verbringe und wie ich beginne, Gefühle zu entwickeln, und der Gedanke, dass ich eher nur der Ersatz für diese Frau bin, die du nicht mehr haben kannst, hat mir Angst gemacht.«

Adrian geht einen Schritt auf Valeria zu, er ist froh, dass sie mit ihm spricht.

»Doch dann haben wir uns gestritten, und am Anfang war ich immer noch wütend, doch dann kamen die Blumen und ich … im Grunde wusste ich ja, dass es nicht so ist. Ich bin mir sicher, dass wenn du sie zurückhaben wolltest, wirklich um sie gekämpft hättest, du sie hättest wiederhaben können. Das habe ich ihr damals angesehen und ich weiß auch, dass in diesen Momenten, als ich in deinen Armen war, du nur mich wolltest, ich konnte das spüren, doch trotzdem habe ich Angst. Ich meine, ich bin auch so … ich will gar keine festen Beziehungen, mein Leben ist ein Chaos, sieh dich doch um, ich stehe hier in einem Meer aus Blumen, zwischen all meinen Fotografien und vergesse seit Wochen, meinen neuen Fernseher abzuholen, ich bin Chaos, mein Leben ist ein Chaos. Statt wie normale Menschen vor dem Regen zu flüchten, bleibe ich stehen und halte mein Gesicht hinein. Ich müsste obendrein Aufträge fertigbekommen, doch stattdessen breche ich alles ab und setze mich ans Fenster, um den Sommerregen anzusehen, zu hören und zu riechen. Und dann kommst du und ich … ich habe Angst, mein Herz zu verlieren, weil ich spüre, dass das hier, was gerade zwischen uns beginnt, vielleicht für mich das erste Mal sein wird, wo ich alles gebe und ich möchte nicht alles dabei verlieren.«

Er sollte noch abwarten, doch Adrian kann nicht anders. Sie hat ihm gefehlt, in diesen paar Tagen hat er schon richtig begonnen, sie zu vermissen und deswegen überbrückt er jetzt die letzten Schritte zu ihr und greift nach ihren Händen, um sie mit seinen zu umfassen.

»Hör zu, Valeria. Ich will ganz ehrlich zu dir sein. Das, was die Tage zwischen uns war, war und ist mir nicht egal, sonst wäre ich nicht hier. Ich möchte dich in meinem Leben haben und das das erste Mal richtig. Ganz ehrlich, ohne Geheimnisse, ohne all das Drumherum. Ich kann dir nicht sagen, worauf es hinausläuft, doch ich verspreche dir, immer ehrlich zu sein und alles dafür zu tun, dass es funktioniert, weil ich es will und weil ich aus meinen alten Fehlern gelernt habe. Es kann sein, dass ich schon geliebt habe, aber das bedeutet nicht, dass ich nicht noch viel stärker und intensiver lieben kann, dass das, was war, alles war, was mein Leben bestimmt. Ich habe dich darum gebeten, mir zu vertrauen und ich mache es noch einmal.«

Er lächelt, als er sieht, wie sich einige Tränen in ihren Augen bilden, die sie aber niemals einfach so herauslassen würde. Er hat noch niemals eine Frau wie Valeria getroffen, sie beeindruckt ihn immer wieder und er hebt seine Hand und legt sie an seine Wange.

»Vertrau mir, meine kleine Hexe. Ich kann dir keine Garantie geben, aber ich verspreche dir, dass ich alles für dich und uns tun werde. Gib uns die Chance herauszufinden, auf was das zwischen uns hinausläuft und die Chance, dich so sehr zu lieben, dass alles andere dagegen verblasst, denn wenn ich nur nach dem Anfang und wie stark meine Gefühle jetzt bereits sind, gehe, wird es das, doch dafür musst du mir und uns vertrauen.«

Wahrscheinlich liegen tausend Worte auf ihren bezaubernden Lippen, doch da sie ihn genauso vermisst zu haben scheint wie er sie, vereint sie ihre Lippen statt einer Antwort und Adrian umschließt sie ganz mit seinen Armen.

In dem Moment, wo er Valeria wieder bei sich hat, ihre Lippen schmeckt, sie an sich hält und sie berührt, weiß er genau, dass er das, was er gerade gesagt hat, mit aller Kraft tun wird. Er wird um sie, ihr Vertrauen und das, was schon jetzt zwischen ihnen liegt, kämpfen, denn das hier ist es, was er will.

Er beendet den Kuss und küsst ihre Stirn. Sie sieht ihm in die Augen und wirkt zufrieden, auch wenn gerade noch solch ein Kampf in ihren Augen zu erkennen war. »Du hast mir die Tage wirklich gefehlt«, flüstert sie leise und er küsst sie noch einmal kurz. »Du mir auch und ich will all das hier in meinem Leben haben. Dich … das Chaos …« Er sieht einen Moment zu Ibar, der bereits auf dem Teppich eingeschlafen ist und dann zu dem wilden Regen, der über Puerto Rico wütet.

»Und selbst diesen Sommerregen.« Valeria lächelt, bevor er erleichtert ihre Lippen zusammenführt. Dabei zieht er sie enger an sich, es kann ihn gar nicht eng genug sein und Adrian weiß genau, dass er sie so schnell auch nicht wieder loslassen wird.

Entdecken Sie die atemberaubende Welt von Jaliah J. …

Los Nasillas
Jaliah J.

Sie sind gefürchtet und sie haben Macht, doch ein Abkommen aus vergangenen Tagen verfolgt sie und lässt sie nicht zur Ruhe kommen.

Liara

Liara lebt ein Leben inmitten des gefürchteten Nasillas Clans, und auch wenn sie gern mehr Freiheiten hätte, liebt sie dieses Leben und ihre Familia. Deswegen weiß sie auch, was ihre Pflicht in diesem Leben ist und dass sie für das Wohl ihrer Familie ihr eigenes Glück weit nach hinten stellen muss. Diese Entscheidung ist schon vor langer Zeit gefallen und sie hat gelernt, damit zu leben, doch dann überstürzen sich die Ereignisse, und plötzlich bekommt sie eine letzte Chance.

Levana

Levana Nasillas hat niemals infrage gestellt, ihr Leben für das Wohl ihres Clans und vor allem für das Glück ihrer Zwillingsschwester zurückzustellen. Sie hält an diesem Plan ohne Zweifel fest, bis eine Begegnung alles ins Wanken geraten lässt. Bevor sie das Leben beginnt, welches für sie vorgesehen ist, hat sie allerdings noch eine letzte Bitte.

José

Als Anführer des Nasillas Clans hat José alle Hände voll zu tun und auch das Glück seiner beiden Cousinen hat ihm einige schlaflose Nächte bereitet, bis er die Entscheidung getroffen hat, die Last der Vergangenheit auf seine Schultern zu nehmen. Er willigt in ein Abkommen mit der von ihm am meisten gehassten Familia ein. Als er dann seiner zukünftigen Braut in die Augen schaut, erkennt er allerdings, was das Ganze für sie bedeutet: Für sie ist es eine letzte Hoffnung.

Mira begleitet ihre Mutter von Berlin nach Vancouver, um dort den beliebten Campus der B.C. zu besuchen und ein Jahr im Ausland zu studieren. Freudig stürzt sie sich in dieses Abenteuer, lernt neue Menschen kennen und verliebt sich in die bunte Stadt. Sie ahnt nicht, dass die nächsten Wochen und Monate viel mehr sein werden als nur ein kleiner Abschnitt ihres Lebens und sich für sie alles ändern wird.

Willkommen in der fantastischen Welt von Jaliah J.

Entdecke viele weiter Bücher, tolle Merchandise Produkte und viel mehr...

 @JALIAHJ   @JALIAHJOFFICIAL

 @JALIAHJ_OFFICIAL   JALIAHJ.DE/SHOP

WWW.JALIAHJ.DE